U0475278

本书获得闽南师范大学学术专著出版基金资助。

赛博空间与文学存在方式的嬗变

张屹◎著

中国社会科学出版社

图书在版编目(CIP)数据

赛博空间与文学存在方式的嬗变/张屹著. —北京：中国社会科学出版社，2018. 2

ISBN 978 - 7 - 5203 - 1951 - 5

Ⅰ. ①赛… Ⅱ. ①张… Ⅲ. ①网络文学—文学研究—中国
Ⅳ. ①I207. 999

中国版本图书馆 CIP 数据核字(2018)第 004742 号

出 版 人　赵剑英
责任编辑　郭晓鸿
特约编辑　席建海
责任校对　周　昊
责任印制　戴　宽

出　　版　中国社会科学出版社
社　　址　北京鼓楼西大街甲 158 号
邮　　编　100720
网　　址　http://www.csspw.cn
发 行 部　010 - 84083685
门 市 部　010 - 84029450
经　　销　新华书店及其他书店

印　　刷　北京明恒达印务有限公司
装　　订　廊坊市广阳区广增装订厂
版　　次　2018 年 2 月第 1 版
印　　次　2018 年 2 月第 1 次印刷

开　　本　710 × 1000　1/16
印　　张　16. 5
插　　页　2
字　　数　235 千字
定　　价　69. 00 元

目　录

前　言

由电脑技术和互联网络构造的赛博空间，引发文学艺术领域内史无前例的深刻变革。国内赛博空间文学写作的盛况，是大家有目共睹的一道独特风景线。与此相应，国内学术界也涌现了一批批中国赛博空间文学研究的论著，这些成果不仅有对中国赛博空间文学发展史的梳理，同时也有赛博空间文学经典解读、理论建构、语言审美等相关学理的深入探讨。

在我们了解国内赛博空间文学写作及其研究的情况下，那么国外的赛博空间文学又是怎样的状况呢？这两者之间有什么异同吗？这是本书要回答的问题。

由于本书的重点是揭示国内外赛博空间文学的异同，而赛博空间文学这一领域所涵盖的问题又非常多，所以选取一个好的切入点非常重要。在我苦寻切入点的过程中，有一天我在阅读资料时，“文学存在方式”这个词映入眼帘，我顿时觉得豁然开朗。是的，我可以从赛博空间与文学存在方式的变迁的视角来写作，这样不仅可以涵盖国内外赛博空间文学的不同状态，而且可以呈现赛博空间对文学存在方式的多重影响。

20 世纪“文学存在方式”概念的提出，将“文学是什么”的本质主义的追问，转向了文学是如何存在的整体式考察，相关研究也拓展了文学理论研究的空间。文学存在方式指的是具体语境中文学存在的整体面貌、结构和状态，包括动态存在方式和静态存在方式两种。其中，文学的动态存在方式是指文学存在于创作——传播——接受——反馈的互动过程中，传媒、世界、作家、作品、读者构成这一活动的五大要素；文学的静态存在方式是指作品的具体存在，包括媒介构成要素、文本结构、层次、意蕴，等等。

对于赛博空间对文学存在方式的影响，我们可以从动态和静态两方面加以分析。由于文学的静态存在方式（相对意义上）可视为动态存在方式中的作品环节，因此本书在论述中是从文学的动态存在方式的五个要素来分析赛博空间中文学存在方式的嬗变，并将立论的着眼点定位于更能凸显赛博空间文学特色的超媒体、超文本文学及交互戏剧等。研究的关节点，涵盖传统印刷媒体与赛博空间文学之间的转折，厘清赛博空间文学的出现并不是一个孤立的、突变的现象，这是文学存在方式嬗变之基点。在此基础上，考察超文本、超媒体文学、交互戏剧等文艺类型在赛博空间中又是如何存在的，它的结构和面貌如何，对传统的文艺形态和文艺理论进行了怎样的重构，未来文学又将走向何方，这些问题都涉及嬗变后的文学存在方式。

绪　论

从文艺发展的历程来看，媒体革命是推动艺术转换和创新的重要力量。摄影艺术、广播艺术、混合材料艺术、录像艺术等，无不是伴随着新媒介的出现而形成的艺术类型。由计算机和通信技术联姻而问世的互联网，虽然诞生的时间不长，但凭借着集多种媒体于一身的优势，正引领文学艺术领域内大河改道式的变迁。传统文学是否还有生存之地，它将如何迎接数码媒体的挑战？赛博空间的文学又将如何重构传统文学？文学是“终结”还是“新生”？传统的研究方法和理论要进行哪些革新？这些都是亟待关注的突出问题。

一　文学存在方式

文学是什么？自古而来，人们对这一问题的探讨不绝于耳。模仿说、表现说、形式说、意识形态论、审美意识形态论、价值论等都从某一方面揭示了文学的本质，但没有哪一家学说能在历史进程中独领风骚。对于“文学是什么”的追问，至今也没有一个终极的答案。

在这种情况下，20 世纪“文学存在方式”的提出，是对“文学是什么”的本质主义困境的突围。严格意义上的“存在方式”属于现象学存在论的范畴，它探讨的是对象如何存在的问题。海德格尔较早将这一概念用于考察人的存在方式，但是他并没有对这一概念进行界定。他说："各种科学都是此在的存在方式，在这些存在方式中此在也对本身无须乎此在的存在者有所作为。"① 他还指出："'烦忙'在这里差不多指担心恐怕之类。同这些先于科学的存在者状态上的含义相反，在这部探索中'烦忙'一词是作为存在论术语（生存论环节）加以使用的，它标识着在世的可能存在方式"。② 在文学方面，直接提出并对文学存在方式进行正面论述的学者首推波兰现象学家英加登。他在1931年出版的重要著作《论文学作品》中解答了"认识对象——文学的艺术作品——是如何构造的"问题。他认为文学作品的存在取决于作者或接受者的意向行为，但又不同于这些行为。它产生于作者的创造，但也离不开一定的物理基础如"符号"。在该书中，他还对文学作品进行了独特的层次结构分析，"文学作品是一个多层次的构成。它包括：（a）语词声音和语音构成以及一个更高级现象的层次；（b）意群层次：句子意义和全部句群意义的层次；（c）图示化外观层次，作品描绘的各种对象通过这些外观呈现出来；（d）在句子投射的意向事态中描绘的客体层次"③。简单地说，这四个层次即语词声音层、语义层、图示化外观层、客体层。随后，他又在1937年出版了《对文学的艺术作品的认识》作为《论文学作品》的姊妹篇，深入探讨文学的艺术作品如何呈现于人的意识，我们如何认识文学的艺术作品，认识文学的艺术作品要经过哪些过程，有哪些可能的认识方式等问题。英加登对文学作品的存在方式的探讨至今在文学理论界仍时常被人提及，可见其影响之深。在英加登之后，美国新批评派的代表人物韦勒克（Rene Wellek）也提出了相关见解："在我们能够对文学作品的不同层次做出分析之前，我们必须先提出一个极为困难的认识论上的问题，

① ［德］海德格尔：《存在与时间》，陈嘉映等译，生活·读书·新知三联书店1987年版，第17页。

② 同上书，第70页。

③ ［波］英加登：《对文学的艺术作品的认识》，陈燕谷译，中国文联出版公司1988年版，第10页。

那就是‘文学作品的存在方式’或者‘本体论的地位’问题。什么是‘真正的’诗？我们应该到什么地方去找它？它是怎样存在的？……为恰当分析文学作品开辟道路”①。韦勒克对文学作品存在方式的研究借鉴了英加登的方法，正如他所说：“我自己在很大范围内赞同他的观点。在这许多问题上，我向他所学的比向其他任何人学到的更多”②。他将艺术作品分为：声音层面、意义单元层面、意象和隐喻层面、存在于象征和象征系统中的诗的特殊“世界”层面，形式和技巧层面、文学类型的性质层面等八个层面③。此外，阐释学家加达默尔在《真理与方法》一书中，也表明了他对文学作品存在方式的理解，他认为，“如果我们就与艺术经验的关系而谈论游戏，那么游戏并不指态度，甚至不指创造活动或鉴赏活动的情绪状态，更不是指在游戏活动中所实现的某种主体性自由，而是指艺术作品本身的存在方式”④。通过以上分析，我们可以看到先前学者在研究文学的存在方式时，有一个共同点是集中于关注文学作品的静态的存在方式，而没有将文学置于动态的活动中考察。如果从动态的活动来考察，那么文学实际上存在于创作、传播、接受、反馈的生生不息的运动中，各个环节之间不断互动，由此才有文学的存在。

我国学术界较早提出“文学存在方式”的是朱立元先生。他在1988年就说：“文学既不单纯存在于作家那儿，也不单纯存在于作品中，还不单纯存在于读者那儿。文学是作为一种活动而存在的，存在于创作活动到阅读活动的全过程，存在于作家→作品→读者这个动态流程之中。这三个环节过程的全部活动过程，就是文学的存在

① ［美］勒内·韦勒克、奥斯汀·沃伦：《文学理论》，刘象愚等译，江苏教育出版社2005年版，第158页。

② Rene Wellek, *A History of Modern Criticism*: 1900—1950, New Haver and London: Yale University Press, 1992, p. 179.

③ ［美］勒内·韦勒克、奥斯汀·沃伦：《文学理论》，刘象愚等译，江苏教育出版社2005年版，第174页。

④ ［德］汉斯-格奥尔格·加达默尔：《真理与方法》（上卷），洪汉鼎译，上海译文出版社1999年版，第130页。

方式。”[①] 后来，他又在《美的感悟》一书中对艺术的存在方式作了简要的概述：“所谓艺术的存在方式问题，就是追问：艺术为何存在？艺术怎样存在？换言之，就是探讨艺术通过何种方式、途径或程序，才获得现实的存在生命”[②]。朱立元先生的观点得到了邵建等人的回应，他在《梳理与沉思：关于文艺本体论》一文中，认为文学存在方式就是“三R结构”即“writer（作者）……work（作品）……reader（读者）”，并认为这三个元素构成了一个完整的统一体。他说：

> 文艺本体论的基本问题，就是解答文艺作为“在”它如何存在、怎样存在。……欲回到这个问题，我们必须把握文艺的形态构成，这个构成就是文艺作为在的存在方式，以文学为例就是“三R结构”。……文学所以存在，就是因为这个存在不是别的，就是活动。活动就是文学活动本身，没有这种活动，文学就无以存在，当然也就无以构成如“三R结构”那样的存在方式。[③]

此外，早期的研究还有吴元迈先生的专著《文学作品的存在方式》着力探讨这一问题。他认为：文学作品是文学创作活动和文学接受活动即现实——作者——文学作品——读者——现实这一动态系统中的重要环节；既是客观性、稳定性和开放性、变化性的辩证统一，也是物质因素和精神因素、审美反映和艺术创造等的辩证统一。[④]

进入21世纪之后，学术界对文学存在方式的探讨热情不减。在这当中，比较显著的成果有刘月新《对话——文学的存在方式》、陈吉猛《文学的存在方式研究》、单小曦《现代传媒语境中的文学存在方式》。

---

① 朱立元：《解答文学本体论的新思路》，《文学评论家》1988年第5期。

② 朱立元：《美的感悟》，华东师范大学出版社2001年版，第238—239页。

③ 邵建：《梳理与沉思：关于文艺本体论》，《上海文论》1991年第4期。

④ 吴元迈：《文学作品的存在方式》，海南出版社1993年版，见内容简介。

刘月新遵循朱立元先生提出的文学存在于活动之中的观点，但批判了传统的以作者为中心的文学本体论、作品形式本体论以及读者本体论，指出这些观点和思路的共同点：

> 第一，所有这些观点都只是对文学某一方面、某一层次特性的揭示，没有把握文学的整个本质特征，没有从联系的角度来考察问题。比如“模仿说”只能把握文学与社会生活的关系，没有认识到文学与作家、读者的关系，更没有认识到文学艺术形式的特殊意义和价值……第二，所有这些观点都只是将文学作为静态的对象来把握，将文学作为一个静止的“物”来对待，没有从动态、发展的角度看问题，陷入了“形而上学”的思维模式，“看到一个一个的事物，忘记了它们相互间的关系；看到它们的存在，忘了它们的产生和消失；看到了它们的静止，忘了它们的运动”。

后来他又提出：如果我们改变一下提问的方式，不问“文学是什么”而问“文学为什么存在”，“文学怎样存在”将文学作为活动来看待，可能会找到一条解决问题的新思路。……如果这一分析思路是成立的，那么就必然会得出这样的结论：文学是人类的对话与交流活动，或者说对话与交流是文学的存在方式①。

对文学存在方式研究用力较深的是陈吉猛的博士学位论文《文学的存在方式研究》，该论文收录于作者 2008 年出版的专著《文学的“什么”与“如何”》。该书分为两篇，上篇《论“文学是什么?”》，探讨文学的本质问题，下篇《文学如何存在?》，具体研究文学的存在方式问题，包括存在如何存在——现象存在论解析，文学如何存在——文学存在方式的现象学存在论建构，文学存在方式理论的价值

① 刘月新：《对话——文学的存在方式》，《三峡大学学报》（人文社会科学版）2002 年第 3 期。

评估等几个方面的内容。书中最具原创性思想的莫过于借鉴现象学的方法、系统科学的概念提出文学存在的四维整体结构之说：

> 我们直观文学存在，文学存在的四维整体结构和文学存在之主体间的交流结构遂在我们的现象学直观中向我们显现出来。文学存在之四维整体结构的四个维度是文学主体（创作主体和阅读主体）维度、文学形式维度、文学价值维度和文学存在的历史维度，四维整体结构是指文学世界。①

陈吉猛还进一步提出了两种文学存在结构共生和共在关系，即文学存在的四维整体结构和文学存在之主体间的交流结构，这两个结构都出自于文学存在的“实事”。在注重分析文学作为整体的存在基础上，陈吉猛还注意到了文学作品的存在方式。例如，他说：

> 在存在方式上，文学作品有两个存在维度，一个是归属于作者的创作的文学作品，一个是归属于读者阅读的文学作品，文学作品的一头向作者开放，一头向读者开放，文学作品的存在或者需要作者（主体）的同时存在，或者需要读者（主体）的同时存在，需要他们各自的，或共同的创造性劳动。②
>
> 文学的存在方式内在于文学作品之于文学作品的后果就是：文学作品成为文学的存在方式的开展，成为文学的存在方式具体而生动的显现③。

陈吉猛对文学存在方式的研究，既注重文学作为动态活动的过程，又不忘文学作品的静态存在，将二者结合起来比较全面地考察了文学

① 陈吉猛：《文学的“什么”与“如何”》，吉林大学出版社 2008 年版，第 151 页。

② 同上书，第 237 页。

③ 同上书，第 246—247 页。

存在方式的问题。

总的来看，以上学者的研究有一个共同之处，就是忽略传媒在文学存在中的重要作用。而单小曦《现代传媒语境中的文学存在方式研究》弥补了以上理论之说的不足，切合了当今传媒在社会生活中发挥越来越重要作用的现实。他首先提出文学存在方式中传媒的构成要素问题，这些要素包括四个层面，即：符号媒介、载体媒介、制品媒介和传播媒体。他认为，在当下的现代传媒语境中，传媒的制约力量渗透到文学活动的各个环节和各个方面，之前有关文学存在方式理论都已无法充分解释当下文学存在的实际情况了。他整合布迪厄“文学场”理论、传播学、符号学的有关学说，对现代传媒引发的文学场的变迁进行独到的分析，并从现代传媒语境中的文学动态存在方式和静态存在方式两方面论述传媒在文学存在中的重要性。

现代传媒语境中的文学的动态存在方式是指传媒贯穿于世界——作家——作品——读者的每一个环节之中，而且传媒还制约着每两个环节之间的双向交流和互动。比方说：在世界与作家之间有传媒的选择和制约作用，现代传媒以强大的建构力量在二者之间插入了一个由“信息环境”组成的“虚拟世界”，它越来越成为作者获取写作材料和信息的另一来源，同时它对作家的主观世界日益显示出了强大的制约力量。同样，在作家与作品之间也不再是一种直接而单纯的关系，传媒不仅决定着个体作家完成的手稿的命运，而且打破了作家的个体创作局面，出现了个体创作和集体生产相互交织的格局[①]。

现代传媒语境中的文学静态存在方式，是相对意义上的，是指：文学作品是文学信息传播链上的具体存在，是文学信息的物化形态。在文学信息链的前半段洒着文学作品萌芽到成长的足迹；在它的后半段则记录着文学作品由精神性的物化产品到价值实现的历程。各级媒

① 单小曦：《现代传媒语境中的文学存在方式研究》，中国社会科学出版社 2008 年版，第193—212 页。

介——符号媒介、载体媒介、制品媒介等物质性内容是决定文学作品存在的物质保证①。

无疑，传媒是构成文学存在的重要因素，离开了传媒，文学活动将不复存在。单小曦的论述为我们探究文学如何存在打开了一条新的思路。

综合以上的分析，本书认为文学存在方式是指具体语境中文学存在的整体面貌、结构和状态，包括文学作为活动的动态存在方式和文学作品的静态存在方式。其中，文学的动态存在方式是指文学存在于创作——传播——接受——反馈的双向互动过程，传媒、世界、作家、作品、读者是这一活动的五大要素，文学的静态存在方式是指媒介赋形中作品的具体存在，包括作品的媒介构成要素、文本结构、层次、意蕴，等等。

概而言之，20世纪以来学术界对文学如何存在的整体式考察，说明了文学存在方式的研究已成为文学理论的重要内容，这一方面的研究成为文学理论新的生长点。为了更好地开拓文学理论的新境界，我们还可以继续挖掘文学存在方式的理论潜能。为此，笔者在广泛比较和借鉴以往学者对文学存在方式研究成果的基础上，将本书的立论基点定位于赛博空间与文学存在方式的嬗变。与之前的研究相比，本书将现代传媒的语境缩小化，专注于计算机和互联网形成的赛博空间，考察赛博空间引起的文学存在方式的变革，并力图勾勒印刷媒体文学和赛博空间的数码文学之间的关联点也即是嬗变点。

二　赛博空间与文学的存在方式

“赛博空间”（Cyberspace）一词，由加拿大籍美裔科幻作家吉布

① 单小曦：《现代传媒语境中的文学存在方式研究》，中国社会科学出版社2008年版，第224—229页。

森在其小说《神经浪游者》（Neuromancer）首次使用。该词糅合了“控制论”（Cybernetics）与“空间”（Space）的含义。“控制论”是1948年由维纳（Norbert Weiner）建立的，起源于希腊词语“Kubernetes”，意为“舵手”，当时的水手要在没有地图和其他必要航海设备的情况下，漂洋过海，他们必须大胆、机智、充分发挥独立思考的能力，由此发展出民主的、富有怀疑精神、追求自由的精神品质。[①] 因此，从词源学的角度来看，“赛博空间”一词具有自由航行的空间之意。吉布森在小说中描绘了一幅令人神往的赛博空间场景：“赛博空间，世界上每天都有数十亿合法操作者和学习数学概念的孩子可以感受到的一种交感幻觉……从人类系统的每台电脑存储体中提取出来的数据的图像表示，复杂得难以想象。一条条光线在智能、数据簇和数据丛的非空间中延伸，像城市的灯光渐渐远去，变得模糊……”[②]。他后来解释说：“媒体不断融合并最终淹没人类的一个阀值点。赛博空间意味着把日常生活排斥在外的一种极端的延伸情况。有了这样一个我所描述的赛博空间，你可以从理论上完全把自己包围在媒体中，可以不必再去关心实际上周围在发生着什么。”[③] 在吉布森之后，这一偶然拼合的词语竟不胫而走，得到广泛认同，并被运用于许多不同的领域，如教育学、医学、经济学、法律、艺术学等。

目前，对于赛博空间主要有三种不同的看法。第一种看法是将任何由数字化媒介产生的空间都当作是赛博空间。如：惠特克（Jason Whittaker）在《赛博空间手册》中就说，“当我们通过全球移动通信系统（GSM）电话网络谈话时，转换数字电视机频道时，或者通过自动取款机取钱时，我们已经参与了赛博空间。在最广泛意义上，赛博

① ［美］维克多·维坦查：《赛柏朋克》，杨真译，载熊澄宇编《新媒介与创新思维》，清华大学出版社2001年版，第230—232页。

② ［加拿大］威廉·吉布森：《神经浪游者》，雷丽敏译，上海科技教育出版社1999年版，第59页。

③ ［美］维克多·维坦查：《赛柏空间》，梁燕译，载熊澄宇编《新媒介与创新思维》，清华大学出版社2001年版，第300页。

空间就是通过信息和通信网络转换的空间。正如道奇和凯秦指出的，‘目前，赛博空间并不是由一个同质空间构成；它是无数快速膨胀的赛博空间的集合，每一个空间都提供了一种不同形式的数字化交互和传播。总体上来说，尽管由于技术的迅速汇聚，新的混杂空间仍在出现，但是这些空间可以大体归入互联网技术空间，虚拟现实空间，通用的无限通信如电话和传真空间’。”① 第二种看法把赛博空间限定于全球信息处理系统。如诺瓦克（Marcos Novak）说：“赛博空间是全球信息处理系统中所有信息的完全空间化的视觉显现环境，伴随有现在和未来的通信网络提供的路径，能使多个用户共在和交互，允许从人类全部的感觉中枢输入输出，许可仿真或者真实的、虚拟的现实，通过遥在技术（telepresence）收集和控制数据，与在真实空间中的大规模的智能产品和环境完全整合或者互相交流。”② 实际上，这一定义涵盖了网络化计算机所能做的事情，正如莱恩（Marie-laure Ryan）所说，“我们将意识到赛博空间的领域包括了所有现在的、未来的或者仅仅是想象当中的电子技术的应用”③。第三种看法是将赛博空间当作互联网的第二个名称。如约斯·德·穆尔在《赛博空间的奥德赛》一书中说：“电脑屏幕上引发的这种充满想象的穿越太空的旅程，是一个穿越赛博空间的旅行的隐喻，电脑万维网打开了这个虚拟世界。”④

参照以上看法，本书将赛博空间定义为由电脑技术和互联网络构造的虚拟空间，其远景是三维信息空间的形成。这里，赛博空间被称作“空间”隐含了一个更深层的比喻，“那种以雷克夫（Lakoff）和约翰逊所说的我们‘以之为生’的比喻。一个空间不仅仅是一套物体或

---

① Jason Whittaker, *The Cyberspace Handbook*, London and New York: Routledge, 2004, p. 23.

② Marcos Novak, “Liquid Architecture in Cyberspace”, in Michael Benedict ed. *Cyberspace: First Steps*Cambridge, Mass: The MIT Press, 1991, p. 278.

③ Marie-Laure Ryan, “Cyberspace, Virtuality, and the Text”, in Marie-Laure Ryan ed. *Cyberspace Textuality: Computer Technology and Literary Theory*, Bloomington and Indianapolis: Indiana University Press, 1999, p. 82.

④ ［荷］约斯·德·穆尔：《赛博空间的奥德赛》，广西师范大学出版社 2007 年版，第 2 页。

是活动，而是个人在其间体验、行动和生存的一种媒介。对于赛博空间的航行者而言，在他们的视野中根本不存在计算机和软件——只有‘元空间’（mataverse），主人公借助必需的但是基本上是无形的计算机器来感受元空间”①。赛博空间不仅为我们提供了一种新的栖息环境，日益交织于我们的日常生活，而且还是一种新的艺术媒介，为文艺创作、传播和接受、反馈提供了广阔发展的舞台。

就赛博空间作为一种新的艺术媒介来看，它的出现既改变了人们创作、传播和接受文学的方式，也改变了文学本身的存在方式和形态。正如早期的传播学者英尼斯论述媒介对文化的影响时所说："也许可以假定一种媒介经过长期使用之后，也许会在一定程度上决定它传播的知识的特征。也许可以说，它无孔不入地影响创造出来的文明，最终难以保持其活力和灵活性。也许还可以说，一种新媒介的优势将成为导致一种新文明诞生的力量。"② 同样，新的文学媒介的出现，也必然引导新的文学类型的形成。另外，麦克卢汉广为人知的"媒介即讯息"的主张也强调，"任何媒介对个人和社会的任何影响，都是由于新的尺度产生的；我们的任何一种延伸（或曰任何一种技术），都要在我们的事物中引入一种新的尺度"③。那么，在文学领域，媒介的变化也必然会导致文学领域的变革。如口头媒介时代，文学是集体创作的产物，史诗和神话就是明证；在书写文字时代，文学开始注重表现个人的情思，有大量个人创作的诗歌出现；在印刷媒体时代，文学开始大规模的生产，出现了大型叙事体小说、报告文学、连载小说等文类；电子媒体时代，广播、电视、电影的出现，又涌现了广播剧、电视散文、电影剧本等文类。当今时代，赛博空间不仅给文学艺术，也

① ［加拿大］特里·维纳格瑞德：《交互设计》，张原虹译，载熊澄宇编选《新媒介与创新思维》，清华大学出版社 2001 年版，第 388 页。

② Harold Adams Innis, *The Bias of Communication*. Toronto: University of Toronto Press, 1951, p. 43.

③ ［加拿大］马歇尔·麦克卢汉：《理解媒介——论人的延伸》，何道宽译，商务印书馆 2000 年版，第 33 页。

给世界带来了史无前例的深刻变革。正如新媒体研究专家罗伊·阿斯科特评价新媒体所说："新媒体发展出一套全新的认识论与本体论：自我认知和现实构筑的新方式，生产知识以及重构世界的新途径。"[①]作为新媒体的代表之一，赛博空间重构了文学的世界，这与它的自身特点不无关系。

莱恩曾把赛博空间的特点概括为五点：即时的穿梭式传输而不是笛卡尔哲学空间的点到点的移动传输；它是无限的，在网上建立个人主页，不会减少他人可以利用的赛博空间的数量；赛博空间中，对象没有整一性，通过互联网传输的消息会被分成一些数据包传送，各个数据包走不同的路径，并在最终到达的地方重新组合在一起；赛博空间改变了物理的距离，一个在大洋彼岸的用户可能比你隔壁的邻居更容易联系上；赛博空间并不是连续性的、统一的，而是充满了裂隙和黑洞，如果你没有连上网络，你就不是它的一部分。[②]参照莱恩的观点，我们可以将赛博空间的特点简括为多媒体性、虚拟性、互动性。

赛博空间的所有信息都具有共同的数字编码，人类首次实现了信息传送"从原子到比特"的飞跃，传统的信息载体如书籍、报纸、杂志等都是原子的物质实体，而比特则是"没有颜色、尺寸或重量。能以光速传播。它就好比人体内的 DNA 一样，是信息的最小单位。……出于实用目的，我们把比特想成 1 或 0。……越来越多的信息，如声音和影像，都被数字化了，被简化为同样的 1 和 0"[③]。这样，各种媒介形式如文字、图像、视频等，都能轻而易举地借助计算机技术加以比特化，并可以无限制地拷贝复制而丝毫无损其品质，这一点与模拟

① 余小惠：《关于罗伊·阿斯科特与新媒体》2009 年 5 月 16 日，http：//www.artda.cn/www/3/2009－05/1824.html，2016 年 3 月 21 日。

② Marie-Laure Ryan，"Cyberspace，Virtuality，and the Text"，in Marie-Laure Ryan ed. *Cyberspace Textuality：Computer Technology and Literary Theory*. Bloomington and Indianapolis：Indiana University Press，1999，p.86.

③ ［美］尼古拉·尼葛洛庞帝：《数字化生存》，海南出版社 1996 年版，第 24 页。

性的电子媒体不同，这就意味着赛博空间“从定义上说——亦即是说，它们不拘泥于实际上的事物，事实上诉诸一种或者多种感觉——本质上是多媒体的”①。

赛博空间是计算机硬件和软件打造的数字化王国，在此你可以欣赏世界著名博物馆的珍藏，可以浏览异国风景，可以参与各种社区，但这一切在物质形态上都是无形的，它只存在于虚拟的网络空间。正如巴洛（John Perry Barlow）所说：“我们的世界既无所不在，又虚无缥缈，但它绝不是实体所存的世界。”② 赛博空间的这一特点我们称之为虚拟性。按照约斯·德·穆尔所说，虚拟这个词有另种乍看起来相抵牾的意思，一方面，虚拟性专指实际呈现的东西，另一方面，它又指一种可以显现现实或行动的能力。虚拟世界是对世界的仿真，在物理学意义上不是真实的，但是在其效应上，它给观众以真实而深刻的印象。这正是电脑作为全球性机器的两大特征③。

赛博空间出现之前，其他媒介如印刷、广播、电影、电视传递信息的方式，是单向的发布到传递到接受，而赛博空间信息的传递方式则是双向、可逆、互动的过程。每一个用户都可以根据自己的爱好和兴趣，选择信息并迅速做出反馈，还可以与其他用户进行信息交流活动，这是赛博空间互动的特点。由此可见，互动性包含两方面的意思：一方面，它表明用户可以决定具体文本的呈现顺序、生成方式；另一方面，它可以用来描述用户之间的交流和反馈关系。

多媒体性、虚拟性、互动性是赛博空间不同于印刷媒介的显著特点，正是这些特点改变着文学的存在方式。前文中，笔者已经指出，文学的存在方式可以从动态的存在方式和静态的存在方式两方面分析。赛博空间对文学的动态存在方式的影响，贯穿于创作、传播到接受的

① ［荷］约斯·德·穆尔：《赛博空间的奥德赛》，广西师范大学出版社2007年版，第91页。

② John Perry Barlow, “A Declaration of the Independence of Cyberspace”, February 8, 1996, https://www.eff.org/cyberspace-independence.

③ ［荷］约斯·德·穆尔：《赛博空间的奥德赛》，广西师范大学出版社2007年版，第97页。

整个过程。从文学活动的要素来分析，具体表现在：它重构了文学创作主体，使“人人成为艺术家”不再只是幻想，没有了出版门槛的限制，用户可以自由写作、即时传播；原来意义上的读者，在这里成为读写者，不再只是被动的接受者，而是积极的参与者，与文本互动生成文本，与作者互动反馈信息，与其他用户互动交流体验；文本形态比特化，文本类型重构、文本叙事形态变化。进而文学研究领域扩大、文学研究方法变革，等等。由于文学的静态存在方式（相对意义上的）可以大体视为动态存在方式中的作品环节，因此本书在后面的论述中没有严格区分这两种存在方式，而是从文学活动的五个要素来分析赛博空间中文学存在方式的嬗变。

从赛博空间与文学的互动来看，可以将赛博空间文学分为三类：一是上了网的传统文学，如电子版的《西游记》《红楼梦》等；二是首发在网络上的原创文学，如蔡智恒《第一次亲密接触》等；三是存在于网络空间中的，包含超链接（hyperlink）的超文本、超媒体文学，如乔伊斯（Michael Joyce）《下午》（Afternoon, a story）等，以及人机交互生成的作品，等等。其中，上了网的传统文学，只是实现了载体的变迁，形态并没有根本改变，因此不能算是真正的赛博空间文学。二、三类作品离开计算机和网络便不能存在，它们能动地体现了赛博空间对文学存在方式的重构，本书的考察对象也限定于这两类作品。

三 国内外赛博空间文学研究现状梳理

（一）国外赛博空间文学研究概况

大体来看，国外赛博空间文学研究可以分为三类，即数码技术与文学关系研究、数码叙事学研究、赛博空间文学的跨学科研究。

1. 数码技术与文学关系研究

早期国外赛博空间文学研究集中于探讨超文本技术引发的文学领

域的变革，这一阶段时间大致在20世纪80年代末至90年代末，该时段出版的成果多以“超文本”命名。在90年代末期至今，数码技术与文学关系的著述，多以“数码文学”“交互小说”等命名。

有关超文本文学的研究，其缘起可追溯到纳尔逊（Theodor Holn Nelson），他在1965年提出了“超文本”（Hypertext）的构想，这是“非相续的写作，文本——即分叉的并允许读者选择的、最好在屏幕上阅读的文本。正如前面流行的构想，这是一系列由链接组合在一起的文本块，它能提供给读者不同的阅读路径”[①]。同年，在他提交的第20届国际计算机协会的论文中，对超文本作了补充解释，“大量的书写材料或者图像材料，以复杂的方式相互联系，以致不能方便地呈现于纸上。它可能包含内容或相互关系的概要或图示，也可能包含来自审阅过它的学者的评注、补充或脚注”[②]。

纳尔逊的构想，随着超文本技术的逐步成熟而得以实现。学者们不仅设计了如Intermedia、Storyspace之类专门用于超文本创作的软件，还参与创作超文本小说，如乔伊斯的《下午，一个故事》（1987）、莫尔斯洛普（Stuart Moulthrop）的《维克多花园》（1991）和《黄金时代》（Dreamtime），等等。同时，有关超文本文学的著述也纷纷涌现，其形态有电子文献和印刷文献，电子文献数目巨大，难以统计，我们仅以学术界常常参考和引用的印刷文献部分为例，概述这方面的成果。

专著方面比较有名的当推兰道（George P. Landow）的《超文本：当代批评理论和技术的汇聚》（1992）[③]，乔伊斯的《双脑：超文本教

① Theodor Holn Nelson, “Literary Machines”, quotation from George P. Landow. *Hypertext* 2.0: *the Convergence of Contemporary Critical Theory and Technology*, Baltimore: John Hopkins University Press, 1997, p. 3.

② Theodor Holn Nelson, “File Structure for the Complex, the Changing, and the Indeterminate”, paper delivered to Proceedings of the 20th National Conference, sponsored by Association for Computing Machinery, Cleveland, Ohio, August 24 -26, 1965.

③ George P. Landow, *Hypertext*: *the Convergence of Critical Theory and Contemporary Technology*. Baltimore: John Hopkins University Press, 1992.

育学与诗学》(1995)[①]，阿塞斯(Espen J. Aarseth)《赛博文本：各态历经文学透视》(1997)[②]，博尔特(J. David Bolter)的《写作空间：计算机、超文本与印刷的补救》(2001)[③]，等等。这几本专著各有特色，时至今日，学术界在进行相关研究时，仍不时称引其内容，这里有必要详细介绍。

兰道的《超文本》被翻译成多种欧、亚语言，足见其影响之深远，兰道由此也被学术界公认为是最负盛名的超文本研究专家。在《超文本》一书中，兰道不仅追溯了超文本的渊源，阐述了布什、德里达、纳尔逊等先驱对于超文本的贡献，而且，他还从文本的开放性、互文性、多声部、去中心化、块茎特点等方面分析了超文本与当代批评理论如后结构主义理论之间的联系，认为超文本提供了检验结构主义和后结构主义的方法，在此基础上，他又分章论述了超文本对作者、文本、写作、叙事、文学教育等相关理念的重构。概而言之，这本书比较全面地分析了超文本技术对整体文学领域的变革。

乔伊斯的《双脑：超文本教育学和诗学》，分为超文本的背景、超文本教育学和超文本诗学三部分。其实，这本书由一部分议案、会议论文、电子杂志篇章修改完善而成，尽管它有着书的形式，但是完全可以作为超文本来阅读，作者并没有为这种拼贴的样式而道歉，在文本块之间只要我们愿意就能找到它们之间的联系。这无疑构成了此书编排体例方面的特色[④]。作者的主要观点是：超文本挑战了传统的文学教育和制度，教育学和诗学——教和写几乎同时到达了它们长久发展的尽头，它们处在重新定义自身的进程中。其中，与本论文研究

---

① Michael Joyce, *Of Two Minds: Hypertext Pedagogy and Poetics*. Ann Arbor: University of Michigan Press, 1995.

② Espen. J. Aaresth, *Cybertext: Perspective on Ergodic Literature*, Baltimore and London: John Hopkins University, 1997.

③ J. David Bolter, *Writing Space: Computer, Hypertext, and the Remediation of Printing*, Mahwah, N. J.: Lawrence Erlbaum Associations, 2001.

④ Charles Moran, "Review: English and Emerging Technologies". *College English*, Vol. 60, No. 2, 1998, pp. 202 - 209.

对象密切相关的是超文本诗学这一部分。该部分以“自我交互：颠覆的文本和多重小说”开始，介绍了交互小说、作者和读者的关系的变化，接着“词语地理学：文本书件作为风景”，论述了超文本技术对于写作过程的影响，计算机写作环境的进化，并追踪写作的历程。随后“印刷文化的终结”，作者提出印刷时代晚期，书籍的命运需要重新审视，读者的阅读习惯和方法也要加以变革。“超文本叙事”一节，视角广阔，论及卡尔维诺、艾柯、德勒兹和加塔利的观点，作者还结合超文本的特点，论述了超文本叙事的功能、读者的作用等问题。除此之外，作者在书中提出：超文本可分为建构的超文本和探索的超文本。这一观点值得借鉴。他着力阐释的是建构的超文本，此种类型的超文本，用户既能够阅读也能够写作，作者/读者相互赋予权利，信息不再是稀缺的而是自由的，所有用户均可使用，另一种超文本类型是探索性的超文本如 CD—ROM 百科全书，信息是预先设定的、形式化的，只能阅读，不可增删。

博尔特《写作空间：计算机、超文本和印刷的补救》，共分十章来论述写作空间的技术和文化意义上的变迁。第一章介绍印刷时代晚期的写作。作者认为，在印刷时代晚期，数码技术给写作带来一些新的特点，允许读者分享写作的动态过程并改变文本的形态，在新的写作空间中文本具有流动性和变化性，“写作空间”指的是“由写作技术所规定的物理和视觉的范围，具体写作技术的使用由特定文化中的作者和读者决定。写作空间是由物理特性和文化选择及实践的交互作用产生的。而且，每一个空间的意义都依赖于先前空间或者它与之竞争的当代空间。”互联网、CD—ROM 和 DVD、计算机随机存取存储器组成了记录、组织和呈现文本的新领域，它们是当代的写作空间，改变了早期的纸草卷、古抄本和印刷书籍形成的空间。[①] 第二章论作为

① J. David Bolter, *Writing Space: Computer, Hypertext, and the Remediation of Printing*, Mahwah, N. J.: Lawrence Erlbaum Associations, 2001, p. 12.

技术的写作。作者认为中世纪的手稿、古代的纸草卷、印刷、自动排版机、计算机等都代表了写作的技术，每一种写作技术都有特定的表达方式，这些技术在各种文化氛围中为作者和读者使用，“在整个20世纪印刷术加入到摄影术、电影、电视补救的竞争中，所有的视觉技术仍然在补救印刷术，数码技术也如此。最好的理解电子写作的方法是把它看作是印刷文本的补救，它宣称改变了照字母顺序写作本身的表现和状态”①。第三章“超文本和印刷的补救”和第四章“视觉的突破”介绍了超文本的历史渊源、全球超文本、超文本和超媒体的图像化、超文本写作的特点、赛博空间的文本、MUDs和MOOs。作者认为，在印刷时代的晚期，印刷术和电子写作，这两种不同的技术是彼此相依的关系。电子超文本不是印刷时代的终结，而是印刷的补救。第五章“电子书”，探讨了书的观念的变化、电子百科全书、作为写作空间的图书馆。第六章“重置对话”，首先指出在传统的书面或印刷传播条件下，所有的写作有时明显处于尴尬的境地，形式上邀请读者参与对话，实际上又拒绝他们完全的参与。而电子写作具有三重对话功能，即作者和读者间的对话，作为表现手段的口头和视听模式间的对话，各种新的和旧的媒体形式间的对话。第七章“交互小说”以《下午》《维克多花园》为例，分析了交互小说的特点，并回溯了历史上与之相关的文本实验。第八章“新写作空间的批评理论”，论析著作权的终结、超文本与后结构主义的联系、读者的反应和超文本的结构、电子符号，这一章对于我们深刻理解新媒体形式的文本大有裨益。第九章“写作的自我”和第十章“写作文化”将论题扩展到写作与心灵、文化的关系，增强了本书的人文蕴含和理论深度。作者认为写作技术有反思的功能，允许读者从他们的写作中观察自身，然而每一项写作技术在定义所写文字和作者身份之间的关系时有着某种程度的不

---

① J. David Bolter, *Writing Space: Computer, Hypertext, and the Remediation of Printing*, Mahwah, N. J.: Lawrence Erlbaum Associations, 2001, p. 26.

同，进而可以说，写作技术定义了我们的文化关系。传统的高雅文化虽然仍然存在，但是却无法吸引广大用户的注意，网络文化事实上放弃了高雅文化作为统一力量的理想目标，商业文化和流行文化盛行。大体来看，本书既有历史视野，纵览历史上的写作技术，又有时代气息，是不可多得的关于超文本的专著。

阿塞斯《赛博文本：透视各态历经文学》是作者的博士学位论文，修改出版后在学术界颇有影响。作者在序言中说："我主要的努力是揭示各种文本（包括超文本小说、电脑游戏、MUDs——笔者注）的媒体理论，在文学理论和实践方面暗含的功能上的不同和相似。这种探索的理论基础是叙事学和诗学，但是并不局限于这两种学科。我认为，现在的文学理论在面对这里所描绘的现象时，是不完备的，我试图解释为什么和在什么地方需要一种新的理论。我最后的目标是建立赛博文本或者遍历文学理论的框架，并勾画出这一理论的主要元素。"① 为了探究各种文本的媒体理论，他提出了遍历文学的概念，并对科幻作家波士顿（Bruce Boston）发明的"赛博文本"（Cybertext）一词进行界定和阐释。"遍历"（ergodic）是物理学的概念，源于希腊词"ergon"（作品）和"hodos"（路径）。"遍历文学"，需要读者在阅读的过程中，做出并非是微不足道的努力以穿越文本，具体来说，读者要在不同的文本路径中选择、决定、移动。微不足道的努力仅仅是眼睛从一行移到另一行，以及手的翻页动作。中国的《易经》可能是最有名的遍历文本的例子，卦象的两两组合可以产生四千多种不同的文本，而超文本、电脑游戏、MUDs 等数码文本更显示出遍历文本的特性。"赛博文本"不是文本新的革命的形式，不是通过数码计算机的发明获得的文本功能，它是一个考察文学性的所有形式的视角，是扩展文学领域包括所有边缘化的文学现象的方法。根据他的观点，

① Espen J. Aaresth, *Cybertext: Perspective on Ergodic Literature*, Baltimore and London: John Hopkins University, 1997, p. 17.

不仅电脑产生的文学、电脑游戏、MUDs、虚拟现实属赛博文本，而且任何形式的具有多路径、包含某种信息反馈圈的文本形式都是赛博文本。因此，赛博文本也可能以印刷形式出现，如《易经》、帕维奇（Milorad Pavic）的小说《用茶描画的风景》（Landscape Painted With Tea，1990）。以此观之，赛博文本将涵盖大量的实验文学。赛博文本的定义，不是从文本呈现的媒介出发，而是关注文本的样态，文本如何产生和创造，关键点是文本要有多路径选择性、互动性。关于这一点，阿塞斯也说："赛博文本将关注的焦点由传统的三组合即作者/发送者、文本/信息、读者/接受者转移到文本机器的各个参与者之间的控制论的交流"。[①] 对"遍历文学"、"赛博文本"的阐释是阿塞斯对学术界的贡献，有利于文学理论体系的重建。

以上只是超文本文学研究的专著示例。大约20世纪90年代后期开始，"超文本"发展为"超媒体"，相应的，这方面的研究成果，命名也就多了起来，如"数码文学""交互戏剧""虚拟文学"等，成果有科斯柯玛（Raine Koskimaa）的博士论文《数码文学：从文本到超文本及其他》[②]，哈里斯（N. Katherine Hayles）《电子文学：文学的新视野》[③]，等等。

为了论述之便，这里有必要解释一下超媒体的定义。超媒体（hypermedia）是超文本的延伸，该词也是由纳尔逊所发明（1965）。超文本主要是以文字形式的字句之间的连接，而超媒体除了文字形式的连接外，还包括图形、图像、声音、动画或影视片断等多种媒体形式间的连接。尼葛洛庞帝在《数字化生存》中这样描绘超媒体之图景："它必须能从一种媒介流动到另一种媒介；它必须能以不同的方式述

① Espen J. Aaresth, *Cybertext: Perspective on Ergodic Literature*, Baltimore and London: John Hopkins University, 1997, p. 22.

② Raine Koskimaa, *Digital Literature: From Text to Hypertext and Beyond*, May 2000, http: // users. jyu. fi/ ~ koskimaa/thesis/thesis. shtml.

③ N. Katherine Hayles, *Electronic Literature: New Horizons for the Literary*, Notre Dame, Ind.: University of Notre Dame Press, 2008.

说同一件事情；它必须能触动各种不同的人类感官经验。如果我第一次说的时候，你没听明白，那么就让我（机器）换个方式，用卡通或三维立体图解演给你看。这种媒介的流动可以无所不包，从附加文字说明的电影，到能柔声读给你听的书籍，应有尽有。这种书甚至还会在你打瞌睡时，把音量放大”①。

2. 数码叙事学研究

早期的论著中有超文本叙事的研究，但大都涵盖在超文本技术对文学整体领域的影响之内，少见以数码叙事为题的专著。20 世纪 90 年代末期开始，学术界对数码文学的研究逐渐深入，这一时期出现了不少有关数码叙事的著述。反响比较大的，如：默里（Janet Horowitz Murray）《全息平台上的哈姆雷特：赛博空间中叙事的未来》（Hamlet on the Holodeck：The Future of Narrative in Cyberspace，1997），莱恩《作为虚拟现实的叙事：文学和电子媒体中的沉浸和交互性》（Narrative as Virtual Reality：Immersion and Interactivity in Literature and Electronic Media，2001），米德斯（M. S. Meadows）《中断和效果：交互叙事的艺术》（Pause & Effect：The Art of Interactive Narrative，2002），卡洛林·米勒（Carolyn Handler Miller）《数码叙事：交互娱乐创作者指南》（Digital Storytelling：A creator’s Guide to Interactive Entertainment，2004），格拉斯纳（Andrew Glassner）《交互叙事：21 世纪小说的技术》（Interactive Storytelling：Techniques for 21st Century Fiction，2004），托马斯（Bronwen Thomas）和裴吉（Ruth E. Page）的《新叙事》（New Narratives，2011）。除此之外，还有大量相关论文。这里，我们以学术界经常参考引用的两部专著，默里《全息平台上的哈姆雷特：赛博空间中叙事的未来》和莱恩《作为虚拟现实的叙事：文学和电子媒体中的沉浸和交互性》为例，探讨数码叙事学研究的进展。

默里《全息平台上的哈姆雷特》，是赛博空间叙事研究的领先之

① ［美］尼古拉·尼葛洛庞帝：《数字化生存》，海南出版社 1996 年版，第 91 页。

作。作者在开篇即点明目的，她说："电脑预示着叙事表达系列的重构，不是通过代替小说或电影的方法，而是在另一个框架内继续它们无尽的吟游诗人般的工作来实现重构。……这本书努力想象赛博文学将带给我们何种快乐，它将讲述哪种故事"①。全书共分为四部分十章。第一部分以美国电视剧《星际迷航》（Star Trek：Voyager）中的情节作引子，珍妮薇（Kathryn Janeway）在指挥飞船航行的间歇，进入一个三维仿真休息室，体验全息小说。书题名 Holodeck 即从此而来。Holodeck 是《星际迷航》中的一个虚拟现实装置，能给船员提供休息和娱乐。它由计算机驱动，形成小说世界的三维仿真场景，小说的情节由交互者和虚拟人物的互动实时产生。由此出发，作者引出了本书的研究对象数码叙事。通过探讨多形式故事、三维电影、电子游戏等类型的媒介叙事手法，作者认为每一种表达媒介都有独特的讲述故事的能力，因此数码媒体亦不例外。在随后的第二、三、四部分，作者分别从数码媒介的美学特性、程序原作者、新美景新事实等几个方面，阐释了数码媒体叙事的现实、潜能与前景，"最终所有的叙事技术都成为'透明的'，我们没有了媒体意识，看不见印刷或电影媒介，只意识到故事本身的力量"②。很显然，这种叙事的理想，只是默里根据当时的电子环境所做的一种推测，但是她相信未来是可以实现的。统而观之，这本书在学术界的影响，可以参考赫斯特（Beth Herst）书评中一段话：

这是一本对数码新媒体感兴趣的人而言重要的书。它最大的优势是默里对一些仍然需要回答的重要问题的理解：我们如何发展赛博空间自身的叙事？它们看上去像什么？如何体验它们？它们将怎样被创造？大多情况下默里的回答避免了乌托邦式的概括，

① Janet Horowitz Murray, *Hamlet on the Holodeck: the Future of Narrative in Cyberspace*, New York: The Free Press, 1997, p. 10.

② Ibid., p. 26.

> 乌托邦式的概括是未来主义者熟悉的作法——无拘无束的想象，意想不到的形式革新，每位读者每个作者都有他自己的权利。相反，全息平台上的哈姆雷特集中于具体的实践问题：未来的电子作者实际上将做什么，他们如何做。……平等地介入硬件（频带宽度、反馈设备）、软件（创作工具、用户界面）和湿件（概念框架、叙事结构、形式模型）问题。①

莱恩《作为虚拟现实的叙事》，探讨了传统的叙事媒体和计算机产生的作品中的虚拟现实元素，这之中最基本的要素是沉浸和交互，本书就是关于沉浸和交互文化的研究。通常虚拟现实（virtual reality）被定义为“由计算机产生的沉浸和交互的体验”②。作为一个文学理论家，莱恩说道，“我主要感兴趣的是虚拟现实的两个维度（沉浸和交互——笔者注），它们作为描绘读者反应的新方法，可以从印刷形式的或者电子形式的文学文本中引出。因此，我建议将这两个概念从技术的领域转向文学领域，并把它们建构成为阅读现象或者阅读体验的基石”③。在这一观念指导下，她不仅探讨了传统的文本，而且考察了数码革命形成的文本（如超文本、角色扮演游戏 MOOs、交互戏剧等）类型中包含的虚拟现实元素。在研究的过程中，作者运用了与先前学者不同的方法，不是将新媒体与先前存在的媒体形式进行比较，而是相反，拿传统的叙事与虚拟现实相比较。用作者的话说就是：“用流行的数码文化的概念，研究特殊的叙事种类——印刷文学，反之，在

① Beth Herst, “Is There a Fourth Wall in Cyberspace? Reviewed work (s): Hamlet on the Holodeck: The Future of Narrative in Cyberspace by Janet Murray”, *A Journal of Performance and Art*, Vol. 20, No. 3, 1998, pp. 114 – 117.

② Ken Pimentel and Kevin Teixeira, *Virtual Reality*: *Through the New Looking Glass*, New York: Intel/Windcrest McGraw Hill, 1993, p. 11. Quotation from Marie-laure Ryan. *Narrative as Virtual Reality*: *Immersion and Interactivity in Literature and Electronic Media*, Baltimore and London: The Johns Hopkins University Press, 2001, p. 2.

③ Marie-laure Ryan, *Narrative as Virtual Reality*: *Immersion and Interactivity in Literature and Electronic Media*, Baltimore and London: The Johns Hopkins University Press, 2001, p. 2.

数码文化中探究传统叙事模式的命运。”① 在进行具体论述的时候，莱恩确立的框架清晰明了，全书共分四个部分（十章），分别论述虚拟现实的定义、沉浸诗学、交互性诗学、调节沉浸和交互性。在第一部分中，作者分析了虚拟的双重含义以及作为梦想和技术的虚拟现实，她认为，虚拟现实是动态的仿真系统，而不是静态的图像。通常，仿真包含一些叙事世界的构成元素，如人物、场景和行为动作，故而虚拟现实系统是产生种种可能的故事的母体②。第二部分“沉浸的诗学”，作者首先分析了一种特殊类型的沉浸，这种沉浸是阅读文本过程中的一种体验，即感受到文本描绘的世界独立于语言并与人类同在。能提供这种沉浸体验的文本，包括小说、戏剧、电影、表现性的绘画、电脑游戏等，它们有一个共同点就是必须具有场景、情节和人物这三个最基本的叙事语法成分。接着，她在随后的两章分析了三个叙事要素形成的三种类型的沉浸，即空间的沉浸、时间的沉浸和情绪的沉浸。第三部分题为“交互性诗学”，按照作者的观点，“交互”描绘了读者和文本在意义生产过程中的合作关系。即使在传统的叙事类型文本中，阅读也不是一个被动的行为，只是我们没有注意到大脑将语言流转换为整体图像的过程，大脑一直处在积极活跃的状态。后现代叙事则弥补了我们所忽略的这一方面。但是，交互类型获得较多注意则是由于电子技术。电子文本促使读者去影响、控制文本的形成。第四部分“调节沉浸和交互性”，沉浸性在交互的电子文本中比较难以实现，比方说超文本中的多路径选择就常常打断交互者的沉浸感，如何协调这一矛盾，是作者这一部分的重点。为此，作者考察了虚拟现实、电脑游戏、自动的对话系统、装置艺术、MOOs，目的是为未来的电子文本设计提供有价值的参考。这本书将传统的文学、哲学理论运用于数码艺术的探索，分析独到，视角广阔，是数码叙事学研究领域非常有参

① Marie-laure Ryan, *Narrative as Virtual Reality: Immersion and Interactivity in Literature and Electronic Media*, Baltimore and London: The Johns Hopkins University Press, 2001, p. 2.

② Ibid., pp. 64 - 65.

考和借鉴价值的论著。

以上仅以默里和莱恩的两本专著为例，简略介绍了数码叙事学的研究成果。除专著外，还有大量的论文散见于网络和期刊中，这里不再一一列举。

3. 数码文学的跨学科研究

近年来，随着数码文学影响的日益扩大，其他学科的研究者也纷纷关注这一领域，出现了一批跨学科视角的研究成果，如从社会学、美学、教育学、哲学等角度论析数码文学。

埃利奥特（Richard Elliott Parent II）的博士学位论文《数码影响：当代文学和新媒体中的读、写及理解叙事的修辞解释学》（The Digital Affect：A Rhetorical Hermeneutic for Reading，Writing，and Understanding Narrative in Contemporary Literature and New Media，2005），探讨用数码媒体和技术提高读写能力的方法，是哲学视角的文学教育学研究。为此，他一方面重新考察了数码叙事，另一方面又批判了个人计算机作为写作的环境对作者的影响。论述不是从文学理论的角度，而是从素养研究的视角进行。作者认为，从数码媒体和数码环境的素养要求及其影响出发，我们能够建构更加准确的数码叙事谱系。他最后得出的结论是：数码媒体打破并重构标准读写能力的实践，为用户提供了一个无价的机会，使文学写作的过程变得清晰可见、可学。

道格拉斯（Jeremy Douglass）的博士学位论文《命令行：交互小说和新媒体中的美学和技术》（Command Lines：Aesthetics and Technique in Interactive Fiction and New Media，2007）是交互小说的美学探索。作者认为，重新考察历史的和当代的交互小说，有利于阐发更大领域的电子文学和游戏的研究。他将交互小说出现的时间定为 1977 年，发展至今，它一直和美学、技术的发展联系在一起。从交互小说的具体作品出发，作者借鉴语言学、游戏学、电影表现主义、叙事学等学科知识加以细致分析，并发明了两个方法论意义上的概念来描述交互小说中的美学。这两个概念分别是“隐含的编码”和“挫折美学”，其中，“隐含的编码”用以研究交互者在与作品交互时的精神活动，“挫折美学”用以帮助分析建构交互体验过程中受到的局限。整体来看，这是一篇相当具有独创性的论文。

综上分析，笔者认为国外赛博空间文学研究已形成特有的规模和范式，具有以下几个方面的特点：

其一，重视分析赛博空间文学的特点，进而寻求与文学历史上的实验之作、现当代理论思潮之间的渊源和联系，证明了赛博空间文学并不是一蹴而就的孤立现象，这一点我们可以从兰道、博尔特、阿塞斯、埃利奥特等人的论述得知；

其二，全面考察了超文本技术、数码技术对文学领域的变革。从文学主体、读者对象到文学文本、读写关系等各个角度都进行了充分的阐释；

其三，突破传统的文学理论局限，从赛博空间文学的变迁与发展着眼，力图重构文学理论的框架。目前研究较热的数码叙事，即是其中的一个方面；

其四，具有跨学科的视角，不仅研究方法上采用社会学、美学、教育学、哲学、文化学等学科视角，而且还将赛博空间文学研究扩展到其他学科领域，把赛博空间文学的研究推进到更深、更广的层次。

（二）国内赛博空间文学研究概况

国内赛博空间文学研究侧重于网络文学领域，较少探讨超文本、超媒体技术形成的作品，这与当前的文学写作状况有关。这里所说的网络文学，是指前文提及的赛博空间文学的第二类，即利用电脑写作并通过互联网进行传播的文学作品。只要懂得电脑输入法，又有一定写作能力的人，都有可能成为网络写手。互联网出版门槛的降低，吸引了大批写手，他们纷纷在这块相对自由的家园吐露心声，这就形成了网络文学蔚为壮观的局面。照理说，目前的网络文学就技术的使用而言，处于较低的层次，我们称之为广义的网络文学，较高层次的网络文学则是超文本、超媒体文学，这种文学形式注重挖掘电脑和网络的潜能，我们将之称为狭义的网络文学。因此，这里分广义和狭义两类探讨国内赛博空间文学的研究现状。

1. 广义网络文学研究

进入新世纪以来，学术界出现了网络文学研究热，综观已经出版的专著、论文，既有史的梳理，又有理论上的建构、价值论的探析。由于各种报刊上的文章数量巨大，难以统计，这里以学术界影响较大的专著、编著为考察对象，介绍当前学术界的研究状况。

网络文学学理的建构，这方面的成果颇多。如：欧阳友权等《网络文学论纲》（2003），欧阳友权《网络文学本体论》（2004）、《网络文学的学理形态》（2008），欧阳友权主编《网络文学100丛书》（2014），聂庆璞《网络叙事学》（2004），谭德晶《网络文学批评论》（2004），杨林《网络文学禅意论》（2004），蓝爱国、何学威《网络文学的民间视野》（2004），于洋等《文学网景：网络文学的自由境界》（2004），柏定国《网络传播与文学》（2008），王祥《网络文学创作论》（2015），等等。这些论著，从网络文学的具体现象出发，用宏观视角着力建构网络文学本身的理论体系，研究领域涉及网络文学本体论、网络叙事学、网络文学批评论、网络文学创作论、网络文学的分类，等等。以较早出现的《网络文学论纲》为例来看。该书从互联网时代的文学生态论、网络文学的后现代话语逻辑、人文视野中的网络文学、网络文学的自由精神、欲望狂欢、主体视界、创作方式嬗变、接受范式、价值趋向、省思与前瞻等十个方面，对网络文学的现状及存在问题进行了原创性的研究，不仅有利于网络文学自身的健康发展，而且启示着学术界进一步关注网络文学。

网络文学史的梳理，可以在网络文学学理建构的著述中找到一些章节，以“史”为题的专著，目前所见有马季《读屏时代的写作：网络文学10年史》（2008）和欧阳友权主编《网络文学发展史：汉语网络文学调查纪实》（2008）。以《网络文学发展史》为例来说，该书共分14章，分别对汉语网络文学发展十多年来的文学网站、网络写手、网络原创文学、网络文学语言、网络文学点击率、网络多媒体作品、网络超文本文学、网络博客、网络恶搞、网络文学产业、网络文学研究、网络文学出版、海外港台内地网络文学比较、网络文学大事记等，进行了广泛调查和系统梳理，以丰富的第一手资料描述了我国汉语网络文学的发展现状、已有经验和存在问题，为读者描述了汉语网络文学早期发展历史。

网络文学价值论的剖析，较为系统深入的研究当数姜英的博士学位论文《网络文学的价值》。作者认为，网络文学与传统文学的不同，一方面表现在文学形态上的显著差异，如超文本、多媒体、交互式创作等，另一方面，更是表现在价值倾向上的根本变革。① 中文网络文学从 20 世纪 90 年代初期海外留学生的尝试创作算起，到今天，也才不足 20 年的时间，它发展的强劲势头充分彰显了价值取向上的民间本位、对话交流、自由开放等特色，而这些特征就构成了作者的立论之基。为此，作者从网络文学价值的生态背景、网络文学的形态特征、网络文学的价值体现、网络文学价值的哲学追问等几个方面逐层深入地阐释了网络文学的价值问题。

网络文学的语言审视，如李国正《网络文学的语言审美》（2007）、李星辉《网络文学语言论》（2008）、张颖炜等《网络语言研究》（2015）。网络文学依托互联网进行创作、传播和接受，不可避免地带有一些不同于传统文学语言的特点。以上三本论著，从网络文学的语言界定、语言的文体类型、语言的表现风格、语言的文学和文化影响、语言规范化等方面，探析了网络文学自身的语言特色。这对于网络文学的创作、鉴赏、批评都将是一个推进。

2. 超文本、超媒体文学研究

国内超文本、多媒体文学研究的专著，比较重要的是黄鸣奋《超文本诗学》（2001）、《数码戏剧学》（2003），何坦野《超文本写作

① 姜英：《网络文学的价值》，博士学位论文，四川大学，2003 年，第 1 页。

论》(2006)。

《超文本诗学》从八种角度研究超文本。这八种角度分别是：作为历史的超文本，从超文本与信息科技的发展、当代超文本的先驱、电子超文本的基本概念方面为我们解读超文本的产生过程；作为理念的超文本，从超文本作为一种观察事物、看待事物的理念出发，考察了超文本与西方马克思主义、后现代主义、后结构主义在内的各种思潮的联系；作为平台的超文本，将超文本作为创作的平台，将之引入文学领域后，引发了文学写作的实验；作为范畴的超文本，将超文本当作一个特殊的文艺范畴，重点研究与之相应的超写作、超阅读、超隐喻；作为课件的超文本，将超文本的应用引入文艺教育的领域；作为美学的超文本，超文本代表了建立新美学的可能；作为网络的超文本，将万维网视作超文本的典范代表，重点研究与之相应的技术规范、版权规范、社会规范；作为未来的超文本，考察超文本的前景。[①] 本书是国内较早研究超文本、超文本文学的专著之一，另外，还有台湾学者郑明萱的《多向文本》，由扬志文化事业有限公司 1997 年出版。《多向文本》也谈到了超文本的历史缘起、先驱代表、与后结构主义思潮之关系、典型特征等问题，但在论述问题的深度和广度上不及《超文本诗学》。

《数码戏剧学》重点研究数码技术与电子戏剧、赛博戏剧的关系。本书中有关智能偶戏的部分章节，尤为值得关注。在“电脑程序作为数码戏剧的手段”一章中，作者不仅介绍了制作数码戏剧的基本技术，还以具体项目饶舌虫程序、Oz 为例，展示了数码戏剧程序的开发与运用；“数码戏剧的内容”，指出数码戏剧故事的仿真、嬉戏与戏剧性；“数码戏剧的本体”，则以超戏剧、IRC（互联网在线聊天系统 Internet Relay Chatting）戏剧、交互戏剧为例，为读者勾勒了赛博空间戏剧异彩纷呈的图景。

① 黄鸣奋：《超文本诗学》，厦门大学出版社 2001 年版，第 14—15 页。

《超文本写作论》是研究超文本写作的写作学专著。正如作者所言，全书以考察文本的历史脉络为主线，以剖析交互式写作为契机，系统而全面地对超文本写作的本体、协议、现象、意义、特征、批评、监管、控制、思维模式和写作方法等作深入的厘析与考察。随着数字化网络日益深入我们的生活，超文本写作将成为写作领域的一大变革，如何适应这种以机换笔的交互式写作方式，它有哪些特点，对于这些亟待解决的问题，该书进行了尝试性的回答。它的前沿性和学术性值得肯定。

综上所述，国内网络文学研究存在以下几个特点：

其一，集中于广义网络文学的研究，在此方面的研究已经形成一定的体系，而对于狭义网络文学，即充分利用计算机和网络潜能创作的作品研究有待深入；

其二，比较关注网络文学的人文价值，既肯定它解放话语权、释放个体欲望的作用，又对之保持省思的态度，重视提高其文化意蕴和审美品位；

其三，跨学科研究的视角比较薄弱，目前主要是传播学和文学的视角，还可以拓展学科界限，从社会学、哲学、美学、心理学等方面进行研究，也可以把网络文学的研究成果运用到教育学、社会学等领域。

四　本书研究方法和意义

在研究的视角方面，本书采用宏观和微观相结合的方法。从宏观上把握国内外赛博空间文学及其研究的现状，进行比较分析，寻求二者的异同点。经过对比，笔者发现，欧美国家学者更多考察的是超文本、超媒体作品，这类作品充分挖掘网络和计算机潜能，在文本形式、类型上更能体现赛博空间对文学存在方式的变革，而国内的研究更多侧重的是广义上的网络文学的考察。因此，本书将立论的着眼点定位于更能凸显赛博空间文学特色的超媒体、超文本文学及交互戏剧等。研究的关节点，涵盖传统印刷媒体与赛博空间文学之间的转折，厘清赛博空间文学的出现并不是一个孤立的、突变的现象，这是文学存在方式嬗变之基点。在此基础上，考察超文本、超媒体文学、交互戏剧等文艺类型，在赛博空间中又是如何存在的，它的结构和面貌如何，对传统的文艺形态和文艺理论进行了怎样的重构，未来文学又将走向何方，这些问题都涉及嬗变后的文学存在方式。

在前文中，笔者已经指出：文学的存在方式包括动态和静态两个方面。赛博空间对文学的动态存在方式的影响，始终贯穿于从创作到传播再到接受循环往复的整个过程，具体表现在：从身份、心理、身体（赛博人、后人类）等方面重构了文艺创作主体；从阅读方式、审美心理、体验方式等方面造就了读者功能的演变；从文本类型、文本之开放性、空间化和时间性等方面重塑了文本形态；传统的叙事理论遭遇数码媒体的交互环境，面临被变革的局面，"交互叙事"的理念顺势而生。赛博空间对文学静态存在方式的影响，主要体现在文本形态的比特化、文本类型的重构、文本的视觉化结构以及文本叙事形态的变化等方面。在后文的论述中，本书没有严格区分这两种类型，而是从文学存在方式的五大要素即传媒、世界、作家、作品、读者进行阐释。

另外，本书采用了跨学科的视角，广泛借鉴历史学、哲学、美学、传播学、人类学、文艺学等学科的理论资源，结合具体作品从微观层面深入剖析，力图描绘出一幅赛博空间文学存在方式嬗变的全景图。

本研究的意义在于以下几个方面。

其一，20 世纪以来，随着学术界对文学如何存在进行整体式考察，"文学存在方式"进入文学理论的框架之中，成为文学理论的基本概念和范畴，这方面的研究可以为文学研究注入新的活力。"赛博空间与文学存在方式的嬗变"研究，将对"文学存在方式"的研究具体化，考察历史语境中特定传媒对文学存在方式的影响，这无疑是对

“文学存在方式”研究的进一步深化和细化；

其二，本书的视野是国内外赛博空间文学的整体状况，在比较分析的基础上立论，更全面展现赛博空间中文学的多种样态，为国内赛博空间文学的创作和研究提供参考和借鉴；

其三，通过对赛博空间文学多视角的探索，可以为文学理论的重构、数码时代的文艺理论的建构提供理论根据，为文艺批评确立新方法、新思路；

其四，赛博空间中文学存在方式之变迁，是对所谓“文学终结论”的切实批判。“不同媒体有各领风骚的时代”[①]，不同媒体条件下，文学的存在方式亦有所不同。

① ［美］J. 希利斯·米勒：《文学死了吗?》，秦立彦译，广西师范大学出版社 2007 年版，第 7 页。

第一章

写作主体的转化

“我们将主体理解为身体（生理存在）、身份（社会存在）与自我（心理存在）三者的统一体。”① 当文艺创作主体从传统的纸、笔等书写媒介移步赛博空间时，他们将会在身体、身份、自我心理等方面遭遇怎样的重构？

第一节　穿越界面的心灵

赛博空间不仅意味着自由，还具有潜在的规则和束缚，用德勒兹（Gilles Deleuze）和加塔利（Félix Guattari）的话来说就是“光滑空间”和“条纹空间”兼备的混杂空间。当主体穿越界面，进入赛博空间，除了体验到自由外，还会滋生一种虚空感，这就警示人们：自由与规则和束缚是辩证统一的关系，在享受自由的同时，我们还应切记合理的建设。

一　界面的含义

“界面”（interface）一词，源自古希腊。“古时候，界面这个字眼

① 黄鸣奋：《数码艺术学》，学林出版社 2004 年版，第 83 页。

让人感到敬畏和神秘。古希腊人虔诚地谈论着 Prosopon，即一张面对面的脸。两张相对的脸便构成了相互关系。一张脸对另一张脸做出反应，而另一张脸则对另一张的反应做出反应，而另一张则再对那个反应做出反应，如此等等以至无穷。那么，关系便作为一个第三方或存在的状态而继续生存。Prosopon 这个古代的字眼曾一度焕发出神秘兮兮的光彩。……这个古代的单词暗示着永恒和时间之间的一种精神的交互作用。”① 随着人类文明的进步，“界面”一词的神秘意义逐渐隐退。直至 20 世纪 80 年代始，由于个人计算机的发展，这个词获得了广泛的认可，并被借用到经济学、管理学、物理学、化学、生物学等多个领域。在经济学领域，20 世纪 90 年代美国的经济学家对这个词的理解是物质意义上的，是一种显示屏，对他们来说，界面是硬件产品，必须得到开发并投放市场的硬件产品②；在管理学领域，有界面管理之说，界面管理的目标就是实现企业要素的优化组合，实现这种组合，就要分析企业管理界面的内涵及其成因，制定现代企业界面管理的基本准则③；在工程学领域，界面主要是用来描述各种工具、仪器、设备、部件及其他组件之间的接口。如果两种现象或事物之间发生作用和联结，就可将它们的交互状态称为界面④。正如海姆所说：“它（界面）的含义范围挺广，从计算机电缆到电视机屏幕，而它所描述的也无所不包，从个人会议到公司财务的合并。界面可是个流行的词语，流行词语暗示着交谈，暂时吸引了我们的注意力。”⑤ 由此可见，在不同的学科领域，界面有着不同的含义。

本书考察的界面限于计算机领域。海姆在《从界面到网络空间》

---

① ［美］迈克尔·海姆：《从界面到网络空间：虚拟实在的形而上学》，刘钢、金吾伦译，上海科技教育出版社 2001 年版，第 79 页。

② 同上书，第 76 页。

③ 刁兆峰、余东方：《论现代企业中的界面管理》，《科技进步与对策》2001 年第 5 期。

④ 倪钢：《界面文化的解释》，《自然辩证法研究》2006 年第 11 期。

⑤ ［美］迈克尔·海姆：《从界面到网络空间：虚拟实在的形而上学》，刘钢、金吾伦译，上海科技教育出版社 2001 年版，第 76 页。

中认为，界面是两种或多种信息源面对面交汇之处。人作为使用者与系统相连，而计算机则成为交互式的。[①] 他进一步解释说，“界面的含义要多于视频硬件，要多于我们所观看的屏幕。界面还指软件，或者说，指我们积极改变由计算机控制世界的方法。界面指的是一个接触点，软件在此把人这个使用者和计算机处理器连起来。这可是个神秘的、非物质的点，电子信号在此成了信息。正是我们与软件的交互作用，才创造出界面。界面意味着人类正被线连起来。反过来，技术合并了人类。”[②]

计算机屏幕作为人机界面（HCI），是人与软件、硬件交互的通道和窗口。曼诺维奇（Lev Manovich）说：“人机界面描绘了用户和计算机交互的方法。人机界面包括物理输入和输出设备，如监视器、键盘、鼠标。它也包括一些计算机数据组织的概念化的隐喻。例如，1984 年苹果公司推出的麦金托什机（世界上第一台采用图形用户界面 GUI 的个人电脑）在界面设计中利用了桌面上的文件和文件夹的隐喻。最后，人机界面也包括控制数据的方法，比如用户能执行的有意义行为的语法。现代人机界面提供的行为的例子是复制、改名和删除文件，列举一个目录的内容，开始和结束一个计算机程序，确定计算机的日期和时间。”[③] 他对人机界面的概括是比较全面的。从这里我们可知，互动和交流是人机界面最重要的功能。

诺曼（D. A. Norman）从计算机用户视角分析了界面的功能。他说：“界面的真正问题是它是一个界面。界面挡道。我不想把注意力集中在界面上。我想集中于我的工作。我的工具应该是能帮助我的东西，不是一些挡道的东西，首要的是，它是那些不会将注意力和能量吸引到它自身的东西。当我用我的计算机的时候，它的目的是

---

① ［美］迈克尔·海姆：《从界面到网络空间：虚拟实在的形而上学》，刘钢、金吾伦译，上海科技教育出版社 2001 年版，第 78 页。

② 同上书，第 79 页。

③ Lev Manovich, *The Language of New Media*. Cambridge, Massachusetts: MIT Press, 2001, p. 69.

用以完成工作：我不会想到我自身是利用计算机，我想到的是我正在做工作。"① 这一论述与海德格尔说的使用中的工具的上手性相通。海德格尔说："上手的东西根本不是从理论上来把握的，即使对寻视来说，上手的东西首先也不是在寻视上形成专题。切近的上手者的特性就在于：它在其上手状态中就仿佛抽身而去，为的恰恰是能本真地上手。"② 在工作过程中，我们注意力的焦点是执行的任务，而不是我们所使用的工具，工具此时成为身体的延伸，与身体合而为一。同样，人机界面的设计也应该减少人类感知方面的相异性，充分发挥交流、互动的功能，以达到人机合一的境界为目标。正如尼葛洛庞帝所说："这就是界面设计的秘诀：让人们根本感觉不到物理界面的存在"，"界面应该设计的像人一样，而不是像仪表板一样。"③

界面不仅具有技术工具的功能，而且在本质上还是文化的界面。"20 世纪 90 年代，随着互联网的流行，以及人机界面的逐步完善，数码计算机的角色由特殊的技术工具转变为所有文化的过滤器，它成为所有种类的文化和艺术产品的中介。网络浏览器窗口代替了电影和电视屏幕、艺术画廊的墙壁、图书馆和书。很快，这种新状态表明，过去的和现在的所有文化，都通过计算机特殊的人机界面被过滤。"④ 由此，曼诺维奇建议把界面与一般的界面文化联系起来，提出"文化界面"的概念。他说："我认为我们需要一个词语，因为计算机的角色正由工具转换为宇宙的媒体机器，我们越来越多地'界面'到重要的文化数据：文本、照片、电影、音乐、多媒体文件、虚拟环境。因此，

① D. A. Norman, "Why Interfaces Don't Work", in B. Laurel ed. *The Art of Human-computer Interface Design*, MA: Addison-Wesley, 1990, p. 210.

② ［德］海德格尔：《存在与时间》，陈嘉映等译，生活·读书·新知三联书店 1987 年版，第 86—87 页。

③ ［德］尼葛洛庞帝：《人性化界面》，胡泳、范海燕译，载熊澄宇编《新媒介与创新思维》，清华大学出版社 2001 年版，第 177 页。

④ Lev Manovich, *The Language of New Media*, Cambridge, Massachusetts: MIT Press, 2001, p. 75.

人机界面正被人机文化界面填充，我简称为文化界面。”① 所以，界面不只是人机交互的作用的接触点，更具有塑造文化的力量，比如万维网超文本模式表明世界信息的非层级性，分级文件系统则显示了世界组织的层级性，简言之，“界面不是储存在计算机中的数据显示的透明的窗口，它带有自身的强力信息”②。

未来的人机界面，将模拟人与人之间的交流方式，人机交流源于授权，而不是直接控制——下拉，弹击，按鼠标等——同时也不再是鼠标界面。我们一直执着于让机器达到‘容易操作’的境界，有时候忘记了许多人压根就不想操作机器。他们只是想让机器为他们做事情。③ 届时，界面代理可以听懂你说的话，可以与你聊天，可以帮你处理文件、回复邮件，可以接听电话，等等，它就像是一个知识丰富、有经验的文化人一样。面对这个文化人，我们感受到界面的隐退，进入吉布森所说的“交感幻觉”的状态。

二　从界面到赛博空间

界面是通往赛博空间的必经之途，它承担着两方面的功能，正如曼诺维奇所说，“计算机屏幕是一些相互矛盾的概念（深度和表面，不透明性和透明性，作为想象空间的图像和作为行动手段的图像）的战场。计算机屏幕有两方面的功能，即作为一个想象空间的窗口，作为承载文本标签和图标的扁平的表面”④。海姆的描述可以帮助我们理解穿越界面进入赛博空间的状态：

---

① Lev Manovich, *The Language of New Media*, Cambridge, Massachusetts: MIT Press, 2001, p. 79.

② Ibid., p. 76.

③ ［德］尼葛洛庞帝：《人性化界面》，胡泳、范海燕译，载熊澄宇编《新媒介与创新思维》，清华大学出版社 2001 年版，第 183 页。

④ Lev Manovich, *The Language of New Media*, Cambridge, Massachusetts: MIT Press, 2001, p. 90.

> 在信息时代，一道神秘的光环套在了网络空间（即赛博空间——笔者注）这个词上。先前所说到的每一种界面，皆构成一个通往网络空间的窗口或门口。网络空间暗示着一种由计算机生成的维度，在这里我们把信息移来移去，我们围绕数据寻找出路。网络空间表示一种再现的或人工的世界，一个由我们的系统所产生的信息和我们反馈到系统中的信息所构成的世界。……当我们觉得正穿过界面转移到一种有其自身维度和规则，相对独立的世界的时候，我们便是住在网络空间里了。①

赛博空间不是一个物理意义上的空间。物理空间可以凭借实际存在事物的前后、左右、上下的方位来度量和把握，明确某点所处的空间位置，但赛博空间只是计算机、电磁通信和娱乐技术形成的数字虚拟空间。虽然网站、文件有明确的结构和传输路径，但是“在根本上它是反空间的。它一点也不像那沃那广场或是考普利广场。你说不清它在哪里，它也没有令人难忘的形态和面积可供描述，你更无法告诉陌生人怎样到达那里。但你可以在其中找到东西，即便你不清楚这些东西的具体位置。网络是四下弥漫的——并不存在于任何特定的地方，但却同时出现在每一个地方”②。由此可知，赛博空间的“空间”只是隐喻意义上的，定名为“空间”，只是为用户的实际体验创造一个虚拟的位置，其目的是帮助我们理解数字化虚拟空间的新颖性和奇异性，进而或许能帮助我们形成关于空间的更准确的解释。

目前，赛博空间日益进入我们的日常生活，不仅通信、购物、娱乐、医疗一部分转移到赛博空间，而且学习、工作、创作、研究也可以在此进行。为此，技术乌托邦者们相信这一新的空间将为人类创造

① ［美］迈克尔·海姆：《从界面到网络空间：虚拟实在的形而上学》，刘钢、金吾伦译，上海科技教育出版社2001年版，第79—80页。

② ［美］威廉·J. 米切尔：《比特之城：空间·场所·信息高速公路》，范海燕、胡泳译，生活·读书·新知三联书店1999年版，第9页。

一个美好的网络共和国，人的自由、平等、人权将在这里得到极大的实现。反对者则认为：赛博空间的扩张和对我们生活的殖民化，将给人类带来灾难，使人类生活在虚幻的世界，遗忘现实生活的本质。这两派的观点，各有偏颇。要辨析赛博空间对现实世界的影响，必须首先认清赛博空间的功能和特点。

米切尔在《比特之城》中从空间与反空间、物质与非物质、集中与分裂、同步与异步、窄带与宽带、观看与参与、相邻与互联等多角度定义了赛博空间。这里我们借用德勒兹和加塔利的术语“光滑空间”和“条纹空间”来阐释赛博空间的功能和特点。

德勒兹和加塔利在《千高原》中的第 14 原，以“1440：光滑与条纹”为题，从技术、音乐、海事、数学、物理、美学及游牧艺术等不同的模式出发，多层面地对光滑空间与条纹空间进行了精妙的阐发。通常我们将赛博空间中用户的行为比喻为“信息高速公路巡航”“网上冲浪”。由于“冲浪”与“巡航”与海有关，所以我们以德勒兹与加塔利分析的海事模式为例，来看光滑空间和条纹空间的特点。根据德勒兹和加塔利的观点：

> 光滑空间和条纹空间的区别首先在于点和线之间相反的关系（条纹空间中，线存在于两点之间，而光滑空间中，点位于两线之间）；其次，线的性质不同（光滑空间打开间隔，条纹空间关闭间隔）。最后，第三个不同是关于表面或空间的。在条纹空间，空间是封闭的，要根据确定的间隔、给定的距离进行分配，在光滑空间，空间是开放的，根据频率和交叉口进行播撒。①

赛博空间之“高速公路”的隐喻，正如德勒兹和加塔利所说的

① Gilles Deleuze and Félix Guattari. *A Thousand Plateaus: Capitalism and Schizophrenia*, Brian Massumi. translation and foreword, Minneapolis: University of Minnesota Press, 1987, p. 481.

"条纹空间"，高速公路从一点到另一点，两点之间是线的存在，两点之间的间隔有一定的距离，是封闭的，"网上冲浪"的活动，恰如"光滑空间"之游牧，其活动的空间是开放的、流动的。在德勒兹和加塔利对光滑空间和条纹空间更为一般的讨论中，他们认为：空间混杂着光滑与条纹的力量，涵盖政治、历史、文化、艺术、传媒诸多领域，可以根据光滑和条纹的程度加以测度。这是一种地理哲学意义上的游牧美学的特殊表达。光滑空间意味着无中心化的组织结构，无高潮、无终点，处于变化和生成状态。块茎、火、中亚游牧族的大平原、沙漠、大海、极地冰雪、空气、风景、思想、音乐等，皆属光滑空间；传媒、娱乐工业、资本主义皆可创造新的光滑空间。光滑空间没有长期记忆，没有宏大理论和堂皇叙事，只有微观历史学、微观社会学。[①] 与此相反，条纹空间则是静止的、等级制的、封闭的，有规则和中心的，象棋比赛、围棋比赛、政府的各项契约、法律等都属于条纹空间。

返回到赛博空间，我们可以从条纹化的赛博空间和光滑性的赛博空间两种不同的功能来分析。条纹化的赛博空间模仿了真实空间，但是在提供更便捷的交流方面胜于现实世界。在赛博空间中，"最好的学校、教师和课程都是可以利用的，这与地理位置、距离、资源、能力等无关……大量的艺术、文学和科学资源在每一个地方都是可以利用的"[②]。但是，这些资源只有你连接上网络，加入点对点连接的条纹空间中，才能成为"在每一个地方都是可以利用的"。最显著的条纹空间的例子，就是网络聊天室。用户必须首先注册，设置用户名和密码，才能登录、发表言论。所有用户的谈话都发生在封闭的"室"之内，是由管理员和版主管理、控制，如果用户的言论不合版规、违背

---

① 麦永雄：《光滑空间与块茎思维》，《文艺研究》2007 年第 12 期。

② Mark Nunes, "Virtual Topgraphies: Smooth and Striated Cyberspace", in Marie-Laure Ryan ed. *Cyberspace Textuality: Computer Technology and Literary Theory*, Bloomington and Indianapolis: Indiana University Press, 1999, p. 63.

相关法律准则，就会被删除。

光滑性的赛博空间，万维网就是最典型的代表，其中的每一个网页都处在其他网页链接的网络之中，一个个网站就是一个个分散的节点，它们之间没有中心与边缘的区别。有时，光滑化的赛博空间又用另一个德勒兹和加塔利的术语“块茎”表示。如沙维蓁（Steve Shaviro）明确地说：“万维网浏览器将互联网转换为德勒兹和加塔利的光滑或块茎的空间：这个空间中，传播通过自动控制的有限网络从一个邻居到其他任何用户，传播的通道和路径不是预先存在的，所有的用户都是可以互换的，只是根据他们在特定时刻的状态来定义。”① 按照德勒兹和加塔利的说法，“一个块茎无始无终，它总是在中间，在事物之间，是间存在者，间奏曲。树是亲缘关系，但块茎是联盟，独一无二的联盟。树强烈执行动词‘to be’，而块茎的架构是连接，‘and... and... and...’。你去哪里？你从哪里来？你到哪里去？这些都是毫无意义的问题”，“与等级制交流模式和既定路线的中心（或多中心）系统相对比，块茎是无中心的，无等级的，无意指的系统，没有结局，没有组织记忆或中央自动控制系统，仅仅只是由流通状态所限定”②。块茎与光滑空间的特点是相通的，因此，块茎才能成为赛博空间的标志词。

但是，条纹化的赛博空间和光滑性的赛博空间只是相对而言的，没有绝对的“条纹空间”和“光滑空间”。如：聊天室本质上属“条纹空间”，但如果聊天室规则过多、管理苛刻，则又会激起用户的抵抗，向“光滑空间”移动。万维网的超文本结构，属于光滑空间，但正如罗森伯格说的，“即使是最明显的光滑的、多路径的、非线性的超文本链接也不能逃脱支撑它显示块茎外观的条纹化集合意识形态的

① Mark Nunes, “Virtual Topgraphies: Smooth and Striated Cyberspace”, in Marie-Laure Ryan ed. *Cyberspace Textuality: Computer Technology and Literary Theory*, Bloomington and Indianapolis: Indiana University Press, 1999, p. 65.

② Gilles Deleuze and Félix Guattari. *A Thousand Plateaus: Capitalism and Schizophrenia*, Brian Massumi. translation and foreword, Minneapolis: University of Minnesota Press, 1987, pp. 25, 21.

建构”①。赛博空间具有的双重功能，与德勒兹和加塔利对光滑空间和条纹空间的论述是一致的，“一旦简单地指出了两者的分别，就必须讲清楚它们之间更复杂的差异。我们必须提醒自己，这两个空间实际上是混合共存的：光滑空间不断地转化为条纹空间，条纹空间不断地修正、返回光滑空间”②。

明确了赛博空间具有的光滑空间和条纹空间的功能，我们就能正确认识赛博空间对现实生活世界的影响，那些技术乌托邦者和反对者的言论合理与否的问题，也就不证自明了。

三　赛博空间的心灵图景

赛博空间的虚拟世界，为人类提供了另类生存空间。这里，人们可以足不出户而饱览异国风情、品味艺术盛宴、沉浸游戏世界、参与虚拟社区、书写胸中沟壑，这种奇特的遭遇和体验是对现实世界生存方式的补充和替代。由于赛博空间把现实生活中的一切都符号化了，因而，人在其中的生存也成为现实的人进行符号化处理后的生存，即虚拟生存。虚拟生存的出现，不仅为人类提供了新的发展空间、可能和平台，而且为人类创造了一种生存体验方式。它有四个方面的特点。

其一，消解现实世界的时空距离。在这个空间中，传统的物理时空观得以消解。时间和空间都被“压缩”到近乎零的地步，时空再次实现同步对称关系。物理时空距离相属性的瓦解，意味着现实生活中各种社区的许多难以逾越的界限在某种程度上得以解除，如国家的界限（上互联网会一位老外网友不必护照和签证）、真实身份的限制（在虚拟社区可以自由地选择虚拟身份），等等③。

① Martin E. Rosenberg, “Physics and Hypertext: Liberation and Complicity in Art and Pedagogy”, in George P Landow ed. *Hyper/Text/Theory*. Baltimore: Johns Hopkins UP, 1994, p. 275.

② Gilles Deleuze and Félix Guattari. *A Thousand Plateaus: Capitalism and Schizophrenia*, Brian Massumi. translation and foreword, Minneapolis: University of Minnesota Press, 1987, p. 474.

③ 巫汉祥：《寻找另类空间：网络与生存》，厦门大学出版社 2000 年版，第 57—58 页。

其二，突破现实社会对个体身份的限制和束缚，虚拟身份和角色能够释放用户现实生活中的压力，满足潜意识的心理需求。由于赛博空间的虚拟社区具有匿名性的特点，网络用户可以自由地选择自己的身份，扮演不同的角色，如性别互换的角色扮演游戏，这方面比较著名的一个事例是电子情人琼/克莱斯（Joan/Alex Chimera）。阿克莱斯是纽约著名的心理治疗师，他在 CompuServe 上以 Shrink. Ink 出现，与他聊天的女性还以为他是女的。由于他很容易取得女人的信任，他又设计了 Joan 这个名字，她是个残疾人，却有着坚强的性格，与疾病进行抗争。女性聊天者蜂拥而至，当她们要求与 Joan 见面时，Alex 不得不中断了这个游戏。[①] 当然，这个事例一方面说明了网络交往的自由性，另一方面也证实网络交往需要伦理的调节。

其三，展现自我的需求。尼葛洛庞帝在《数字化生存》中说："后信息时代的根本特征是真正的个人化"，"个人不再被淹没在普遍性中，或作为人口统计学中的一个子集，赛博空间的发展所寻求的是给普通人以表达自己需要和希望的声音"。[②] 相比现实世界，赛博空间更具包容性、开放性以及网络出版门槛的降低，这就给网络用户提供了一个展示自我需求的平台。

其四，自由与限制的矛盾和统一。前文阐释了赛博空间是光滑空间和条纹空间的统一体，也即是说这里不仅有自由，还有潜在的规则和束缚。以波斯特论及的电脑交谈发烧友为例。虽然网络用户有书写的自由，但是他也要受到种种的限制，"首先他们被约束在符号交换中，被约束在对主体进行定位的新的电脑化系统中；其次，他们被已有的自我构成约束，最典型的情况是被这一自我的经验所约束，即作为限制并激发着越轨意识的这种自我在隐匿或悬置起来时的经验；最后他们被约束在交谈所使用的语言中，这语言具有语义的、意识形态

① ［美］华莱士：《互联网心理学》，谢影、苟建新译，中国轻工业出版社 2001 年版，第 52 页。

② ［美］尼古拉·尼葛洛庞帝：《数字化生存》，海南出版社 1996 年版，第 191 页。

的及文化的特性，这种特性并不会因转换成美国信息交换标准代码而减弱”①。

与虚拟生存紧密联系的是赛博空间中用户的心理呈现，心灵呈现的景观与虚拟生存的特点不无关系。与之相应，我们可以把赛博空间普遍存在的心灵图景概括为：狂欢性与虚空性。当然，还会存在一些技术人员和专家进行的艺术创作先锋实验的探险心理，如超文本小说、交互戏剧等，这些在以后的章节会详述。

赛博空间解除了现实世界中时空限制、对个体身份的规定，网络的匿名性又使用户能够自由、灵活地设定多重角色，穿梭于各个虚拟社区，参与各种活动，他们的行为颇与尼采所描绘的酒神狂欢状态“醉”之特征相通，“在酒神的魔力之下，不但人与人重新团结了，而且疏远、敌对、被奴役的大自然也重新庆祝她同她的浪子人类和解的节日”，“此刻，奴隶就是自由人；此刻，大家一起来摧毁在人与人之间造成贫穷、专断或‘无耻时尚’的僵化、敌对的界限；此刻，在世界大同的福音中，每个人都感到自己不仅同他人团结、和解、融合，而且已经成为一体，好像摩耶之幕已被撕破，只有碎片在神秘的太一面前四处飘零”②。可见，酒神精神追求的个体外在束缚的解除，以及与大自然融合为一的欢乐与赛博空间主体心灵有相似之处。

巴赫金研究狂欢节时追溯到酒神文化，他描绘了狂欢节的情景，“在狂欢节上，人们不是袖手旁观，而是就在其中生活，而且大家一起生活，因为从观念上说，它是全民的。在狂欢节进行当中，除了狂欢节的生活，谁也没有另一种生活。人们无从躲避它，因为狂欢节没有空间界限。在狂欢节期间人们只能按照它的法律生活，亦即按照狂欢节自由的法律生活。狂欢节具有宇宙的性质，这是整个世界的一种特殊状态，这是人人参加的世界的再生和更新”③。狂欢节是广场式的

① ［美］马克·波斯特：《信息方式》，范静哗译，商务印书馆2000年版，第159页。
② ［德］尼采：《悲剧的诞生》，杨恒达译，译林出版社2007年版，第19—20页。
③ ［俄］巴赫金：《巴赫金文论选》，佟景韩译，中国社会科学出版社1996年版，第102页。

自由自在的生活，这一阶段内非狂欢化生活的规矩、制度、法令统统被取消了。北冈诚司把巴赫金“狂欢世界感受”概括为四点，即：脱离体制；脱离常规，插科打诨，从等级秩序中解放出来，形成人与人间的相互关系的新形式；充满对立的婚姻：神圣——粗俗，崇高——卑下，伟大——渺小，明智——愚蠢，国王——小丑颠倒；充满粗俗化的降格，狂欢式的污言秽语与动作对神圣文字和箴言的模拟、讽刺[①]。

由此可见，无论是在尼采还是在巴赫金那里，狂欢性都意味着等级制的消除、个体本性的宣泄、既存世界秩序的颠覆。根据巴赫金的考察，狂欢节在中世纪人们生活中尚占有重要比例，一年中有1/4的时间是狂欢生活，但是这种生活方式在文艺复兴之后逐渐衰微。随着赛博空间的出现，狂欢节的特性再次凸显。德国哲学家韦尔施指出：“依靠电子技术，我们似乎正在不仅同天使，而且同上帝变得平等起来。”[②] 欧拉奎阿伽（Olalquiaga）在论述赛博空间中的自我时有相似的表述：“自我成为一艘船，能够跨越不同的时间和地点自由地航行，总是不断地移动和变化，以适应每个港口的召唤但是从不停泊在任何港口。这种流动性的文化和政治上的内涵远非能设定。人机之间、自我和他者、这里与那里之间的边界不再存在，产生了一种空间迷失的文化。”[③] 由于赛博空间的虚拟性、开放性，网络用户尤其是一些艺术爱好者将这种狂欢化表现得淋漓尽致，俨然成为他们的审美规则，如曾被誉为网络文学的三驾马车之一刑育森就说：“说实在的，在没有上网之前，我生命中很多东西都被压抑在社会角色和日常生活之中。是网络，是在网络上的交流，让我感受了自己本身一些很纯粹的东西，解脱释放了出来成为我生命的主体。比如，文学创作。在上网之前，我一直就以为我这一辈子就会做一个电信行业的工程师或者科研人员

① ［日］北冈诚司：《巴赫金对话与狂欢》，河北教育出版社2002年版，第13页。

② ［德］沃尔夫冈·韦尔施：《重构美学》，上海译文出版社2002年版，第235页。

③ C. Olalquiaga, *Megalopolis: Contemporary Cultural Sensibilities*, Minneapolis: University of Minnesota Press, 1992, pp. 32 – 33.

了，我的所有时间和精力，也都是在为了这个目的积累和做准备。是网络，是这个能自由创作和发表的天地，激励了我本已熄灭的热情，重新找到了旧日那个本来的自我”①。

赛博空间的心灵图景之狂欢化的背后，隐藏着虚空性。美国学者斯劳卡（Mark Slouka）说过：“我一直相信，正是我们与物质世界的联系给力量、信心、甚至爱赋予了意义。可是，在赛博空间里，这些都显得不合时宜了。在一个没有风险的世界里，力量、勇气还有什么存在的意义呢？……一句话，我所面对的是一个道德真空，一种对我们生存的世界与它存在的问题漠不关心的态度。”② 自由，应该是集体中个人的地位得到尊重，而不是自我独立的存在，看似自由的网络，实际上在不断滋生网民的无聊和放任自我的缺乏责任意识的心态。

以网络写手为例，他们热衷的不是经典艺术追求的“铁肩担道义”“文以载道”的崇高，而是“我手写我心”的痛快。因此，网上充斥的更多是“本我”人格的展演，没有了统一的价值规范的制约，网络更像是众声喧哗的广场，在网络上的作品也很少能够成为经典作品，具有发人深思、耐人寻味的魅力。曾获得榕树下原创网络文学大赛一等奖得主尚爱兰说：“那些要求网络文学负起社会责任和更有良心的说法，实在是良好的一厢情愿。你根本不能要求他们像老舍一样去关心三轮车夫的命运，或者像鲁迅一样去关心民众的前途。……我们没有文化的优越感，但是我们有足够的生存困境，有足够的热情和机智，有足够的困惑和愤怒，有足够坚强的神经，有足够的敏感去咬合这个时代，有‘泛爱’和‘调侃’这两把顺手的大刀。”③ 总的来看，这些作品以通俗性见长，以满足感性欲望的需求为标的。这固然有合理的一面，因为按照弗洛伊德的说法，自我包含着三重人格，自

---

① 吴过：《青春的欲望和苦闷——网路访邢育森》，《互联网周刊》1999 年第 43 期。

② ［美］马克·斯劳卡：《大冲突——赛博空间和高科技对现实的威胁》，黄锫坚译，江西教育出版社 1999 年版，第 29 页。

③ 尚爱兰：《网络文学中的“新新情感”》，榕树下图书工作室选编《中国年度最佳网络文学》，漓江出版社 2000 年版，第 305—306 页。

我、本我和超我。通过网络写作，无论是写手还是读者的本我人格得到一定程度的释放，有利于他们完整人格的发展。但是，如果一味地追求个体本我的欲望，放逐一切道德、法律，这不仅会导致个体人格的失衡，还会使个体失去对自我的定位和方向感，进而产生虚空感，不利自我的发展。

另一方面，我们也应该看到自由从来就不是无规则的自由，自由和道德、法律是辩证统一的关系。近年来，世界各国为推进网络建设的合理化、规范化，相继制定了有关法律、法规，如我国2000年发布的《互联网信息服务管理办法》《关于维护互联网安全的决定》，2006年公布的《信息网络传播权保护条例》等。2015年1月8日国家新闻出版广电总局印发了《关于推动网络文学健康发展的指导意见》，强调了网络文学作品质量管理的重要性，并提出网络文学发表作品的作者须实名注册。由此可见，若网络写手一味地沉溺于网络的自由，抵制一切束缚，这种自由实际上不仅不存在，而且还与相应的法律、法规相悖。因此，在遨游赛博空间时，我们切记还要建设，从自我做起，维护合理的网络规范，推进既有社会规范的合理化。弗洛姆的话可以作为网络写手、网络用户的警语，“唯有当我们有能力可以有自己的思想时，表达我们思想的权力才有意义；唯有当内在的心理状况能使我们确立自己的个体性时，摆脱外在权威性控制的自由才能成为一项永恒的收获”①。唯其如此，我们才能构建起绿色和谐的网络家园。

第二节　自我主体的重塑

在赛博空间中，作者和读者的界限模糊，作者在多数情况下俨然成为合作者，网络写作是一种“临界点”上的写作，它对文艺主体的

① ［美］弗洛姆：《对自由的恐惧》，国际文化出版公司1988年版，第169—170页。

身份进行重塑，不仅起着分散自我的作用，还在一定的意义上建构新的自我。

一 从作者到合作者

福柯在《作者是什么?》中说：“写作像某项运动那样展开，不可避免地超越它自己的规则，最后把规则抛开。因此，这种写作的本质基础不是与写作行为相关的崇高情感，也不是将某个主体嵌入语言。实际上，它主要关心的是创造一个开局，在开局之后，写作的主体便不断消失。”[①] 他批判了传统的将文本归入某个人的作者观念，因为文本终结在哪里和从哪里开始都很难考察，为此他建议从“作者——作用”的视角定义作者，认为作者的作用是表示一个社会中某些话语的存在、传播和运作的特征，同时，他也表示，“作者——作用”在整个话语里不是普遍的或永恒的，在人类历史上，曾经有一个时期，对于小说、民间故事、史诗、悲剧根本不询问谁是它们的作者[②]。赛博空间文学的存在和发展，在新的历史条件下，再次重申了福柯的这一观念。对此，克鲁森、兰道和博尔特都曾论述过，如博尔特在《写作空间：计算机、超文本和印刷的补救》中说：“《作者是什么》提出了作者的文本终结在哪里，以及从哪里开始解释——超文本通过显示一个作者的文本能消融在广阔的互文关系似乎回答了这一问题”[③]。

暂且不说，一些作品本身就是匿名发表的，无须也很难查到真正的作者是谁。单就一些在网络上流传的作品来看，很多也是在和网友的互动中完成的。一种情况是网友为作者提供写作的思路、建议、批评，可以说网友也是作品的匿名作者，原有的作者更确切地说，应该

① ［法］米歇尔·福柯：《作者是什么》，逢真译，载朱立元、李均主编《二十世纪西方文论选》（下卷），高等教育出版社 2002 年版，第 185 页。

② 同上书，第 189—190 页。

③ J. David Bolter, *Writing Space*: *Computer*, *Hypertext*, *and the Remediation of Printing*, Mahwah, N. J.: Lawrence Erlbaum Associations, 2001, p. 180.

是合作者，以《第一次的亲密接触》成名的痞子蔡和《鬼吹灯》的作者天下霸唱，都曾坦言作品的形成离不开网友的批评和建议。另一种情况是网友也可以参与创作，与作者共同完成作品。这与电子书写的环境不无关系，超文本理论专家兰道说，“在超文本环境中所有的写作都是合作性的写作”[①]。波斯特在讨论电子书写时也指出，“以文字处理为例，改变数字化书写易如反掌，屏幕符号与白纸黑字相比具有非物质性，这使文本从固定性的语域转移到了无定性的语域。而且，数字化文本易于导致文本的多重作者性。文件可以有多种方式在人们之间交换，每个人都在文本上操作，结果便是无论在屏幕上还是打印到纸上，每个人都将在文本的空间构型中隐藏了签名的一切痕迹”[②]。

就作者与读者合作的作品情况来看，大体可以分为三类。

第一类是超文本、超媒体作品，这类作品包含着多重链接，作品展现必须要有读者互动和参与。以早期的超文本小说乔伊斯《下午》（Afternoon，a story）为例，小说共包含539个文本块，950个链接。小说的开头是，“我想说，我可能已经见到我儿子在今天早上死去”（I want to say have seen my son die this morning）。读者点击这个句子中的不同词语，如“死”、“我想”等，就会打开不同的故事情节。汉语世界的网络中，诗人代橘1996年创作的《超情书》，曹志涟的《想象书1999》，李顺兴的《猥亵》《蚩尤的子孙》等也属此类作品。后期的超媒体作品，可以允许读者输入字句、增加链接，交互戏剧Façade就是如此。该程序有预先写好的对话模块，用户的任务就是输入对话，程序根据用户的反应作出相应的回答（下文详述，此略）。

第二类是以一人为主发起，其他人接着续写的作品。如小说《风中玫瑰》，这是2000年中文网络BBS人气最旺的帖子之一，人民文学出版社在2001年按照BBS的跟帖形式出版，新颖别致。比较知名的

① George P. Landow, *Hypertext* 2.0: *the Convergence of Contemporary Critical Theory and Technology*, Baltimore: John Hopkins University Press, 1997, p. 104.

② ［美］马克·波斯特：《第二媒介时代》，南京大学出版社2005年版，第70—71页。

还有《妖精女儿》，该书2006年由上海文艺出版社出版，出版介绍中宣称：该小说完全颠覆了自《第一次的亲密接触》以来，网络小说仅仅是把小说搬上网，或在小说内写写网的原始概念，而造就了全新的、互动式的、真正的网络小说。

第三类是接龙小说，一般是先确定一个宽泛的主题，然后网友接续创作。比较知名的一个例子是，由英国“企鹅”出版集团和英国德蒙特福德大学合作设计的一个实验项目，让任何一个网友都可以自由参加写作一部名为《百万企鹅》的小说，任意编辑、修改别人写过的东西。“企鹅”集团旗下的维京出版社编辑艾莱克在其博客中指出，传统的“作者”概念对“百万企鹅”来说已不适用，因为这部网络互动小说根本没有作者，只希望“最后不是一个机器人、僵尸、杀手大战忍者、外星人的故事就好了”①。国内目前新浪网、天涯社区、红袖添香、天下书盟、小说阅读网等都开设有小说接龙版块。这类小说的宗旨是小说同写、欢乐共享。

由此可见，赛博空间的文学作者已经不再具有印刷时代对文本的完全控制权，这里，作者俨然成为合作者。恰如博尔特所说：“超文本作者已经显示了电子媒介如何包含适应作者和读者之间的不同关系。……如果印刷文本中作者的主体性得到表达是以无视读者的主体性表达为代价的话，在电子超文本中两方面的主体性即作者和读者的，在一个更平等的基础上相遇。读者可能成为作者的对手，在作者没有预想到的方向试图创造文本。”② 莱文森也说：“也许读者通过超文本链接的阅读所获得的授权，在某种程度上说比作者希望的还多。实际上，这种宽泛的摄取也带来了一个问题，作者权益的重要方面或者扩散，或者缩小，作品被更好、更充分地阅读，但却不是以

---

① 天朗：全球网友齐写“百万企鹅”2007年2月11日，http://news.sina.com.cn/c/2007-02-11/100112288209.shtml，2016年6月20日。

② J. David Bolter, *Writing Space: Computer, Hypertext, and the Remediation of Printing*, Mahwah, N.J.: Lawrence Erlbaum Associations, 2001, p.168.

前意义上的作者了。”① 虽然他们主要是针对超文本作者而言的，但同样适合赛博空间文学整体。

二 “临界点” 上的写作

网络写作不同于以往任何时代的写作，具有自己的特点，这里我们将之界定为“临界点”上的写作，主要体现在以下三个方面。

首先，网络写作消除了所想与所写之间的时空间隔，实现了想与写的同步性。这有两个方面的原因。其一，如斯芬德（Stephen Spender）所说：“敲击键盘比用钢笔、铅笔写作更少地意识到是在控制工具。流畅的打字可能帮助作者集中精力将‘无意识带入意识’。”他进一步解释说，“在打字过程中你头脑中所想、你的眼睛看到的和你的手指敲击字母组成词语之间有一个物理的距离。你能想象语言从你的指尖流出而不必在你打字的时候注视页边上的字母。如果用手写，你必须或多或少地注视着你的书写，当它们呈现在页面上时你还得看着那些字母。你的思想在写作的过程中定位在页面”②。对此，海姆也有相似的论断，“字处理使思想直接地流动。不光是心灵，而且还有眼睛都能跟得上洞察力。思想出现在屏幕上与涌现在心灵上几乎相差无几”③。在网络写作中，当我们熟练地掌握了电脑输入法，手指敲击字符似乎成为一种无意识的行为，不需要考虑敲击某个字母键会出现怎样字符的问题。这一点与前文提及的海德格尔工具的“上手”性相通，当人们以某个工具或器械去完成任务时，如果使用工具能够随心

① ［美］保罗·利文森：《软边缘：信息革命的历史与未来》，熊澄宇等译，清华大学出版社2002年版，第135页。

② Stephen Spender, “The Obsession of Writers with the Act of Writing”, *Michigan Quarterly Review*21, 1982, pp. 553 – 560. Quotation from Daniel Chandler, *The Act of Writing*, Aberystwyth: University of Wales, 1995, p. 181.

③ ［美］迈克尔·海姆：《从界面到网络空间：虚拟实在的形而上学》，刘钢、金吾伦译，上海科技教育出版社2001年版，第43页。

所欲，那么工具就会“上手”，似乎成为我们身体之一部分，反之，如果对工具不熟练或者工具坏了，它就会凸显出来，成为一个需要逾越的障碍。另外，无论是手写还是印刷都是原子性的写作，具有物质性的特征，在写作之前作者都要沉潜身心进行构思，确立写作框架，才开始写作，因为一旦着手写作，修改就变得很困难。而在赛博空间中，心里怎么想，就能怎么写。文档处理程序的方便，使作者可以自由地在文档之间随意穿插、增删内容，甚至可以不必考虑开头和结尾该如何设置的问题，因为“只需一键之劳便可将任何一段文字挪到任何地方。思潮直接涌上屏幕。不再需要苦思冥想和搜爬梳理了——把飞着的思想抓过来就行了！”①。

其次，网络书写处于划分主体性与客体性的界限上。不同于印刷时代的书写，“与笔、打字机、印刷机相比，电脑使其书写痕迹失去物质性。当传输内容通过键盘被录入电脑时，磷光像素便显示在荧光屏上，形成字母。由于这些字母只不过代表内存中的美国信息交换标准代码系统中的代码，可以说对它们的改变能以光速进行。作家与他/她所用的词语之间的相遇方式是短暂而立即就会变形的，简言之，是非物质性的”②。与之相对，传统的印刷文字是物质性的、稳定性的，以固定的形态存在，难以改变或者抹掉。文字一旦从作者的头脑中变成纸质媒介上的字符，就会与作者形成对抗的关系，抵制对它们的重新调整或者改变。利用电脑写作，免去了从思考到字符的转化过程，二者具有了时间上的同一性，“作家与书写、主体与客体具有这样的相似之处，即走向同一性，这是对同一性的一种模拟，它颠覆了笛卡尔式主体对世界的期待，即世界由广延物体（res extensa）组成，它们是与精神完全不同的存在”。进而，波斯特认为：“在使用者现象学的层面上，电脑书写类似于一种临界事件（borderline event），其界限两

① ［美］迈克尔·海姆：《从界面到网络空间：虚拟实在的形而上学》，刘钢、金吾伦译，上海科技教育出版社2001年版，第3页。

② ［美］马克·波斯特：《信息方式》，范静哗译，商务印书馆2000年版，第150页。

边都失去了它们的完整性和稳定性。”[①]。电脑写作挑战了笛卡尔代表的主客体二元论，很难想象笛卡尔这一思想在网络时代能够像以往那样受到尊崇。不仅是由于在网络写作中，我们可以用一种非笛卡尔的方法设定多重身份自我，而且随着机器智能的发展，机器能够编写大纲、进行拼写检查，甚至能够写诗、作文，电脑书写的能力显得越来越接近于人脑，人类可能会进入“后笛卡尔的时代”。波斯特说：“后笛卡尔的世界表征可能会由一个连续体（continuum）组成，一端是简单的机器，另一端是人，而中间则是电脑、似人机器、机器人、机器维持的人。”[②]

最后，网络书写是一种“超位性”写作。“超位性”概念来自于巴赫金。巴赫金在谈论小说叙事时曾指出，作者应该保持统揽全局的超位视点，超位视点强调的是作者的外在视点，不仅要以他人的眼光进行自我审视，还要从各个不同的视点展开故事中人物的描写和叙述，作者要充分认识到自己在文本中的修辞性主导作用和地位。即便是在主人公与作者的生活情况相重合的作品中，“作者应超越自身之外，应在另一个层面上体验自己，而不是在我们实际上体验自己生活的那个层面上。只有在这种情况下他才能用外位于自己生活的价值，完成这一生活的价值来充实自身并使自身形成为一个整体。他应该成为相对于自身的他人，用他人的眼睛来看自己”[③]。但是，在巴赫金那里，他所谓的超位视点主要还限于自我意识的内部活动，而网络写作则真正实现了与现实的“他者”进行对话的超位视点。网络写作是在线式写作，作者在写作的过程中可以与其他网友进行实时对话，或者通过电子邮件、网上留言、论坛评论、社群参与的方式与之讨论，网友的视点是外在于作者的，二者的视点融合就是不同“超视”“超知”的

① ［美］马克·波斯特：《信息方式》，范静哗译，商务印书馆2000年版，第151页。

② 同上。

③ 钱中文主编：《巴赫金全集》第1卷，晓河等译，河北教育出版社1998年版，第111—112页。

相互碰撞和交流。在具体写作的过程中，作者还会自觉不自觉地询问网友、征求写作意见，如果双方的交流互动颇有成效，那么，写作者还会不断地把视点投向“他者”，并主动地通过网友眼光审视作品、反思自我。网络写作的这种“超位”性与在线写作的特点相关，在线写作突破了广场式写作和封闭式写作的不足，形成了一种新的超位，如梅琼林所说：“从现实场所看，网络写作大多是在家庭这一物理空间中进行的，带有明显的私人性特征，但网络写作的在线性却始终将写作行为置于与他人的互动之中，这显然又表现出鲜明的公共性特征。这种将公共性与私人性直接拼贴在一起所造成的这种既公又私或者非公非私的状态，其实正是网络写作的一种崭新位置，也是一种‘超位’”。①

以上这三个方面，体现着网络写作的“临界性”，网络主体的转化直接与之相关。

三 自我的分散与建构

不同的媒介技术对人类主体有着不同的影响。沃尔特·翁（Walter J. Ong）曾就口语文化和书面文化进行了考察，他认为文字是一种技术，它塑造了现代人的智能活动，给智能活动提供了动力②。历史上，其他一些学者哈夫洛克（Eric Havelock）、英尼斯、麦克卢汉等人也从媒介技术的角度阐释了技术对主体的心理影响和社会后果。网络写作是利用新的媒介技术的写作形式，正如上文所论，网络写作是“临界点”上的写作，它对自我主体的影响是广泛而深远的。

博尔特在《写作空间：计算机、超文本和印刷的补救》中说：

---

① 梅琼林：《论网络写作的“超位性”及其对写作主体的审美重塑》，《东方丛刊》2009年第1期。

② ［美］沃尔特·翁：《口语文化与书面文化：语词的技术化》，何道宽译，北京大学出版社2008年版，第63页。

“在过去的几十年中，电子写作的隐喻被用于两个非常不同的精神和自我的观念。早期超文本的隐喻是把它看作理性的、甚至笛卡尔思想的描绘。隐含的意义是超文本能更好地呈现或者实现理性思维的过程。如果印刷掩盖了这些思想的自然性质，超文本则把它们变得透明。后来主要的观点不再集中于电子写作作为理性思维的工具，而是作为碎片化的、不断变化的后现代身份的反映。被强调的是写作的这一特性：我们写作同时为了表达、发现、分享我们是谁，在后现代时代我们的写作身份，就像超文本，是动态的、偶然的、变化的。”① 博尔特的论断，道出了网络媒体的两面性。超文本是仿照脑细胞组成的复杂网络建立起的文件组合方式，具有多重链接，能以更加灵活、自由的表现方式呈现人的思想的倏忽万变，这正是早期超文本的隐喻之意。后期超文本研究更多关注的是与后现代理论相契合的方面。对此，波斯特、博尔特、兰道、雪莉等人都有相关论述。这里，笔者参照他们的研究成果，结合网络写作之特点，重点论析网络写作技术对自我身份主体的重构。

波斯特认为：历史上笛卡尔式的主体是站在客体之外的一个位置上，获得对立的客体世界的知识；康德的主体既作为知识起源而位于世界之外，又作为这种知识的经验客体而位于世界之内；黑格尔的主体则在世界之中转变自身，但也因此体现世界存在的最终目的。② 无论是笛卡尔、黑格尔还是康德所讲的“主体”都是具有自我统一性的理性主体，网络书写行为的出现，则在相当程度上消解了这种理性主体，“某人一旦进入互联网，就意味着他被消散于整个世界，而一旦他被消散于互联网的社会性空间，就无异于说他不可能继续葆有其中心性的、理性的、自主的和傍依着确定自我的主体性”③。

① J. David. Bolter, *Writing Space*: *Computer*, *Hypertext*, *and the Remediation of Printing*, Mahwah, N. J.: Lawrence Erlbaum Associations, 2001, p. 190.

② ［美］马克·波斯特：《信息方式》，范静哗译，商务印书馆 2000 年版，第 135 页。

③ 金惠敏：《后现代性与辩证解释学》，中国社会科学出版社 2002 年版，第 254 页。

首先，在书写时代和印刷时代，作者通过写作，确认自身的独特存在，展现自己的个性，而网络写作则“可能会扰乱他/她的整体化主体性的感觉”①。这有五个方面的原因。其一，网络写作清除了书写过程中的一切个人痕迹，使图形记号失去个人性，所有的文字都以比特转化后标准的字形字符出现，面对这样的文本，读者很难再像书写时代那样，从作者擦除、替换和增加的地方，发现作者个性的痕迹。其二，如上文所说，网络写作作者的身份已经发生改变，从作者走向合作者，这就引入了集体作者的概念。利用网络，进行集体创作很方便，若一部作品经过无数作者联手打造而成，多次的修改、增删，以及观点的不同，很可能使作者因为意见倍增、观点分歧而走向他所谓的“歧见”，这就颠覆了作为中心化主体的作者概念。其三，在文本处理中，作者可以使用超链接，扩展文档之间的互文关系，由此形成硕大的文本网络，其中包含的思想单元要比传统的头脑中的观念大很多，纷繁杂乱的信息结合在一起，很难让人确认出作者具体的身份，或者文本的中心主题，反之，“这一新的文本可能会反过来作用于书写主体，消解他们，把他们从处于这个世界中的位置的等级制和固定性中解放出来”②。其四，网络写作的非线性特征，和虚构的超空间一样，打乱了思维的逻辑轨迹，培育了一种由直觉和联想的跳跃所激励的学问，倘若跳跃支配了逻辑的脚步，具有超文本读写能力就可能成为后现代心理状态的缩影③。其五，网络写作的公共性，“使个人性的具有反思性的阅读和写作，转向开放的网络，在那里原创作者的个人的象征性的框架受到与全人类表达的总体文本性的威胁”④，由此作者的中心化主体难以维系。

---

① ［美］马克·波斯特：《信息方式》，范静晔译，商务印书馆2000年版，第135页。

② 同上。

③ ［美］迈克尔·海姆：《从界面到网络空间：虚拟实在的形而上学》，刘钢、金吾伦译，上海科技教育出版社2001年版，第29—38页。

④ George P. Landow, *Hypertext 2.0: the Convergence of Contemporary Critical Theory and Technology*, Baltimore: John Hopkins University Press, 1997, p. 94.

其次，博尔特认为，今天建构电子写作的过程中，我们的文化已经选择消除公共的和私人的界限。新闻组、聊天室，或 MOOs 都是电子写作的形式，看起来好像是私人的，但是实际上却在瞬间传给成千上万的人，可能还有匿名的读者。电子作者在思想上从来不会感到孤独。她在电子对话的写作中便捷地、重复地加入他人的谈话，又能方便地中断。在 MOOs 或聊天室里参与者能够假设多重身份，这不是偶然的。因为私人的和公共的，内部自我和伪装的外表紧密相关，作者从来就不能从网络文化的物质性和文化母体中分离①。以 MOOs 为例，在每个不同的房间里，参与者可以选择不同的化身，参与谈话的过程，其间的对话并不能预先设定，也不能由单一的书写者掌控，因此，博尔特说，MOOs 以一种不同于乔伊斯和别人所说的经典超文本的方式补救了印刷小说，而且在补救的过程中，MOOs 提供给参与者一个重新定义网络化自我，或者说是真正的一系列的网络化自我的地方②。这种网络化自我的体验，必将对作者深层的个体心理产生影响，在某些时候分不清现实自我和虚拟自我，迷失于赛博空间的多重身份的流转变换，一定程度上消解作者自我主体的统一性。

尽管我们看到网络写作一定程度上造成了主体的重构，带来了统一自我的分散，但实际上，这并不是网络写作的专利，如果我们回顾历史，就会发现，灵感说、无意识、情绪、梦等，这些都无法归入统一自我的范围。另外，如果从当代的理论来看，女性主义、后结构主义、后现代主义也都拒绝了笛卡尔自洽的、理性的自我观念，他们建议用多重的、碎片化的自我来代替之前的自我观念。网络写作对主体在实践上的影响，与这些理论遥相呼应、相互参照，可以互为阐释。我们可以取利奥塔和德勒兹、加塔利的观点为例来看。

利奥塔在《后现代状态》中，提出了新的自我观念，“自我不是

---

① J. David Bolter, *Writing Space: Computer, Hypertext, and the Remediation of Printing*, Mahwah, N. J.: Lawrence Erlbaum Associations, 2001, p. 202.

② Ibid., p. 203.

一座孤岛，每一个自我都存在于复杂的关系网络之中，比以前更复杂更具流变性。不论是老还是少、是男还是女、贫穷还是富裕，每个人都不外乎是被安置在特殊网络中的某些‘网结’上，不管这些结是多么细小”①。在赛博空间中，位于调制调解器终端的作者，成为互联网中的一个节点，脱离了地理时空的限制，主体始终是分散的，悬置于网络空间中的不同位置，随着偶然链接的不确定性，主体被分散在后现代的时/空、内/外以及心/物语义场中，呈现出一种明显的去中心化、多元化特征。

德勒兹和加塔利在《千高原》中，提到的“块茎”“光滑空间”“条纹空间”“游牧”等概念也有助于我们对赛博空间及赛博空间中人的状态的理解。由于前三个概念在前面已经介绍，这里主要解释“游牧”。“游牧”的原始模型来源于前现代游牧部落的生活，这些游牧部落漫游于解辖域化的空间，抵抗国家权力对他们的征服。德勒兹和加塔利说，游牧思想拒绝一种普遍思维的主体，相反，它与单一种族结盟。它并不置身于一个包容一切的总体，相反，置身于一个没有地平线的环境之中，如平滑空间草原荒漠或大海。游牧民就在大地上，在向四面八方侵蚀扩张的平滑空间里②。在赛博空间中，不论是网络写手还是网络用户，都成为后现代意义上的“游牧者”，这一身份“为我们提供了新的生存与斗争模式。游牧式的自我（nomad-self）摆脱了一切克分子（molar）区割，并谨慎地解组了（disorganizes）自身。游牧式的生活是一种创造与变化的实验，具有反传统和反顺从的品格。后现代游牧者试图使自身摆脱一切根、束缚以及认同”③。游牧者的身份切合了网络空间中用户的行为特点。

由是，不论是从网络书写技术对主体的转换，还是后现代的理论

① Jean François Lyotard, *Postmodern Condition*: *A Report on Knowledge*, Geoff Bennington and Brian Massumi trans. Minneapolis: University of Minnesota Press, 1984, p. 15.

② 陈永国：《游牧思想》，吉林人民出版社 2003 年版，第 312、317 页。

③ ［美］道格拉斯·凯尔纳、斯蒂文·贝斯特：《后现代理论：批判性的质疑》，张志斌译，中央编译出版社 2004 年版，第 134 页。

与网络书写实践的契合来看，网络书写都是“最典范的后现代的语言活动。由于电脑书写在非线性的时空中分散了主体，由于其非物质性以及它对稳定身份的颠覆，电脑书写便为后现代时代的主体性建立了一座工厂，为构建非同一性的主体制造了一部机器，为西方文化的一个他者（another）撰写了一篇铭文而载入其最宝贵的宣言中”[①]。

然而，网络写作对主体并不是只有后现代意义上的分散自我的作用，网络写作对主体还有另一层面的建构作用，这与网络写作的“超位性”有关。网络写作的“超位性”，有利于主体积极地吸取“新质”，反思自我，形成不同于以往自我的“新我”，从而达到对原有自我主体的超越。每个人在自己目力所及之处，都存在一定的盲视，诚如“知他人易，知自己难”的古语，在这种情况下，如果借助于他者之眼，就能更好地了解自己。同样，网络写手在网络上与他者之间是我与你的关系，正如欧阳友权所说，网络写作是间性主体在赛博空间里的互文性释放，这是对传统主体性观念的媒介补救。自我与网络交流中他者的关系不是“宣谕——聆听”的关系，而是自我与另一个我之间的“交往——对话”的相遇和互动关系，是自我主体与其他主体间的平等共在、和谐共存[②]。网络写作的“超位性”，有利于这种主体间性的萌发与生成。另一方面，网络写手自身的“超视”与“外位”意识的融合，使作者在与他者的交流中，建立共存共在的关系，这种共存和共在最终会内化为写作主体精神内部的情结，从而在潜意识层面激起主体自身对原来自我的交流、反思、补救，并最终在另一层次上形成新的主体性。特克（Sherry Turkle）说：“网络体验帮助我们发展后现代意义上的健康的心理模式：它们允许多样性和灵活性，它们了解现实、自我和别的事物的建构的性质。”[③] 这也是网络写作对主体

① ［美］马克·波斯特：《信息方式》，范静哗译，商务印书馆 2000 年版，第 173 页。

② 欧阳友权：《网络写作的主体间性》，《文艺理论研究》2006 年第 4 期。

③ Sherry Turkle, *Life on the Screen: Identity in the Age of Internet*, New York: Simon & Schuster, 1995, p. 263.

积极的建构意义。

第三节　电子人与机器作者

如今，遗传学、网络技术、生物技术以及其他先进的技术的迅猛发展，作用于人类身体，打破了人体自然进化的过程，人为进化的结果是突破了人和动物之间、人机之间的界限，电子人、机器作者的出现就是人机共同进化的产物，是人和机器之间边界消失的结果。“在不久的将来，计算机不仅能思考，而且变得比人聪明，并在下一步的进化中建立一个混合的电子人物种，把我们目前所知道的人类概念抛到脑后”①。

一　电子人

目前，学术史上一般将最早使用“电子人”（Cyborg）的人，归因于克莱因斯（Manfred Clynes）和克林（Nathan Klin）。他们在1960年共同发表的论文《电子人和空间》，首次拼合成该词，用来描述在太空旅行中使用的自我管理的人机系统。由于它们是能自动维持并能自动修复的生物支持系统，因此在太空旅行时，他们可以把注意力集中在较高层次的活动上②。从词源学的角度来看，这个词由Cybernetic和Organism合成，直译为控制论的有机体。事实上，根据维基百科全书的解释，在克莱因斯和克林使用该词之前，《纽约时报》上早在五个月之前已经出现过这个词。当时该报所刊登的一篇文章称：“电子人实际上是人机系统，人类部分控制机制被外部的药或者调整工具修

① 曹荣湘：《后人类文化》，生活·读书·新知三联书店2004年版，序言第3页。

② ［澳］迈文·伯德：《远距传物、电子人和后人类的意识形态》，曹剑波译，曹荣湘选编《后人类文化》，生活·读书·新知三联书店2004年版，第137页。

改，以便这个人能在不正常的环境中生存。”[①] 不论谁先谁后发明该词，从它的使用情况来看，它有一个不变的含义就是指人机混合物，人的身体成为既是生物的又是机器的。

在实践中，电子人目前可以分为三种形态：一是观念电子人，仅仅存在于人的主观世界，代表了对于改造身体的某种构想；二是功能电子人，以在实践中依恋、依靠、依赖相关的机器（主要是电子设备）为特征，代表了对于增强身体功能的实际努力；三是植入电子人，特点是不仅在观念上认同人机共同体，而且在实践中努力将机器同化入自己的精神世界[②]。接下来，我们就以这三种形态的电子人为依据，分别论析他们对主体的影响。

（一）观念电子人与人类主体

科幻小说、电影、电视中，经常会出现电子人形象，这些电子人被描绘为有机体和人工制品的合成。虽然电子人这个词语最早出现在 20 世纪 60 年代，但是早在 1843 年艾伦·坡的短篇小说《精疲力竭的人》中，就已经描绘了一个有扩展的假肢的人。电子人形象能够广为人知，离不开作家的虚构和想象能力。以历史上两部著名的科幻电视剧，《六百万美元的人》和《星际迷航》为例来看电子人形象的塑造。《六百万美元的人》（或译为《无敌金刚》），是 20 世纪 70 年代的电视系列剧，在一次执行任务的途中，飞机失事，主人公受了重伤，科学家把他的双腿、右手及左眼都换上了电子零件，从此他成为一个能力超强的电子人。另一部电视剧，《星际迷航：下一代》塑造了一个集体的博格（Borg），这是一个电子人种族。这个种族的每个成员身体上都装配有大量人造器官、机械，他们的大脑为人造的处理器。博格个体之间通过某种复杂的子空间通信网络相互连接，形成博格集合体。博格人的目标是把所有在科技上经过改

① English Wikipedia, Cyborg, July 17, 2016, http://en.wikipedia.org/wiki/Cyborg.

② 黄鸣奋：《新媒体与西方数码艺术理论》，学林出版社 2009 年版，第 58—59 页。

良的人都吸收到一个包含所有人的“蜂房心灵”中去。博格人作战有两大特色武器，一个是可以穿透任何防护力场的纳米探针，另一个是能修正适应敌人攻击的防护罩。在斗争中，博格个体将纳米探针植入其他种族个体的体内，通过纳米探针的作用，博格个体将对方同化改造为博格个体，同时，防护罩在受到威胁攻击时，会同化对方攻击的能量以取得目标能量的信息，一旦适应了对方武器的资讯，就能化解对方攻击，不再受到伤害。作品中这类电子人形象都是作家想象的产物，代表了人类对改造自己身体的构想。南华大学教授翟本瑞说：“科幻小说是在写人类的未来史。相当程度上，人类历史发展是顺着科幻小说情节中所描绘的世界而开展。一方面，科幻小说故事的开展必然会顺着既有科技的潜在可能性而立论，另一方面，成功的科幻小说深入人心，让社会大众潜意识中存在着相关的意念，创意随着这些念头，在适当的时机，就逐一开展出来。……成功的科幻小说，具体而微地勾勒出人们潜意识中的期盼与畏惧，而这正是科学家与工程师极力想要突破的发展方向。”[①] 但是，我们也应该注意到，小说中的电子人有过于依赖技术、忽视肉身的倾向，这也引发了一些社会学家、哲学家、人类学家，对生命的本质、自由、自我意识、人与技术的关系等问题的思考。

1985 年，哈拉维（Donna Haraway）发表的《电子人声明》，将“电子人”的观念引入政治领域，在学术界产生了广泛影响。作者在论文开篇就点名题意，“本章的目的是建立一个忠于女性主义、社会主义、唯物主义的反讽的政治神话，可能更多的是对渎神的忠信而不是对恭敬的崇拜和认同的忠信。亵渎似乎总是需要把事情弄严肃。我知道几乎所有的立场都是采自世俗的宗教、美国政治的福音传统，其中包括社会女性主义。渎神保护了一个人独立于道德的大多数人中，而又坚持了对沟通

① 翟本瑞：《网络文化的未来》，《网络社会学通讯期刊》第 12 期，2010 年 1 月 15 日，http：//mail. nhu. edu. tw/ ~ society/e – j/12/12_ 3. htm，2015 年 11 月 19 日。

的需要。……反讽是关于幽默、严肃的战略，它也是一个修辞的战略和政治的方法，是在社会女性主义内部我更为尊崇的方法。在我的反讽信仰中心里，我的亵渎反叛物就是 Cyborg 形象。”在文中，哈拉维通过电子人形象的设想，表达了她力图超越人与动物、机体和机器、男性与女性、公共与私人之间界限的思想。她说：“20 世纪晚期，我们的时代是一个神话的时代，我们所有的人都是嵌合体，即在理论化的基础上装配而成的人机混合体，简单地说，我们都是电子人。电子人是我们的本体论，它给了我们政治策略。电子人是一种想象和物质实体浓缩起来的图像，二者连接起来集中建构了历史变迁的任何可能性。”① “电子人”在哈拉维这里，俨然成为一种进行社会抗争的思想工具。在此之后，学术界亦有不少探讨电子人的论著，如：马泽里希《第四次间断：人机共同进化》(1993)，讨论人机共同进化的问题；哈里斯《我们如何成为后人》(1999)，探讨后人类问题，并将后人类划分为动态平衡阶段、反思阶段、虚拟阶段；格雷 (Chris Hables Gray) 所编论文集《电子人公民：后人类时代的政治》，探讨与电子人有关的身份、管理、法律制定等问题。

（二）功能电子人与人类主体

“功能电子人”，由奇斯伦可 (Alexander Chislenko) 在《您是电子人吗？禀赋系统与功能电子人化》一文中提出。他说：“例如，如果你的大脑对某些事情记忆不牢，就可以利用外部记忆如便条来存储数据，然后通过阅读返回大脑湿件。这个巧妙的计策允许新的元素担负功能性的移植，同时表现了你的拓展智能的内部结构部分和你身体的外部部分”，“当人们玩味未来他们身体的电子人形象时，他们就已经忽视了已深陷其中的正在进行的功能性的电子人化过程”，“功能电子人可以定义为通过技术延伸实现功能补充的生物有机体。如果你不

---

① Donna Haraway, “Manifesto for Cyborgs: Science, Technology and Socialist Feminism”, in J. Weiss et al. eds. *The International Handbook of Virtual Learning Environments.* Springer Netherlands, 2006, p. 118.

注意的话，技术性补充则可能在不知不觉中将你变成一个功能电子人”①。据此，我们可以将功能电子人的外延扩展至很远，装有心脏起搏器、耳蜗式植入或者其他人造器官的人是功能电子人，利用计算机、互联网、移动通信从事各项工作的人更是当今时代功能电子人的代表。

功能电子人概念的提出，表明了人类对于技术的依赖日益增强，技术已经渗入人们的日常生活，改变着人类主体。如格雷在《电子人国家》中给我们描绘了一群十几年前就标榜自己为电子人的、制作可穿戴计算机的学生。史蒂夫·曼通过卫星信号与他的计算机相连接，紧贴着他的头部的是天线，他带有一个摄像机，这个摄像机不断地播送图像到他当作眼睛戴的两个电视屏幕上。他可以通过摄像机的上下翻转或左右倾斜来放映一切事物，他所做的一切就是要了解他的大脑需要多长时间才能够适应。史蒂夫的同事斯达勒进行着扩大现实的工作。他戴着一个小型激光器，这个小型激光器可以把计算机屏幕印在他的一个视网膜上。他用另一只眼睛观看物质世界。他通过单手操作的袖珍键盘来控制计算机，并用无线电与因特网相连。多数时间他同时在电脑空间和马萨诸塞州，他的感官同时与两个世界接触②。可穿戴式计算机，依赖外部设备与人体器官的连接，增强了人类感官的能力，明显地使人电子化了。如果以文艺创作为例，电脑、网络的运用，则是在潜移默化的层面上使人电子化。传统的书写是原子式书写，要依附于岩石、羊皮、龟甲、纸张等各种物质材料，由于书写的痕迹不易抹去，作家在写作之前都要先行构思，做到胸有成竹，方才动笔，而今电子计算机的广泛应用，改变了人类书写的习惯，字处理程序的方便，书写的非物质性，使得作品的修改、调整结构等都十分方便。不仅仅如此，网络信息的包罗万象，数据库检索的方便与迅速，即刻

① Alexander Chislenko，“ARE YOU A CYBORG? Legacy Systems and Functional Cyborgizatio”，November 23，1995，http：//w2. eff. org/Net_ culture/Cyborg_ anthropology/are_ you_ a_ cyborg. article.

② ［美］克里斯·哈布尔斯·格雷：《电子人国家》，张立英译，曹荣湘选编《后人类文化》，生活·读书·新知三联书店 2004 年版，第 78 页。

出版与网友互动的激动人心，都吸引着作者以机换笔，计算机成为他们大脑与手臂的延伸，作者成为功能性的电子人。当作者利用搜索引擎搜索某个古典诗句、某个同义词时，能够瞬间获得之前可能需要长久思索才能吟得的佳词丽句时，电脑已经成为作者身体之一部分，电脑与人脑之间的界限已经趋于消失。对此，斯劳卡也曾强调说："我们的下一代将会看到这样的景象：人类的神经系统直接与电脑连接在一起，人类的意识被下载到计算机内存里，并被有效地保存在某种非自然的状态中。在可以预见的未来，自然和技术之间的界限将被抹去。"① 值此，功能的电子人也就转化为植入式电子人。

（三）植入式电子人与人类主体

提及植入式电子人，大家可能会转而想到科幻小说、电影和电视中的描写。可是，这不仅仅是虚构，而今，已然成为现实。2002 年 3 月 14 日，世界上第一个植入式电子人终于出现了，他就是英国雷丁大学信息控制系教授沃里克（Kevin Warwick）。在沃里克看来，"电子人"将是电子时代人类发展的趋势，为此，他设想出各种方法将人类与机器结合起来。首先，在 1998 年 8 月 24 日，他请帝勒胡斯特外科医院的布洛斯（Gorge Boulos）在他的左上臂皮肤与肌肉之间植入了一个长 2.5 厘米、直径 2.5 毫米的圆柱状芯片，这次实验的目的是测试身体可以接受的局限和芯片能起到作用的范围。在植入芯片的 9 天里，沃里克享受到特殊的服务，无论他走到办公大楼的哪个地方，电脑都可以搜索到他。比如，当他走近办公室门前时，电脑就会向大门发出指令，实验室的大门因此就自动打开了。虽然，这次芯片植入没有什么不适，但沃里克还是在 9 天后，将之取出。如沃里克所说："因为时间一长，它就会在体内游来游去，而且这个'迷你玻璃瓶'非常脆弱，在坐飞机时，我非常担心它会'嘭'的一声炸开。"② 继之，沃里

① ［美］马克·斯劳卡：《大冲突——赛博空间和高科技对现实的威胁》，黄锫坚译，江西教育出版社 1999 年版，第 25 页。

② 冈子：《世界上第一个电子人》，《科学之友》2007 年第 8 期。

克又于2002年3月14日，将他的电子人设想向前推进了一步。他请神经外科医生凯博德（Peter Kyberd）领导的一个医疗小组在他的左手臂植入了一个3毫米见方的芯片，芯片上的100个电极与他的中枢神经连接起来。连接线在前臂的皮肤下送入并从皮肤上的一个小孔穿出来，伤口缝合后，再将连接线与一个发射/接收装置连接起来，该装置从神经纤维接收信息，并将信息发送到计算机①。这次试验，沃里克能将自己的神经系统接入哥伦比亚大学的互联网，并从那里控制雷丁大学的机械臂，机械臂是模拟沃里克的手臂开发出的可以遥控的装置。后来，沃里克的妻子手臂上也植入了芯片，据沃里克所说，即使双方相隔千里，只要通过互联网链接起来，他们的手臂神经就能感到彼此的动作，真有心灵相通的感觉。沃里克的实验，虽然取得了成功，在医学、人工智能等领域有着重要的意义，但也饱受争议。

以植入式电子人对人类主体的挑战来看，主要表现在三个方面。从身体自我的角度来说，人的肉身性统一遭受到外界芯片的侵入，人脑与电脑直接对话，身体受控于两种中枢神经系统，芯片及与之相连的外部设备一旦出现问题，人的身体将会陷入混乱，生理机能将会失控，这是在进行电子人实验时不得不考虑的问题；从社会自我的角度来说，传统社会中自我是由个体的我所处的独一无二的位置来确定自我的身份和意识，如今，人脑与电脑相连，二者的界限模糊，该如何定位自身，电子公民又有着怎样的身份；从心理自我的角度来说，人类的感情、情绪是否还会存在，如何处理虚拟世界的体验和现实世界体验的关系？这些也都是赛博空间文艺主体所要面临的重要问题。

二　机器作者

2008年2月15日《解放日报》刊载了一则消息，报道了世界上

---

① Kevin Warwick "The Next Step towards True Cyborgs?", May 14, 2002, http://www.kevinwarwick.com/project-cyborg-2-0/.

第一部由电脑创作的小说《真正的爱情》在俄罗斯的各大书店上架的事情。小说由一套名为“电脑作家2008”的程序创作，内容以文豪托尔斯泰的经典作品《安娜·卡列尼娜》中主人公的经历为情节主线，将时间背景改换为21世纪，地点由荒无人烟的岛屿替代了繁华的圣彼得堡，其语言带有日本当代著名作家村上春树的风格。该程序收录了包括《安娜·卡列尼娜》在内的18部著名文学作品。在电脑专家和语言学家的帮助下，程序能借助语言资料数据库进行创作。在历时8个月的“创作”之后，小说初稿完成，经过编辑进行常规的润色后出版发行。[①] 在国内，亦有“写诗机”软件流行于网络，比较有名的如猎户星免费在线写诗软件，网站首页宣称，让“国家级”诗人的你在不到60秒钟的时间，写出“国家级”的好诗。该网站还列出48小时内最受欢迎的十首诗，最新发表的十首诗，诗人级别排行榜，作诗填词词频排行榜。此类事件，是“一面有价值的镜子”，将广泛引发人们对于机器能否创作、机器作者的地位和作用以及人的地位等问题的思考。

利用电脑程序进行文艺创作一直是电脑开发者的梦想，为此，相关人员进行了持续不断的努力，从20世纪70年代TALE-SPIN到1993年的MINSTREL，从1999年的MEXICA到2000年的BRUTUS，再到《真正的爱情》出版发行，这些标志性的事件记录着相关研究人员对于机器作者的思考和探索。接下来，我们就先欣赏这些程序生成的作品。

TALE-SPIN是米汉（James R. Meehan）开发的讲故事程序。程序设计的原则是，模仿现实世界中人物的理性行为产生故事。其中，模仿包含三个积极的成分，一个是问题解决者，另一个是被给予的目标和产生的其他目标，最后一个是事情的结果。[②] 一旦确立了目标，程

① 洛洛、朱小雪等:《电脑创作的小说，你会喜欢吗》，《解放日报》2008年2月15日第14版。

② James R. Meehan, “T A L E-S P I N, An Interactive Program That Writes Stories”, in Proceedings of the Fifth International Joint Conference on Artificial Intelligence, 1977, http://dli.iiit.ac.in/ijcai/IJCAI-77-VOL1/PDF/013.pdf.

序不是把它加入记忆中，而是唤起问题解决者，通过制订计划，寻找方案，进而完成目标。这一程序展示了原本被用来解决问题的计算机如何被用来讲述故事。故事模仿伊索寓言，但其中的寓意不是关于动物的，而是关于人类道德和心灵的，因此，单从这一方面来看，程序所讲的故事还是有价值的。以《两只名为乔和杰克的熊的故事》为例：

> 从前，有两只熊分别叫乔和杰克，一只蜜蜂叫山姆。杰克和山姆关系很好，但是和乔是对手，乔是一只不忠诚的熊。一天，杰克饿了，他知道蜜蜂山姆有一些蜂蜜，他想说服山姆给他一些。他从他的洞中走出，下了山，越过山谷，跨过桥，到达山姆居住的橡树旁。他问山姆要一些蜂蜜，山姆给了他。当时，乔正经过橡树，看到杰克拿着蜂蜜。乔想如果杰克放下蜂蜜的话，他就能得到蜂蜜。因此，他就给杰克说，他认为杰克跑不快。杰克接受了挑战决定开始跑。他放下蜂蜜，跨过桥，穿过山谷。乔则拾起蜂蜜跑回了家。

这则故事中的所有事件是由 TALE-SPIN 产生的，这一程序的主要贡献是，展示了计算机（在有限的程度上）怎样创作连贯的、结构完整的类人故事。它也揭示了产生形式上完好的文本是必需的，但还不充分。因为这一系统只是由人物解决特殊问题的目标驱动，所以一些无趣的故事可能会产生，如：“约翰熊饿了，约翰熊得到一些蜂蜜，约翰熊吃了蜂蜜，约翰熊不饿了，结束”。成功的人类故事还必须包含其他一些特性，如新颖性和有趣性[1]。

继 TALE-SPIN 之后，MINSTREL，MEXICA，BRUTUS 在创作故事

---

① Rafael Pérez y Pérez and Mike Sharples, “Three Computer-Based Models of Storytelling: BRUTUS, MINSTREL and MEXICA”, http://home.cc.gatech.edu/ccl/uploads/63/MEXICAKBS.pdf.

的方法上更加注重开发机器自身的创造性，因此，故事的新颖性和有趣性大为增加。MINSTREL 是加州大学计算机科学系人工智能实验室特纳（Scott Turner）开发的写作程序，写作亚瑟王和他的圆桌骑士的故事。BRUTUS 是布林斯约德（Selmer Bringsjord）和费鲁齐（David A. Ferrucci）设计的写作关于背叛等主题故事的程序。BRUTUS 写出的故事，国内多家报纸如《北京晚报》《中国计算机报》《福州晚报》曾做过报道。MEXICA 是苏塞克斯大学佩瑞兹（Rafael Pérez y Pérez）开发的写作墨西哥人故事的程序。在一次网络调查中，让计算机产生的故事和其他计算机化的故事、由人独立写作的故事进行竞争，其结果是读者给 MEXICA 故事评分最高，因为它创作的故事流畅、连贯，在结构、内容、悬念和整体的质量方面都很不错。这里，我们就以 MEXICA 程序创作的一则故事为例，来看机器作者的作品。

加戈爵士是伟大的特兰城人。公主也是特兰城人。拉洛克是雨神，他生气了，暴风雨来临。大雨破坏了旧的木桥。当加戈爵士试图渡河时，桥坏了，他头部受了重伤。公主了解到爵士可能会死亡，她必须做一些事情。公主听说有一种能够有效治疗的植物。因此，公主准备了这种药并将之用于爵士的伤口。药起了效果，爵士开始恢复。加戈爵士知道了是公主救了他的命。

在最后一次战争中，公主的父亲使敌人的家庭受到了侮辱。现在，是敌人复仇的时候，敌人绑架了公主。他们走到森林，在那里敌人把公主绑到一块大石头上。在半夜敌人准备杀掉公主。尽管情况十分危险，加戈爵士仍然决定解救公主。加戈请求神之间的中介，寻求智慧和勇敢。

公主对于发生的事情十分生气并冒犯敌人。敌人的心情反复无常，他们不加考虑地要制服公主。与此同时，加戈爵士决定开始寻找敌人。经过艰难的寻找，加戈爵士终于找到了敌人。加戈爵士，充满了愤怒，举起匕首刺向敌人。加戈爵士朝敌人面前扔了一些尘土。然后用一只匕首刺向敌人胸部。模仿神圣的祭祀仪式，加戈爵士一只手抓住敌人的心脏，并将它朝向太阳举起以示对神的尊敬。

加戈爵士走向公主。由于爵士心中充满了对公主在以前困难时刻显示的勇气的尊重，他释放了公主！尽管一开始，公主不想承认，但是公主爱上了加戈爵士。当公主亲吻加戈爵士的时候，她突然发现加戈的文身。文身和几个月前杀害公主父亲的兄弟会人所有的是一样的，立刻，那些可怕的记忆再次出现。公主对加戈爵士有着矛盾的心情。一方面，公主对他有很深的感情，另一方面她又憎恶他曾经所做的事情。公主对加戈爵士感到深深地厌恶，这刺激了特里即死亡之神，公主杀害了加戈爵士，血流了一地。公主拿起匕首，割断她的喉咙。公主流血而亡，代表太阳的特纳提有之神消失在地平线。[①]

这则故事包含了三个情节，每一个情节都有一个下降和上升的过程。首先，第一个情节从介绍两个主角开始到公主治愈加戈爵士为止。在这一情节中，爵士受了重伤是高潮，建立爵士和公主之间的感情网络。所以，当敌人绑架了公主的时候，爵士有解救公主的动机，这就为下文的发展做了铺垫。第二个情节，以绑架行为开始，当公主爱上爵士时结束。绑架行为引出了故事的反面角色。这一情节分为两个部分。第一个部分包括敌人绑架公主的事情，公主侮辱敌人，敌人报复她。第二个行为包括爵士找到敌人地点，杀死敌人，解救公主，公主爱上了他。在第一个情节中，读者的紧张程度上升，不仅是因为敌人绑架了公主，还由于当敌人报复公主的时候，公主陷入生命危险。第一个情节的功能是使故事朝高潮发展。第二个情节通过重新介绍爵士

① Rafael Pérez y Pérez, MEXICA: A Computer Model of Creativity in Writing, The University of Sussex, Ph. D. Dissertation, 1999, p. 103.

加戈开始。当爵士面对敌人时读者的紧张程度达到故事的一个最高点。当敌人被杀死，公主被救，所有的紧张解除。故事似乎到了这里，就完满结束。然而，故事却急转直下，朝向另一个方向发展。第三个情节，从公主看到爵士的文身开始，以两位主角死亡结束。当公主意识到爵士参与了他父亲被谋杀的事件时，故事又有了意外的张力。这就将故事导向一个未曾预料到的结尾。总体来看，故事结构完整、情节统一，每一个角色的行为序列都十分清楚，这并不是根据预先安排好的结构而产生出的故事，这个故事是参与——反馈机制应用的结果。

一般来说，故事创作中的主要问题是如何将人物的行为前后连贯起来。先前的程序模式是预先设定故事发展的结构，或者人物可能执行的行为，来解决这一问题，以保证故事进展中的事件发生遵循着逻辑的方向。MEXICA 应用了另一个不同的方法。它假定人物在特定时刻的反应由当时行为发生的故事背景决定。例如，如果骑士正在树林中行走，他突然发现一个危险的情景，就可能疾走以避免危险发生。树林的环境决定行走者的行为。在 MEXICA 系统中，也假设连贯的行为序列由环绕他们的故事背景和事件决定，这就避免了预先设定故事的结构或者利用明确的目标状态，来展开故事。该系统的这一方法与它应用的介入——反馈模式相关。其原理是这样的：用户给故事设定最初的行为；系统按照行为的结果调整故事中人物的背景；MEXICA 应用故事背景作为搜索记忆库的线索；当故事背景与记忆中的某个结构符合时，系统就取得一系列与之相关的可能的行为步骤；筛选路线，消除不符合大纲条件的可能的步骤；从取得的行为序列中任意选择其中的一个作为故事中下一步的行为；行为由人物执行，加入故事背景，进行调整，下一轮的反馈行为又从应用故事背景搜索记忆库开始。[①] 程序还有一个评价故事连贯性和有趣性的机制，如果贯穿整个故事的

① Rafael Pérez y Pérez and Mike Sharples，"Three Computer-Based Models of Storytelling：BRUTUS，MINSTREL and MEXICA"，http：//home. cc. gatech. edu/ccl/uploads/63/MEXICAKBS. pdf.

张力程度能够上升，并逐渐下降，程序就认为故事是有趣的。如果程序发现故事是令人厌倦的，在某些地方又不连贯，它就会代替或者插入其他行为，直到出现满意版本为止。英国诺丁汉大学学习科学研究院主管沙普尔斯（Mike Sharples），高度称赞 MEXICA 系统，他认为：MEXICA 利用了人类创造性写作模式的主要的元素（尤其是介入——反馈之间的运动），是模仿人类故事写作过程的本质部分的计算机程序，它能产生有趣的参与性的故事大纲[①]。

MEXICA 在创作故事时，有多方面的革新，如：它是第一个避免采用预先设定结构的方法来确保故事有趣的程序；它能记录人物之间的情绪变化，并运用它从记忆中的逻辑行为中获取的相关情绪的知识，创作故事；程序将人物视为可变的，并给予它一个基本的数值，这个数值在 -3 到 +3，感情网络为多情或者无情，数值相当于感情强度，-3 代表着强烈的憎恨，+3 代表非常喜欢，等等。但是，它也有局限性。“在 MEXICA 系统中，推论的后置条件如爱的竞争被具体化为编码的一部分。因此，它们是固定的，缺少灵活性。这就形成了一个问题，因为 MEXICA 的重要的一个特性是它能调整故事中的行为系列。如果新的事件加入到系统中，产生新的、明显的推论性后置条件，如果没有调整的编码，MEXICA 将无法处理这一情况。同样，尽管筛选的路线很多是灵活的，能够适应故事的进程，但是筛选的数量和种类在编码中是固定的。因为筛选是介入过程之重要一部分，若它不能解决未曾预见到的问题，可能会阻止系统产生不同类型的故事。”[②] 在笔者看来，正是由于故事生产程序自身的局限性，说明了机器作者的作品还不能代替人类优秀作家的经典之作，这涉及机器作者是否有创造性的问题。

---

① Jennifer Viegas, “Computer Program Writes its Own Fiction”, February 7, 2007, Http: //www. abc. net. au/science/articles/2007/02/07/1842077. htm.

② Rafael Pérez y Pérez and Mike Sharples, “Three Computer-Based Models of Storytelling: BRUTUS, MINSTREL and MEXICA”, http: //home. cc. gatech. edu/ccl/uploads/63/MEXICAKBS. pdf.

三 机器作者有无创造性

对于机器是否有创造性的问题，学者们众说纷纭，赞成者有之，反对者有之，折中者亦有之。如库兹韦尔在《灵魂机器的时代：当计算机超过人类智能时》就对计算机的创造性持明确肯定的态度。他说："我们正在创造的智能最终将超过其创造者（即人类）的智能。这种情况今天尚未发生，但正如本书中所说，很快就会出现"，"这些系统的长处反映在文字、图像和乐谱的表现上往往具有惊人的创造性"，"这些具有创造性的系统经常表现出的独创性使它们成为人类艺术家的出色伙伴，它们已经用这种方式为艺术带来了发展和变化"①。世界上第一台计算机发明者巴贝奇的助手，曾经发表过分析机论文的洛夫莱斯夫人（Ada Lovelace），认为计算机永远没有创造性。因为在她看来分析机只能做我们知道如何命令它执行的事情。分析机编辑的音乐、作品只能归功于工程师，而不是机器。科学家博登认为，如果洛夫莱斯夫人的评论仅仅是针对计算机智能做编程之事，那无疑是正确的，也是重要的。但是如果她以此否认计算机和创造性的任何联系，则是过于简单的②。博登定义了两种创造性。第一种是心理创造性，这种创造性相对于个体心灵而言是全新的。譬如，如果玛丽以一种方法合成了以前她从未有过的观念、想法，那么这种创造性就是心理创造性，即便是成千上万的人也有这种想法。第二种是历史创造性，相对于整个人类历史而言是全新的，即在此之前还没有人形成过此类观念。③ 以此为据，她认为，电脑程序不乏心理创造性，但是要具有历史创造性则比较困难。

---

① ［美］雷·库兹韦尔：《灵魂机器的时代——当计算机超过人类智能时》，沈志彦等译，上海译文出版社 2002 年版，第 50、188 页。

② Margaret A. Boden, *The Creative Mind*, London and New York: Routledge, 2004, p. 16.

③ Ibid., p. 42.

由各家对机器有否创造性的争论来看，其关键点在于对“创造性”的理解上，理解不同，自然存在观点的分歧。鉴于本书所论主题，在此以文艺领域的“创造性”为基准，分析机器作者有无“创造性”。

文艺领域的“创造性”，更确切的提法是“独创性”，是指作者的作品在结构、语言、思想等方面具有自己独特的风格。现代文艺史上，塞尚、凡·高和高更为代表的后印象主义，毕加索开创的立体主义画风，约翰·凯奇和卡普罗发起的偶发艺术，马尔克斯《百年孤独》透露的魔幻现实主义风格，海明威《老人与海》中的硬汉形象，普鲁斯特《追忆似水年华》的意识流手法，等等，都具有世界性的影响，树立起独创性的丰碑。若以这些作品之独创性为标准，那么，机器作者显然不具有独创性。

首先，机器作者创作的前提是预先在系统内保存有大量作品的编码，它所做的工作是重新对这些要素，加以筛选和组合，其产生的作品只能具有模拟性与相似性。以《真正的爱情》为例，“电脑作家2008”是从程序本身收录的18部著名的文学作品中，不断地择取情节、语言，来生产故事的，而且在这一过程中，还离不开语言学家、电脑专家的辅助，后期还要有编辑的润色，才能成为一部还算得上小说的作品。若没有著名作品的编码，程序无论如何也无法工作，遑论还要有各领域专家的帮助，在这种情况下，谈何机器作者的“创造性”？

其次，经典作品往往都与作家个人的独特体验和思想感情有关，越是伟大的作品越能触及人类深层的心灵意识，引起读者的共鸣，产生经久的魅力，而机器本身没有情感，对人类的情感也一无所知，更体会不到世间生活的多姿多彩，由它产生的作品也将是没有生气和灵魂的，因此，从这一角度来说，机器作者也不具备创造性。

再次，优秀作家在创作的时候，固然有先前学习到的知识做铺垫，但是他是在占有材料的基础上，提出新的主题、思想和结构，而计算机程序模式，只有存储其内的人物、事件的作品元素，它不能在此基础上创造出新的知识，并将之运用到作品中，因此，它没有“创造性”可言。

其实，电脑专家设计写作程序的目的并不是要以机器作者代替人类作者。正如 MEXICA 的开发者佩瑞兹所说，希望 MEXICA 和未来的相关程序不是作为人类作者的替代，而是工具，像 MEXICA 这类程序作为计算机模式，它能帮助我们想象，帮助我们理解人们如何写作故事，从而能提高我们的写作能力。他相信程序甚至可能引导更好的故事和书的出现，这是他认定的程序设计的目标。① 库兹韦尔也说过，各种各样的计算机程序使作家们文思如泉涌……一些软件可以使作家们在长篇小说、系列小说和电视连续剧之类的长篇虚构文学作品中追踪复杂的历史、人物性格描写和人物之间的相互关系。② 在进行创作的时候，我们不妨采用佩瑞兹和库兹韦尔的方法，将机器作者当作我们写作时的助手和伙伴，借助于它的数据库功能，帮助我们回忆、想象，进而有利于我们遣词造句、行文运思。

① Jennifer Viegas, “Computer Program Writes its Own Fiction”, February 7, 2007, Http://www.abc.net.au/science/articles/2007/02/07/1842077.htm.

② ［美］雷·库兹韦尔：《灵魂机器的时代——当计算机超过人类智能时》，沈志彦等译，上海译文出版社 2002 年版，第 190 页。

第二章

读者功能的演变

在网络环境中，读者不仅进行着虚拟的快乐旅行，饱览各种有趣信息，点击实时刷新的网站作品排行，而且传统意义上的读者成为了“写读者”，原来静观默想的阅读方式，无法适应新媒体的需要，转而更侧重交互性和能动性。这样就凸显了沉浸式体验与交互性的矛盾，如何沟通、协调二者的矛盾？怎样应付这种阅读的革命，提升读者的审美能力和技巧？这些都体现了当今时代读者功能的演变。

第一节　快乐审美

徜徉在赛博空间，面对不断膨胀的海量信息，时时刷新的网站和网页，瞬间更替的排行榜、冠军榜，在线读者往往会有目不暇接的感叹，在不同的节点穿梭、跳跃，追逐的不再是沉思、反思的深邃，而是一时的欢愉和快乐至上。这亦是网络文学读者的审美追求。它的形成与当今时代的消费文化、消费的魅力、网络文学的题材类型、读者群体的构成等不无关系。

一　消费的魅力

文化工业的发展，物质产品的丰富，使消费的扩张成为现实，社会成为消费社会。正如波德里亚在《消费社会》中说："在我们的周围，存在着一种由不断增长的物、服务和物质财富所构成的惊人的消费和丰盛现象。它构成了人类自然环境的一种根本变化。恰当地说，富裕的人们不再像过去那样受到人的包围，而是受到物的包围"①，"我们处在'消费'控制着整个生活的境地。所有的活动都以相同的组合方式束缚，满足的脉络被提前一小时一小时地勾画了出来"②。消费已经不仅仅是物的使用价值的获取和满足，而是成为一种文化现象。与此同时，从另一方面来看，商品经济的法则渗透社会生活的方方面面，文化领域自然也不可避免地卷入市场经济的狂潮。

当今，通俗文化大行天下，高雅文化日渐式微，这是市场与文化合谋的产物。在市场经济条件下，生产与消费是辩证统一的关系。生产固然决定消费，但消费也促进着生产，为生产提供新的动力。文化领域的生产亦是如此。文学艺术要想赢得市场，就得看读者的消费需求，高雅文化需要读者具备一定的知识和修养，读者群较少，倒不如通俗文化能得到更多读者的垂青，读者的需求又进一步刺激着生产，最大限度地迎合读者的口味和取悦观众的兴趣是通俗文化得以制胜的法宝。

以网络文学网站——起点中文网的经营为例。成立初期，起点中文网和其他网站一样，也是采取免费阅读模式，靠广告及介绍出版来盈利。后来，在经历了团队之间的多次磨合及讨论后，网站决定采用收费阅读模式。2003 年 10 月 10 日，起点正式推出第一批 VIP 电子出版作品，启动了 VIP 会员计划。VIP 会员可以用 0.02 元/千字（非 VIP 会员每千字三分钱）的价格，阅读起点加锁的 VIP 产品。而正是这区区两分钱，让许多网络写手发现原来单纯的为兴趣而写小说，发展成为自己的一项谋生手段。以会员点击排行榜总榜第一的作品《吞噬星空》为例，其点击率达 8455 多万次，而在该网站点击率破千万的小说

① ［法］让·鲍德里亚：《消费社会》，刘成富、全志钢译，南京大学出版社 2000 年版，第 1 页。

② 同上书，第 6 页。

还有很多。不仅仅如此，网站还拥有具有改编价值的原创网络小说的版权，出售原创小说影视、游戏改编权，实现多方盈利收益。

通俗文化的流行，符合了商品经济的逻辑规则，在根本上还与其文化内容相关。波德里亚、詹明信都曾强调过，后现代主义的“无深度”的消费文化的直接性、强烈感受性、超负荷感觉、无方向性、记号与影像的混乱或似漆如胶的融合、符码的混合及无链条的或漂浮着的能指。在这样的“对现实的审美幻觉”中，艺术与实在的位置颠倒了[①]。以审美形式表现日常生活，以影像与符号的消费为满足，借此充实空洞的内心，寻求生活的刺激，逃避现实的压力，是通俗文化读者的目的与追求。在这样的形势下，我们也看到“许多艺术家已经放弃了他们对高雅文化和先锋艺术的信奉，转而对消费文化采取日益开放的态度。现在他们又向人们表达了去追随其他文化媒介人、影像制作人、观众与公众的意愿。因此，随着消费文化中艺术作用的扩张，以及具有独特声望结构与生活方式的孤傲艺术（enclaved art）的解体，艺术风格开始模糊不清了，符号等级结构也开始消解”[②]。通俗文化在市场上的份额举足轻重。

通俗文化主导了人们的日常生活，“在当代社会条件下，无论是纯粹艺术还是日常生活中的艺术形象，都是以美丽诱人的方式遮蔽了资本扩张所造成的感性物化之残酷现实，并以普遍主义的姿态强化了强势文化所赖以生存的不平等结构”[③]。通俗文化无孔不入，它以当下的满足感诱惑着消费者，“文学意义、价值下滑已势所难免，文学成为能指游戏，成为本能的放纵，成为荒诞的戏谑，色情、粗俗、野蛮反倒成了不少人追逐的时髦，成为文学不可缺少的佐料”[④]。阅读文

---

① ［英］迈克·费瑟斯通：《消费文化与后现代主义》，刘精明译，译林出版社2000年版，第34页。

② 同上书，第37页。

③ 周小仪：《唯美主义与消费文化》，北京大学出版社2002年版，第21页。

④ 马大康：《新理性精神：文学的立身之本——兼论理性与感性生命的关系》，《东方丛刊》2004年第1期。

学，俨然成了读者在虚空世界的精神旅行，现实不满足的替代性实现。正如波德里亚所说，在日常生活中，消费的益处并不是作为工作或生产过程的结合来体验的，而是作为奇迹。……电视机的奇迹不停地作为一个奇迹永远得到实现，——通过技术上的恩赐，它消除了消费者意识中社会现实原则本身，即通向形象消费的漫长社会生产过程。因此，同土著人一样，电视观众在神奇而有效的方式上把这种占为己有的手段视为骗取[①]。如同电视形象一样，形形色色的网络文学也拉开了与现实的距离，利用想象的世界创造“一个奇迹”，在现实的替代性满足上发挥着特有的功能。

由是，在消费时代，商品经济的逻辑渗透社会各个领域，文化领域被市场经济侵蚀，通俗文化盛行，及时消费的观念成为主导，人们不再追求宏大叙事的深邃、严谨与发人深省，而是转而投向无深度、平面化的快餐式阅读。这一点，我们也可以从网络文学的题材类型加以印证。

二　网络文学的题材类型

网络文学的题材类型可谓大全，单就小说领域来看，从天上到地下，无所不包。从各大网站的专栏归类来看，目前还没有形成统一的标准。如：起点中文网，将题材划分为玄幻·奇幻、武侠·仙侠、都市·言情、历史·军事、游戏·竞技、科幻·灵异等十四类。红袖添香的分类包括言情小说类和幻侠小说类。其中，言情小说类分为：穿越时空、总裁豪门、古典架空、妖精幻情、青春校园、都市情感、白领职场、女尊王朝、玄幻仙侠等；幻侠小说类分为玄幻奇幻、都市情感、武侠仙侠、科幻小说、网游小说、惊悚小说、悬疑小说、历史小

① ［法］让·鲍德里亚：《消费社会》，刘成富、全志钢译，南京大学出版社 2000 年版，第 9 页。

说、军事小说等。晋江原创网的分类为古代言情、都市青春、幻想现言、玄幻奇幻、古代穿越、科幻网游、同人言情动漫、同人言情小说等。17K小说网的分类有：玄幻奇幻、仙侠武侠、都市小说、历史军事、游戏竞技、科幻末世、都市言情、古装言情等。

从以上网站的分类和各网站作品的排行榜，我们可以看出网络文学虽然题材多样，但言情、武侠、玄幻、网游类的小说，是网络上十分流行的题材。这一点，我们也可以从“网络文学十年盘点”活动得以明证。这次盘点活动规模宏大，由中国作家出版集团和中文在线主办、长篇小说选刊杂志社和一起看小说网承办，经过专家和网络读者七个月时间的海选和推举，评选出十佳优秀作品和十佳人气作品，应该说此次评选具有一定的权威性。最终，《此间的少年》（都市类）、《成都，今夜请将我遗忘》（言情类）、《新宋》（历史军事）、《窃明》（历史军事）、《韦帅望的江湖》（武侠仙侠）、《尘缘》（武侠仙侠）、《家园》（历史军事）、《紫川》（玄幻奇幻）、《无家》（历史军事）、《脸谱》（都市娱乐）获选为十佳优秀作品。《尘缘》（武侠仙侠）、《紫川》（玄幻奇幻）、《韦帅望的江湖》（武侠仙侠）、《亵渎》（玄幻奇幻）、《都市妖奇谈》（玄幻奇幻）、《回到明朝当王爷》（历史军事）、《家园》（历史军事）、《巫颂》（玄幻奇幻）、《悟空传》（武侠仙侠）、《高手寂寞》（游戏竞技）获选为十佳人气作品。被评选出的这些优秀作品仍然不出都市娱乐、玄幻奇幻、架空历史、虚拟游戏的题材范围。

再以《2015·中国网络文学年度好作品》评选活动为例看，各网站选送的作品，其中历史类的有15部，都市类的有13部，玄幻类的有14部，悬疑类的有7部，架空类的有5部，言情类的有16部；职场励志类的有1部，仙侠类的有2部，竞技游戏类的有1部[①]。在这些

① 范成易：《2015中国网络文学年度好作品评选揭晓10部作品获优秀奖》，2016年4月15日，http：//hot. online. sh. cn/content/2016－04/15/content_ 7813992. htm，2016年5月22日。

作品中，言情类和玄幻类仍然是网络人气较高的类别。下文将具体分析不同题材的特点。

架空历史类。我们知道历史是由具体的时间、地点、人物、事件组成，是既成事实，不可改变。而网络写手们则抽空历史事件的真实，由穿越历史时空的当代人重回古代某个朝代，主人公带着现代历史的眼光，参与历史的改造，以图凭借个人之力使历史朝向另一个未知的方向发展。如网络文学十年盘点脱颖而出的十佳优秀作品《新宋》，就是这样一部作品。主人公石越，某天莫名其妙地从耶元 2004 年回到宋朝。在当初返回宋朝的时候，他“不求闻达于诸侯”，只是想谋个生路，庸庸碌碌地生活。但是，在看到这个国家的上层统治阶级日渐消沉与堕落之后，他想力挽狂澜。在小说中，石越与历史人物王安石、司马光、苏轼、赵顼等接触碰撞，探讨如果当时的朝廷选择另一条改革之路，中国会向何处去的问题。架空类小说被一些读者定义为纯粹的意淫，只是为了心灵的刺激。《新宋》的作者阿越，也直言不讳地承认其作品有 YY 的成分，他说：“作为作者，我必须要让读者看我的小说感到‘爽’，这是基本的前提，在这个前提下，作者才有余地腾挪转移”①。

玄幻奇幻类，最吸引人的是它能上天入地的奇异想象。以网络本土原创四大奇幻小说之首的《诛仙》为例。小说讲述的是一个名叫张小凡的少年，出身普通农家，长相一般，在一般人的眼里他绝对是平庸之辈。可是，就是这样一个平庸之人在惨遭家门不幸之后，为异人所救并随其习得一身上天入地的本领，最后竟能历经千难万险，克服重重困难，征服了各种奇珍异兽，并与奇女子演绎凄美动人的爱情故事。他的人生经历满足了平凡人幻想飞黄腾达的心理。“网络玄幻小说消遣趣味的种种因素中最让人无可抗拒的就是玄幻小

① 阿越：《〈新宋 十字〉修改版缘起（代序）》，2008 年 8 月 20 日，http：//book. zongheng. com/chapter/512/77199. html，2014 年 9 月 10 日。

说在一个‘架空世界’（第二世界）中呈现了一场华美魅惑的——白日梦的盛宴。”① 网络玄幻奇幻小说“架空”现实，消解了理性的思索，摆脱了现实的沉重，卸去了道德的承担，以稀奇古怪、荒诞诡谲为笔法，创造了一个色彩迷离、神秘莫测的幻想世界。在这样虚幻的王国中，无论是作者还是读者都能暂时抛却现实、自由嬉戏、快意恩仇，神游于“黄粱美梦”。

爱情题材类，从 1998 年蔡智恒的《第一次的亲密接触》的横空出世，到李寻欢的《迷失在网路与现实之间的爱情》《一线情缘》，宁财神的《假装纯情》，慕容雪村的《成都，今夜请将我遗忘》，再到明晓溪《会有天使代替我爱你》《泡沫之夏》，艾米《山楂树之恋》，顾漫《微微一笑很倾城》，等等，这些作品都荣登畅销书的宝座。以网游言情小说《微微一笑很倾城》为例来看。小说写的是网游高手贝微微与一个被无数人仰望的传奇人物，篮球游泳全能优等生与游戏公司总策划人，同时也是网游第一高手的肖奈，从网上到网下的爱情故事。不同于通常的言情小说的是，他们的婚姻从虚拟的网络开始，最终走向了现实，故事没有激烈的矛盾冲突，有的是细致入微的感动和温馨。这样的爱情在现实中不会存在，只是作者唯美的构想，正如读者评论说：“是顾漫赠送给她所喜欢的女孩子——微微的一份盛礼，也是她为所有女孩子们编织的一份美丽。我们知道其实他并不存在，然而，只要他在文字里活色生香，便已经足够了。”② 此类爱情题材的小说，是现代人的爱情自白，迎合了人们感情慰藉的心理需求。

网络文学体裁繁多，除了以上几类外，还有幽默搞笑类、盗墓类、黑道类，等等。总的来看，这些作品较少以宏大的现实背景为题材，通常以趣味性、通俗性为主，不论是作者还是读者，都利用文学想象的功能，宣泄了现代人生活的情感焦虑与压抑，使人的感性欲望获得

---

① 朱玉兰、肖伟胜：《无可抗拒第二世界的魅惑》，《重庆三峡学院学报》2007 年第 6 期。

② 叶迷：《微微一笑很倾城，璧人本双生》，2009 年 1 月 14 日，http：//www. jjwxc. net/comment. php? novelid = 370832&commentid = 85689&page = 1，2015 年 2 月 10 日。

了代偿性的满足。

三　虚拟的快乐“旅程”

网络是一个巨大的信息海洋，文本、图片、视频、音乐等各式各样的信息应有尽有，它们不断吸引着人们的眼球，“乱花渐欲迷人眼”，网络用户的注意力常常会被偶然出现的链接打断，在持续的窗口递归中，进行着一次虚拟的快乐旅行。

在旅程中，网络文学的魅力自是不可抵挡。据统计，仅盛大文学旗下的起点中文网、红袖添香网、晋江原创网每日更新的字数就逾3800万，累计发布字数超过340亿，拥有70多万名驻站作者。有人计算，十余年来的网络原创作品无论按字数还是按篇计已经远远超过60年来纸质媒体发表的文学作品的总和。网络文学的异军突起，足以说明其魅力之大。这不仅与消费时代的文化背景、网络文学的题材类型有关，还与其独特的创作方式、读者群体构成有关。

前文已经分析过，在赛博空间中，作者的身份已经由独立控制文本生产的人变成了与读者合作的人，读者也因此从被动的接受者的地位，转换为积极参与文本创作的集体作者。很多网络文学网站都在每一部作品首页设置有热评区、最新评论、作品讨论区，网络写手一般还会公布邮箱、微博等联系方式，期待与读者互动，倾听他们对书中角色、情节的想法。这样，作者能够创作更符合读者大众口味的作品，读者也能够快乐地参与和原作者、其他读者的对话和交流。

以17K小说网VIP小说《龙血战神》为例来看，作者风青阳在评论区中发布龙族征集令。他说由于书中涉及的龙名字比较多，十大祖龙尚有空缺，呼吁读者们尽情发挥想象，为龙征集名字，其他还有人名、灵药、妖兽等名字。此外，小说首页右上栏中，作者还发布公告称喜欢读《龙血战神》的读者可以加入QQ群，并建立了8个QQ群。【千人群】杀戮龙城：300872429、魔星：297269272、太古龙族：281621556、邪龙殿：81213606、武神宫：111827024、天龙星：318243157、命运神星：201166769、万龙殿：282059211。作者和读者之间的互动，其目的就是为了创作出更受欢迎的作品。

化身成为小说中的角色、跟帖讨论、互动交流、参与创作，这是网络文学浏览过程中的乐趣，也是网络文学区别于传统文学之特色。欧阳友权在《网络艺术的后审美范式》中，将网络审美定义为后审美范式，他说："虚拟实在的符号审美，在线空间的活性审美，以及游戏世界的快乐审美，就是网络艺术基于后现代话语逻辑，向我们不断演绎的数字化时代的后审美主义艺术图景，也是在后现代文化背景中形成的日渐显露出的网络审美范式"①。网络文学的审美，典型体现了网络艺术的后审美范式，快乐至上是其最终的目标。曾有针对"为什么有这么多年轻人喜欢网络小说"的一项调查显示：大部分受访者表示，网络小说不需要太多思考，就是一种消遣和娱乐②。

第二节　沉浸 vs 交互

沉浸是指当事人潜心于某种境界或思想活动中，暂时忘却了周遭的其他事物，这是精神高度集中的一种状态。交互是指事物之间的相互作用，在真正的交互系统中，系统必须对用户的行为作出反馈。本书是在阅读体验的不同方式含义上使用这两个词，考察它们在文学中的境遇及功能。

一　沉浸

汉语中的"沉浸"一词，出自韩愈《进学解》："沉浸醲郁，含英

① 欧阳友权：《网络艺术的后审美范式》，《三峡大学学报》（人文社会科学版）2003 年第 1 期。

② 赖睿：《成人童话亦精彩，年轻人为啥爱看网络小说》，2009 年 6 月 5 日，http：//cppcc. people. com. cn/GB/34952/9417663. html，2015 年 6 月 21 日。

咀华，作为文章，其书满家”[①]。其原意是就学习古籍而言的，意思是读前人古籍应该像赏玩鲜花一样，深深被花之浓烈香气吸引。英语世界中“沉浸”（immersion），也被一些作者用来描写阅读行为。康拉德（Joseph Conrad）说：“我的任务，我试图获得的是通过文字的力量，使你看见，使你感觉到，最重要的是使你看见。”[②] 与此相似，勃朗特（Charlotte Bronte）则邀请读者，进入小说世界，体验沉浸的感觉，“你将看见他们，读者。走进这座整洁的花园寓所，向前走进小的客厅，他们在吃晚餐，你和我将加入这个晚会，看看将发生什么事，听听他们会说些什么”[③]。由此可见，沉浸是阅读时的一种理想的心理体验，有时也是一部作品成功的标志。

在印刷文学中，沉浸的魅力来源于语言文字所指涉的世界，读者常常是在头脑中唤起相应的感觉画面，想象中的图像越是生动和逼真，读者就越是沉醉其中。这也是我们有时会把沉浸比喻为“头脑中的电影”的原因。希利斯·米勒曾把文学比喻为虚拟现实，“对我来说，文学作品开篇的句子常有特殊的力量。它们仿佛说‘芝麻开门’一般，打开了那一具体作品的虚构世界之门。只需几个词，我就成了一个相信者、一个目击者。我成了一个虚拟现实中迷醉的见证人。更准确地说，我成了那一现实内一个飘忽的观察者”[④]。由是，沉浸主要依赖于想象中的世界图景的生动性。莱恩在《作为虚拟现实的叙事》中将沉浸分为空间的沉浸、时间的沉浸和情绪的沉浸，这一分类概括了文本世界的呈现原则。

空间的沉浸又可分为两种：一种是“蛋糕效应”的沉浸；另一种

---

① （唐）韩愈：《进学解》，（清）吴楚材、吴调侯《古文观止》（上册），曹道衡评注，吉林文史出版社2002年版，第424页。

② Ian Watt, “Conrad's Preface to ‘The Nigger of the Narcissus’”, Novel: A Forum on Fiction, Vol. 7. No. 2, 1974, p. 109.

③ Marie-Laure Ryan, *Narrative as Virtual Reality: Immersion and Interactivity in Literature and Electronic Media*, Baltimore and London: The Johns Hopkins University Press, 2001, p. 89.

④ ［美］J. 希利斯·米勒：《文学死了吗?》，秦立彦译，广西师范大学出版社2007年版，第39页。

是场景逼真的沉浸。"蛋糕效应"之沉浸，更多依赖于读者个人的记忆碰巧与文本之描写相交叉。莱恩解释说："就像掉进茶杯中的一块蛋糕的气味勾起了普鲁斯特的童年的回忆，一个词、一个名字或者一个图像也常常把读者带入珍爱的风景中——或者是进入一个起初憎恨随着时间的流逝渐渐喜欢的地方。"① 场景逼真的沉浸，离不开细节的描绘。

由于语言文字的线性表达特点，作者必须从某个视角观察景物，详细描写它们的特征，带领读者一步步地接近它们。巴尔扎克的小说可以作为这一类型的范例，他善于在小说开头对人物或场景进行细致的描绘。如《高老头》，作者在开篇就详尽地描写了伏盖公寓坐落的地点，周围的街道、花园、小路、栅门，然后是公寓的设计，大到客厅，小到楼梯的踢级、沙发和椅子上包裹的布的颜色，桌子上的酒杯，无不映入眼帘。不仅如此，作者还从听觉、味觉、时间等角度刻画公寓，"那是一种闭塞的，霉烂的，酸腐的气味，叫人发冷，吸在鼻子里潮湿湿的，直往衣服里钻；那是刚吃过饭的饭厅的气味，酒菜和碗盏的气味，救济院的气味"，"这间屋子最有光彩的时间是早上七点左右"②，多种感官的并用，为读者在头脑中建构起活生生的伏盖公寓，提供了细节的真实和依据。

时间的沉浸是读者对叙事时间结束时知识的渴望。悬念，就是用得最广泛的引起时间沉浸效果的技法之一。一般来说，时间沉浸是读者对叙事过程的介入，随着叙事时间的推进，潜在的事件得以明晰，疑团得以化解，在这当中，时间的流逝对于读者来说并不仅仅是时间颗粒的堆积，而是揭露真实的过程。与空间的沉浸相比，单纯的时间沉浸则促使我们快速看完文本，以便得知结局，释放心理的紧张，而空间的沉浸，则邀请我们放慢阅读的速度，偶尔的，我们也会重读某

① Marie-Laure Ryan, *Narrative as Virtual Reality: Immersion and Interactivity in Literature and Electronic Media*, Baltimore and London: The Johns Hopkins University Press, 2001, p. 121.

② ［法］巴尔扎克：《高老头》，傅雷译，人民文学出版社 1989 年版，第 6、7 页。

个段落，以便我们能流连于某个特殊的令人愉快的场景。[①] 时间沉浸对于我们来说，并不陌生，在读小说的时候，常常在不知不觉间，时间已经过去了几个小时。

情绪的沉浸，是指读者与他们喜爱的人物产生情感共鸣，或喜或忧皆因剧中人物人生的起伏转折，正如一位读者描绘的她阅读狄更斯作品的经历，“我在情感上真正地介入了那类人。我不是在看场景，我不是在看发生的事情，但是当那个穷孩子陷入到困境要求再得到一些时……这深深地打动了我，以致我不能再看下去”[②]。莱恩认为，小说有引起这种情感反应的力量，有两个原因：一个是叙事的全知视角，另一个是内在焦点的技巧。这种叙事的方法能使读者更加贴近小说中人物的精神生活，这一点超过了他们对现实生活中个人的思想和情绪的了解。叙事技巧固然重要，但是其旨归仍然是为了刺激观众的情感体验，这一点可以与亚里士多德的理论互相参照、互为补充。亚里士多德的悲剧净化说至今仍有深远的影响。他说：“悲剧是……通过引发怜悯与恐惧使这些情感得到疏泄。”[③] 剧中人物的行动和人生经历，作用于观众的情感，激起他们的怜悯或恐惧，从而使现实中粗俗的情感得以净化，身心恢复平静，困惑得以解除，从而引导人们成为更加完善的个体。

沉浸于文本的世界，是很多读者追求的理想状态，但是亦不可忽视其危害性。这一点，先人已有相关论述，如南宋学者陈善说：“读书须知出入法，始当求所入，终当求所出。见得亲切，此是入书法，用得透脱，此是出书法”[④]。文学史上著名的堂吉诃德的故事，当是“能入不能出”的一个范例。堂吉诃德爱读骑士文学，并深陷其中，不能自拔，他找到一匹老马当坐骑，拿着生了锈的长矛，戴着破了洞

① Marie-Laure Ryan, *Narrative as Virtual Reality: Immersion and Interactivity in Literature and Electronic Media*, Baltimore and London: The Johns Hopkins University Press, 2001, p. 141.

② Victor Nell, *Lost in a Book: The Psychology of Reading for Pleasure*, London: Yale University Press, 1988, p. 293.

③ ［古希腊］亚里士多德：《诗学》，陈中梅译，商务印书馆1996年版，第63页。

④ （南宋）陈善：《扪虱新话》（上集卷四），中华书局1985年版，第35页。

的头盔，要去游侠，锄强扶弱，伸张正义。在游侠的路上，他完全失掉对现实的感觉，沉浸在幻想的世界，他把乡村客店当城堡，把老板当寨主，要求老板给他封号。在此之后，他走出客店把旋转的风车当成巨人，冲上去与之搏斗，弄得遍体鳞伤。他将羊群当作军队，与之厮杀，结果是被牧童用石子打肿了脸，打落了牙齿。他还把一群囚犯当作受迫害的绅士，杀散了押役救了他们，还义正词严地要他们到村子里找他的女主人道谢，结果反被他们打成重伤。诸如此类的事件，使堂吉诃德吃尽了苦头，但是他直到临死前才悔悟。由此可见，能入能出，方是善读法。一味地沉浸，而不知分辨现实与虚幻，终将会给个体带来困扰，不利于身心之和谐。

以上的分析，是以书面文本的世界为根基，那么，在电子文学中或者说在赛博空间中文学的沉浸性又有怎样的表现？会发生什么样的变化？下文将逐一进行阐释。在此之前，我们应该先了解赛博空间文学的一个重要特性——交互性。

二　交互性

目前，交互性已经成为一个流行词，广泛应用在信息科学、传播学、教育学等领域。在不同的领域，交互性有着不同的含义，如在传播学领域，交互性指个人和组织不论距离远近，都能直接交流信息的能力，在教育学领域则指师生之间的互动，在信息科学领域，交互主要是技术层面的信息的输入与反馈。在文学艺术领域，莱恩将交互性的起源追溯到戏剧表演。她说："如果进行标准的比较，沉浸来源于叙事小说，频繁使用的交互性之隐喻则调用了戏剧表演。这一比喻抓住了戏剧艺术的主要的乌托邦之梦想：将观众置于舞台，使他们成为角色。"① 她的这

① Marie-Laure Ryan, "Immersion vs. Interactivity: Virtual Reality and Literary Theory", *Sub-Stance*, Vol. 28, No. 2, 1999, p. 121.

一观点，出自劳雷尔（Brenda Laurel）《计算机作为剧院》。劳雷尔曾说："随着研究者掌握计算世界的交互概念，他们有时将计算机用户与戏剧的观众进行比较：用户就像是能对情节展开施加强大力量的观众一样，他们不再是简单地根据传统观众反应进行调整……这样一个系统的用户就像能跑上舞台并成为各种角色的观众，他们的所作所为将改变情节的发展。"[①] 将交互性与戏剧观众联系起来，形象地揭示了用户在作品展现过程中具有主动性、积极性，他们的行为直接影响着作品的面貌。

为了更全面理解文学艺术作品之交互性，我们可以参考莱恩对交互性的分类与阐释。她认为，交互性的概念可以分别从比喻的、字面的两个不同的方面进行解释。这两种解释中的每一类又可以分为强、弱不同的形式：[②]

	比喻的	字面的
弱	古典叙事	超文本
强	后现代文本	MOOs，交互戏剧

莱恩认为，在比喻的意义上，交互性代表着读者和文本在意义生产方面的合作。即使在传统的叙事类型和论说文本中——文本向着整体的统一和流畅连续的发展努力——阅读也从来不是被动的体验。……我们如此习惯于小说世界的阅读，它已成为第二自然：作为小说的天真读者，我们认为世界来源于文本是理所当然。这解释了为什么后现代主义试图积极促进读者介入到意义的建构中，意义建构常采取自我指涉的去神秘化的形式[③]。这种分析颇有道理，在阅读文本

① Brenda Laurel, *Computers as Theatre*, Reading, Mass.: Addison-Wesley Publishing Company, 1991, p. 16.

② Marie-Laure Ryan, "Immersion vs. Interactivity: Virtual Reality and Literary Theory", *SubStance*, Vol. 28, No. 2, 1999, p. 130.

③ Ibid., p. 125.

的时候，我们往往忽视了符号转化为内容的复杂的精神活动过程，其实，字词、句段、篇章只有与大脑交互生成意义，人们才能走进那个虚构的艺术世界。后现代主义文本意义的不确定性、碎片化、情节的不连贯，导致人们理解的困难，这也就反证了阅读是复杂的编码与解码过程。编码、解码的双向交流过程是心理学的研究对象，在此，我们以后现代主义经典文本巴塞尔姆的《白雪公主》为例，剖析读者是如何积极参与文本内容的建构的。

就交互性而论，这是一部典型的吁请读者介入的小说，其交互性可以从多方面阐释，这里主要从三个方面论析。首先，看到这篇小说的题目，我们自然会联想到童叟皆知的格林童话《白雪公主》，在阅读的进展中，我们会自觉不自觉地与童话进行参照、对比，我们很容易就能发现两个文本的不同。在人物设置上，小说虽然基本沿袭了童话的模式，但是人物形象却发生了很大的改变。巴塞尔姆用现代都市人取代了童话故事中幻想的人物，现实中的白雪公主虽然仍然发黑如乌木，皮肤洁白如雪，但已经不再是纯洁无瑕、美丽善良的公主，而是一位与七个侏儒男人生活在一起，每天辗转于做饭、洗衣、购物、提供性服务的家庭主妇。虽然七个小矮人在森林里救她一命，她却毫无感激之心，时常表现出不满，因为充当只相当两个真正男人的七个侏儒者的家庭主妇让她感到羞辱。而童话中七个可爱的小矮人则变成了以洗刷楼房和制作中国式婴儿食品为业、空闲时沉溺于色情的都市男形象。王子保罗虽然有王族的血液，但是却畏首畏尾，没有一点果敢坚决的王者风范。其次，在故事情节的交互层面，读者能意识到童话明晰的线性结构，在这篇小说中被肢解得支离破碎，文本围绕着白雪公主，松散拼贴了107个文本片，这些片段长短不一，最长的有五页半，最短的只有一行，文本片之间没有连接和过渡，看似毫无关系的碎片堆积。此外，读者还能发现小说文体的怪异，新闻事件、调查表、广告、学术著作等，均穿插在文本之中。这类小说，打破了读者的阅读惯例，增强了他们对语言文字转换为意义的复杂过程的意识，凸显出文本潜在的交互性吁求。

字面意义上的交互性，莱恩认为读者参与符号的物质生产，经历文本的外观变化。它较弱的形式是超文本。如果读者通过激活某个链接选择了继续的方向，便决定了阅读的顺序。在超文本阅读中，读者不再为情节左右，将更多注意投入文本的结构。超文本具有网状结构，有众多路径可供选择。如乔伊斯（Michael Joyce）《下午》，共包含 539 个文本块，950 个链接，莫尔斯洛普《维克多花园》，有 993 个文本片段，2804 个链接。在如此众多的节点和链接中，读者可以自由选择前行的路径。但是，不管读者如何在迷宫中移动，迷宫都是同一个，读者的选择不会影响整个超文本的整体结构。作者远非放弃了他的权利，他仍然是系统的隐藏的主人。读者的行为，只能是改变系统呈现的环境，环境的变化是系统对读者选择的智能回应。以第一个在万维网上出版的小说雷比德（Bobby Rabyd）的《阳光 69》（Sunshine 69）（1996）为例，小说页面上设置有导航图、日历、收音机、手提箱，用户可以点击 1969 年 6 月至 12 月的日历，或者在导航图中选择旧金山港湾地区的一个地点，或者从手提箱中的八种个性观点中选择一个进入小说。在进入小说之后的每一页又包含多个链接，与其他小说不同的是读者还可以添加自己的经历，因此这部小说具有更强的参与性。虽是如此，仍然不能与交互戏剧、MOOs、虚拟现实系统的交互性相比，这些系统的文本没有预先设定的结构，而是随机产生的，因此，从这一角度来看，超文本是具有弱交互性的形式。

交互戏剧、MOOs、虚拟现实是交互性较强的形式的代表。虚拟现实是一种人可以进入其中的计算机仿真场景，其三维立体图像和视听装置能给人身临其境的感觉，用户的行为直接影响系统环境的生成。贝茨（Joseph Bates）和他的同事提出用“交互戏剧”一词描绘他们开发的 Oz 项目，“交互戏剧是指由计算机呈现的丰富的、高度交互的世界，动态的、复杂的人物居住其间，上演美学上令人愉快的故事。人们可以与这些世界交互，被称作交互者”[①]。但是该词也可以用来指称，涉及娱乐并包含某种程度的叙事进展的设计。以此为条件的话，可以发现很多项目都适合：MOOs（或视频会议）的多媒体版本的形式，物理空间中远距离的用户能在虚拟的情景中会面并以虚构的身份交谈；戏剧表演，将观众置于由计算机产生的背景中，让他们倾听或者与现场演员交互；电子主题公园旅行，用户对居住着计算机仿真人物的奇幻的虚拟世界进行探险；艺术装置，允许用户在动态的数码表演中走动，如艾迪生（Rita Addison）的项目《绕行：大脑先行解构》（Detour：Brain Deconstruction Ahead）。交互戏剧的最终梦想是完全自主的戏剧表演，用户表演的角色将和由人工智能驱动的代理对话，这一种类的交互戏剧的目标是取消作者、观众、演员和人物之间的差别[②]。由此可见，交互戏剧是用户和系统互动即兴产生的，没有事先编排好的一成不变的完整情节。

以 Oz 为例，这个项目有两个版本，文本的和动画的。文本系统用文字作为输入输出媒介，人物和表演也是通过文本描绘。动画系统则是用图像表演，用户通过声呐传感器和鼠标与系统交互。设计者预言，在不久的将来，人们可以通过声音和对话的方式与系统交流。决定系统情节发展的因素有两个，即用户输入的信息和计算机化的情节管理器。来看其中的一个故事设计。场景地点是公共车站。剧中有三个人物和一个交互者。三个人物分别是车站职员，失明的专家汤姆，需要钱的朋克内德（Ned）。交互者要买一张票到一个城市参加葬礼。基本的事件包括职员、汤姆、朋克、交互者陆续到场，朋克威胁汤姆，职员给交互者一把枪，除此之外，事件和顺序都是即兴表演的[③]。从实

① Margaret Kelso, Peter Weyhrauch and Joseph Bathes, "Dramatic Presence", http://citeseerx.ist.psu.edu/viewdoc/download?doi=10.1.1.105.2349&rep=rep1&type=pdf.

② Marie-Laure Ryan, *Narrative as Virtual Reality: Immersion and Interactivity in Literature and Electronic Media*, Baltimore and London: The Johns Hopkins University Press, 2001, pp. 317–318.

③ Margaret Kelso, Peter Weyhrauch and Joseph Bathes, "Dramatic Presence", http://citeseerx.ist.psu.edu/viewdoc/download?doi=10.1.1.105.2349&rep=rep1&type=pdf.

验情况来看，这一项目仍然有戏剧管理者对交互者的控制，目的是保证情节的连贯，让观众能够沉浸其中。但是总的来看，它的交互性还不如 MOOs。MOOs 是面向对象的多用户游戏，在同一时间内可以允许多人在线参与表演，用户可以选择自己的化身，扮演特定的角色，与他人的化身进行对话、讲故事、建筑城堡、侦查事件，等等，这些活动让用户体验了另类身份的虚拟生活。MOOs 是完全即兴式的剧情展演，用户自由设计自己的言行，没有幕后指挥者，如里德（Elizabeth Reid）所说："MOO 系统提供给用户一个舞台，但是它没有提供剧本"①。用户在此可以体会到创造性、与其他用户合作的乐趣，艺术可能就在自由的交流中涌现。

由以上的分析可知，交互性和沉浸性是不同的体验方式，交互性强调个体意识的存在，沉浸性是自我意识的搁浅，它们能否调和，能否共存？

三 沉浸 vs 交互

文本类型多种多样，用户介入不同的文本，体验也会有所不同，因此，我们应该以文本类型为依据，逐一分析沉浸与交互的关系。本书着重考察三种类型的文本形态：超文本、自动对话系统、虚拟现实。

雅克·阿达利将超文本比作迷宫。他说："迷宫重返交流领域是以 1965 年超级文本的发明开始的。……这一程序的发明人纳尔逊（Theodor Holn Nelson）梦想着用这种方法将所有现存书面资料连接起来，就像博尔赫斯所想象的万有图书馆那样。"② 确实，众多的节点和链接，组成一个庞杂的电子网络，正如迷宫一样。在这样一个网络当

---

① Elizabeth Reid, "Virtual Worlds: Culture and Imagination", quotation from Marie-laure Ryan. *Narrative as Virtual Reality: Immersion and Interactivity in Literature and Electronic Media*, Baltimore and London: The Johns Hopkins University Press, p. 311.

② ［法］雅克·阿达利：《智慧之路——论迷宫》，邱海婴译，商务印书馆 1999 年版，第 97—98 页。

中穿梭，用户要沉浸于文本的故事世界，确实很难。正如莱恩所说："在交互性领域，超文本比传统文本有点优势，但是交互性是以沉浸性为代价的。因为在电子文本中移动，要包括比翻阅书页更频繁、更广泛、更少无意识行为的身体的运动，此时文本在读者面前展现自己，就像是屏幕上视觉化的像素模式，很难让人忘记它的物理性。在这些文字中穿行，进入小说世界，要比在熟悉的印刷文本中困难得多。"① 关于这一点，道格拉斯（Yellowlees Douglas）和哈加登（Andrew Hargadon）也有相似的表述，"关于读者如何解释超文本小说，尤其是关心哪里结束的大多数报告，都强调读者把文本作为风景或者结构，这暗示着一种文本外的文本结构的理解，对于读者来说在文本中产生沉浸有些不可能"②。这一分析颇有道理，沉浸要求读者必须采取一种内在于文本的视角，她/他俨然生活其中，而超文本则要求一种外在文本的视角，这样，用户也就很难有长久的沉浸式情感体验。从另一个角度来看，超文本的沉浸性也较难实现。在线性文本中，读者沉浸于主人公命运的不可挽回，而在超文本中多线性的故事发展，主人公的命运可以有多个结局，这也使用户的情绪沉浸几乎不可能实现③。超文本沉浸和交互的矛盾，并不代表它没有文学的价值，实际上，它的不足也正是它的价值所在。读者在阅读中不再为情节左右，而是将更多的注意投入文本的结构。超文本提供给读者探险不同文本风景的快乐。

自动对话系统是人工智能程序，莱恩说："自动系统调和沉浸和交互性的力量，在成功的 ELIZA 这里得到展示，它是韦森鲍姆（Jo-

① Marie-Laure Ryan, "Immersion vs. Interactivity: Virtual Reality and Literary Theory", *SubStance*, Vol. 28, No. 2, 1999, p. 128.

② Yellowlees Douglas and Andrew Hargadon, "The Pleasure Principle: Immersion, Engagement", paper delivered to Eleventh ACM Conference on Hypertext and Hypermedia, sponsored by the Association for Computing Machinery, San Antonio, TX, USA, May 30-June 03, 2000.

③ Marie-Laure Ryan, *Narrative as Virtual Reality: Immersion and Interactivity in Literature and Electronic Media*, Baltimore and London: The Johns Hopkins University Press, 2001, p. 263.

seph Weizenbaum）1966 年写作的经典对话程序”[①]。ELIZA 最显著的特征是它没有用任何复杂的语法分析技术，但是却能和人进行合理的连贯的对话。它对话的模式，采用拆分原则，把交互者的最后一句话，分为多个字词，从中选择几个重新利用，并在多数情况下用问句形式表现出来。ELIZA 在对话中显得如此聪明，以至于有很多关于它的趣闻，讲人们如何受它迷惑，将它当作真正的精神治疗医师。比如，韦森鲍姆所讲的一件事，他的秘书发现他一连几个月的时间都在从事 ELIZA 程序的工作，并且知道这仅仅是一个计算机程序，她有一次也开始和程序谈话，刚刚交谈了几句，她就请韦森鲍姆离开房间。另一次，他想配置程序以便能考察所有人和程序的对话，马上就有人炮轰他窥探别人隐私，很明显人们在和计算机对话的时候是把它当成了真正的人。我们不妨以一个年轻女子和程序的几句对话为例，看看 ELIZA 的“聪明”：

交互者：所有的男人都一样

Eliza：在什么方面

交互者：他们常常窃听我们的某些事情

Eliza：你能想到一个具体的例子吗

交互者：嗯，我男朋友让我来这里的

Eliza：你男朋友让你来这里吗

交互者：他说我在大多数时间都不开心

Eliza：我很遗憾听你说你不开心

交互者：这是真的，我不开心

Eliza：你认为来这里能帮助你不再不开心吗

交互者：我需要一些帮助，这是肯定的

① Marie-Laure Ryan, *Narrative as Virtual Reality: Immersion and Interactivity in Literature and Electronic Media*, Baltimore and London: The Johns Hopkins University Press, 2001, pp. 312 - 313.

Eliza：如果你得到一些帮助对你来说意味着什么

交互者：可能我能学会和我妈妈相处

Eliza：给我讲讲你的家庭①

……

从这段对话来看，我们还找不到不连贯的痕迹，尽管系统完全缺乏理解人类思想的能力，其对话的聪明却足以迷惑交互者。其沉浸性的来源在于，用问题回答问题的策略。莱恩分析说："这一策略非常适用于精神疗法的环境，因为临床医学家的角色是帮助病人进行自我分析，而不是强制性的解释。但是对交互文学真正重要的是它促进了一种顽皮的态度。它不理解对话不要紧，只要能假装理解。"② 她进一步阐释说："自治对话系统创造的特色是数码人物能够使人类交互者入迷，并刺激她进入创造性的角色扮演游戏，这将是文学的壮举，就如伟大小说的写作一样。在这样一个系统中，如文学批评家霍兰德所说，最后的艺术作品是读者进入系统产生的对话。最后的文本是可变的，对每个读者来说都是不同的，同一个读者的每一次阅读也是不同的。艺术作品在读者、作者、文本之间没有明确的界限。"③ 自动对话系统还有 TALE-SPIN，JULIA，等等。这里仅以 ELIZA 为例，剖析了自动对话系统沉浸和交互性统一之可能性。

虚拟现实的三维仿真环境很容易让人沉浸其中，沉浸和交互性在这里是和谐统一的关系。虚拟现实不是通过传统的照相机、录像机和摄影机制作而成的，不是简单地直接记录下光线和声音以及事件的发生过程然后再加以呈现，它是用数字、模型、计算机等制作出与物理空间一样的真实——虚拟的真实。对此，法国虚拟现实设计师凯奥指

① Joseph Weizenbaum, "From Computer Power to Human Reason", in Noah Wardrip-Fruin ed. New Media Reader, Cambridge, Mass.: MIT Press, 2003, pp. 369 – 371.

② Marie-Laure Ryan, *Narrative as Virtual Reality: Immersion and Interactivity in Literature and Electronic Media*, Baltimore and London: The Johns Hopkins University Press, 2001, p. 312.

③ Ibid., p. 316.

出："传统意义上的空间——康德所说的空间——是经历的先天条件：没有空间就不可能有在其中的经历。可是虚拟空间不同，它不是经历的条件，它本身就是经历。虚拟空间可以随着人们对它的探索而产生。它们不但本质上是语言的空间，而且是在人们对它的体验的过程中产生的。"① 无论理论家的论述还是具体的虚拟现实实践，都说明了虚拟现实的超真实性，处身在此环境中，体验者感受到的是活生生的人造现实，空间的沉浸、时间的沉浸和情感的沉浸于此汇聚。

在此，以肖（Jeffery Shaw）《可读的城市》（The Legible City，1988—1991）② 为例，分析沉浸与交互性之统一。该项目是早期虚拟现实装置，艺术家在三年时间内创造了三个城市不同版本的图景：曼哈顿、阿姆斯特丹、卡尔斯鲁厄。整个装置由一辆自行车还有环绕自行车的三个大型屏幕组成。交互者坐上一辆固定位置的自行车，转动脚蹬，自行车就好像在向前行驶，还穿越一条条街道，所不同的是这些街道是用投影机投射的巨大的三维立体单词表示的。体验者在街道间行驶的时候，可以选择各种各样的顺序，这是由于在自行车的手柄上有一张城市地图，体验者可以据此确定他们的方位，感悟城市的历史。曼哈顿城市的版本是这三个版本中最早的，今天它在此类项目中仍占有重要一席。

由以上的分析可知，沉浸与交互性是矛盾统一的关系，在不同的文本类型中，表现不一，对此，我们应该具体分析。明确了这一点，我们就能更好地设计艺术、创作文学。

第三节　阅读革命：以乔伊斯《十二蓝》为例

超文本、超媒体文学是以非线性方式组织起来的文本网络，与传

① ［法］R. 舍普等：《技术帝国》，刘莉译，生活·读书·新知三联书店 1999 年版，第 98 页。

② Jeffery Shaw, The Legible City, http://www.jeffrey-shaw.net/html_main/show_work.php?record_id=83.

统的以线性方式为基础的印刷文本相差迥异。它们的出现，给我们的阅读习惯带来了不小的挑战。如何阅读、如何适应它们，是本节要探讨的问题。在此，以乔伊斯的超文本小说《十二蓝》（*Twelve Blue*）(1994)① 为例，进行分析。

一 小说描述

小说首页是一个由十二条相互交织的、弯弯曲曲的水平线组成的长方形图片，线条的颜色大多是蓝色的，但是也有一两条黄色的、紫色的。交叉的线条看上去就像海中的波浪。整个图片被分成八个竖的区域，八个区域分别用数字 1 到 8 标识出来。读者可以点击这些数字或者直接在图片中选择要进入的区域。在进入相应的区域后，段落之间还会有至少一两个链接，有时链接是隐藏的，需要读者去发现。链接又会导向其他的文本，以致有时屏幕无法显示整个文本。因为每一个链接跟进，屏幕左边水平方向就会出现图片八个部分中的一块。链接越多，水平方向的图片扩展就会越多，以致页面最后无法完全显示链接的内容，只有图片的组合。根据作者介绍，整个小说包括 269 个链接，96 个文本空间。

与一般的超文本小说只有一个入口相比，《十二蓝》包含有八个入口。面临众多的入口，读者将会迷惑，到底该从哪个开始，才能看到连贯的故事？笔者按照数字的顺序打开链接，把八个竖状条纹区域链接的内容均通读了一遍，仍然没有将人物、事件、行为很好地连贯起来，可见作品内容的复杂。乔伊斯在描述作品时说："溺水事件、谋杀案、友谊、三个或四个恋爱事件，一个男孩和一个女孩，两个女孩和她们的母亲，两个母亲和她们的爱人，一个女孩和她的父亲，一

① Michael Joyce. *Twelve Blue*, 1996, http://www.eastgate.com/TwelveBlue/Twelve_Blue.html.

个父亲和他的爱人，七个女人，三个男人，十二个月，十二条线，八个小时，八个波浪，一条河，一个被子，一首歌，十二个互相交织的故事，一千个回忆，十二蓝探索了我们生活的方式——就像一个网，或者一年，一天，一个记忆，或者一条河——形成互相交织的、多线的、循环的表面的模式。”① 从这段话，我们就能想象要理顺故事网的脉络，需要花费多大工夫。由于作品随读者的选择顺序而变化，这里笔者择取读到的一些场景，概要如下，以便由此领略作品的面貌：

> 八月的一个下午，一个15岁的女孩拿着棉花糖和一个牙缝大的巡回演出人调情，一个女人躺在沙发上。点击“跟随我”的链接，出现：一个女孩将丢掉糖果或者去掉她的花纹装饰为一个男人倒酒。点击“在选择消失之前，跟随我”的链接，可以读到这些内容：九月的余烬。一个女孩穿着蓝色的鞋子，在看她的脚的时候，头脑中不停地回旋着无意义的音乐。简斯（Mary Janes）一步一步地走向学校，突然被告知夏季结束了。九月余烬无止境。她想象那可能有一个大草原，周围有山和峡谷。跟随“这么年轻，她感叹道，就像季节一样，是谁的错”的链接，又知：萨曼莎（Samantha）想到在感恩节之前她邀请了贾维尔（Javier）的女儿参加茶会。这个女孩的男朋友溺水而亡。她无法入睡，一直在想茶会。萨曼莎的母亲有一个女儿在加拿大，她只在家庭照片上见过她。萨曼莎问她的母亲花儿的名字，她之前也问过同样的问题，她觉得她不妨直接告诉她母亲她精神错乱时做的梦。“你能做到，你知道，尽管可能不是和那些人一起”，她的母亲回答道，“当我长大的时候，女人会有眼泪，为了各种原因。不是茶会，而是眼泪。她们用那种方式，使事情平静下来”。你可能永远不

① Michael Joyce. *Author description of Twelve Blue*, 1996, http://collection. eliterature. org/1/works/joyce_ _ twelve_ blue. html.

> 知道利兹尔（Lisel）将要怎么回答女儿的问题，她是那样奇怪。对萨曼莎来说，那就像流行音乐，就像你在梦中离开某人的时候，从一个梦转入另一个梦。“从一个梦转入另一个梦”，链接的内容：每件事都能理解，每个表面和深层，每次呼吸和每次呼出，每个漩涡和每个海流，每个身体和它的缺席，每次黑暗每次光亮，每次乌云和小刀，每个手指和树，每一潭死水，每个裂缝和中空，每个鼻孔、卷须和新月，每一次口哨，每次啜泣，每次笑和每双蓝色的羽毛，每个石头，每条线每个颜色，每个女人和她的爱人，每个男人和她的母亲，每条河，十二个蓝色的海洋中的每一个和月亮，每个悲惨的环节，每次希望和每次结束，每个偶然，……每件编织的事情，每个机器，每一次从此之后。

以上是数字1区域的大致内容。本以为按照数字顺序阅读，能发现故事的线索，可以就此抽丝剥茧厘清整个作品。在读了上面的内容之后，才得知这一想法的失败。作品中的人物、事件，很多都是用第二或第三人称表述的，这就让人很难弄清“她”是指谁，“你”是读者，还是故事中的人物？这种叙事的风格贯穿整个作品。作品的难读还不仅如此，此外，很多人物都不只有一个名字，或者他们的名字有几个意思，或者几个人物用同一个名字。贾维尔（Javier）有两个，一个是医生，另一个是水手。医生贾维尔新女朋友利兹尔（Lisle），外号是李（Lee），这也是贾维尔的前妻奥瑞丽（Aurelie）的绰号。有三个伊林欧瑞斯（Eleanores），一个是乔治·兰道的学生，患有精神病，另两个是英格兰的女王。人物之间还常常忘记其他人的名字，如萨曼莎就是这样，她是利兹尔（Lisle）的女儿，常常把奥瑞丽（Aurelie）的名字与罗雷莱（Lorelei）的名字混淆。故事中每一个人、每一件事，都是不断流动的，如流水一般，很难让人抓住。

二　小说分析

《十二蓝》的名字隐藏在小说的文本中，“她一边远望小溪，一边数着代表命运的线，十二条蓝色的丝线（是粉红色的？黄色的或者紫色的？她如此假设，她相信她的故事）”。线条的颜色与人物的命运有关。

虽然是小说，但是故事却有散文的风格。在这里找不到故事的开端、发展、结局，有的只是意识的流动和作者不带个人感情、不动声色的描写。整个小说萦绕着一种沉闷的氛围，围绕着水的意象和溺水情景的回忆，将各个人物和事件串在一起。小说的多个场景都有溺水体验的描述。科学家的妻子在一次潜水中被海藻缠住溺水而亡。科学家的女儿怀念母亲，着迷般地想要那件事再发生，为此她成为一个游泳者。聋的男孩溺水。斯坦寇（Stanko）被伊林欧瑞斯（Eleanores）谋杀在浴池中。溺水体验在故事中重复出现，标示着更多的事情还有未陈述的事情都是由此触发。这与叙述者的观念有关，正如文中所言：生命就是一条河，向两边流，水成为人物生命的隐喻。人物之间的关系总是变化，他们很快建立起家庭又快速离散，他们的角色在不断地变化。所有的人都要适应变化。这一点，我们也可以从设置链接的方式看出，文本中的链接一旦点击，就会自动消失，这也隐喻着我们的生活是始终向前的，过去的都已经成为新生活的背景。

明确了小说的主题，再来看阅读本小说之方法。既然超文本小说没有固定的情节，对于《十二蓝》而言，显然又很难发现情节的起承转合，因此，我们就应该换种阅读的方法，以领略文本的叙事风格、文本营造的氛围为主，而不是追求情节的完整和统一。《十二蓝》行文风格最明显的是意识流手法的应用。进入文本的世界，我们仿佛不是在读小说，而是深入人物的内心，窥探他们意识的流动。

一旦他习惯了，也就不显得像看起来那样糟糕，只是孤独，远比他想象的孤独。起初，他觉得他的心就像要停落的锚，抓住腐泥中的骨骼和岩石，固定在那里。一会，他看到一个女人的眼睛就像探照灯一样扫视着海口岸，他感到安慰。过了片刻，他那熟悉的、模糊的铁锚下落的疼痛感再次袭来。然后，他慢慢意识到海岸的垃圾气味，丁香花和血的金属般的气味，麝香、丁香、令人眩晕的燃料油的气味。别的什么东西，跟随者他的女孩的很大的化妆粉的气味，在她等待他的地方的腐烂的原木的气味。孤独，远比他想象的孤独。他往下拉着水，就像拉过毯子睡觉，在一个不知姓名的女人的和爱着他的女孩的注视下沉没。

这是男孩溺水时的意识流动。从这段描写，我们可以感受到男孩的心理活动，他的意识就像一条河一样，不停地流动，从孤独到要停落的锚，从海岸的垃圾气味到血液的气味，从麝香到女孩的脂粉味，从燃料油的气味到腐朽的原木的气味，再到孤独，水的淹没，毯子，一件件掠过脑海，不停歇地变换。这些事物出现的顺序并没有逻辑可言，只是偶然地闪现，更符合男孩溺水时心理的真实。

故事中的对话不多，虽然是人物之间的对话，常理来说，对话应该符合逻辑的原则，可小说中的对话，似乎让人不知所云，对话直接透露着人物思想的流动性，应该说这是作者的精心设置，列举其中的一段对话：

她在做一条河的被子，这是科学的反题。12 尺长 8 尺宽，为了遮盖一个巨人。

萨曼莎问："谁会用这个被子？"

"篮球选手？"她的母亲说道。她们都笑了。

"我很需要它，这样我就能得到水流了。"

"因此，它不是来用的，它是为了水流。"萨曼莎说道。

“很对”，利兹尔说道，高兴地鼓掌。她是个好女儿，最好的。

她们相信彼此的故事并且知道她们不是微不足道的人物。

“这是游泳者的被子。”

“夜晚游泳者”，利兹尔说道，“我们都是黑夜游泳者。”

甚至还原病毒，她想。

对话和人物的心理状态交织，更像是人物的喃喃自语、内心独白，而不是为了交流和表达。“他”“她”“你”称谓的使用，更加强了这一特点，作者描述的只是他们意识或潜意识的流动，而这些思绪或许也存在于读者的身上，是一种普遍存在的日常意识状态。从以上的分析也可以看出，意识流的手法不仅表现在人物内心世界的描绘，甚至也体现在对话之中。没有逻辑性的种种思绪的混杂、并置和突然消失，很难让人捉摸，整个小说都是这般基调。乔伊斯在瓦萨尔大学的学生将乔伊斯的这种创作手法命名为“新现实主义”，道格拉斯在《书籍的终结》一书中表示赞同。她说：“乔伊斯精心编织的链接带给我们窥视者的观点，意象时不时地超自然般地出现，就像从一种意识流向另一种意识，主线是一个疯女人的思想，一个溺水男孩的经历、夫妻之间的调情、一个将死之人的最后的幻觉。我们向后移动听到一些谈话片段，这是埋藏在日常琐碎生活中的新故事，所有其他细小的线索也都直接碰触到我们自己的生活，使我们沉浸在自身微观和宏观故事的遐思中。可能这就是真正的‘新现实主义’。”① “新现实主义”的提法，非常独到地指出了乔伊斯实验小说在探索大多数人日常生活意识方面具有的特点，这也是他对写作的贡献。

另外，对于文中大量出现的水的意象，多次溺水情景的回忆，我们可以从作者在接受采访时的一段话得到索解。他说：“我常使用洪

① J. Yellowlees Douglas, *The End of Books-Or Books without End*? Ann Arbor: The University of Michigan Press, 2000, p. 158.

水的隐喻。你面对着很多的事情，但是如果你将两件事情放在一起，你感觉好像你已经到了什么地方。混合隐喻，如果你把两个稻草放在一起，你能开始建造一个巢。信任我们自身的多元性和意识模糊的丰富性和潜能，在教育中被低估了。我们所做的大部分工作就是说服人们。生活是偶然的——它的美丽，支撑我们的事物——都是偶然的事情，而且我认为这一点也不会与极好的文科大学如瓦萨尔大学的目标相对立。”① 这段话不仅可以解开水之意象的谜底，而且还有助于我们理解作者的创作意图。据此，我们对小说的理解变得豁然开朗，超文本、多链接、多路径、意识流、对话的含糊、思想的未定，都与作者强调的多元性和意识的模糊性有关，这也正反映了思想的真实、生活的原生态。

三　小说启示

对于不同于线性文本的超文本作品，我们该采取怎样的阅读方式？从以上对《十二蓝》的分析来看，显然不能再用老套的寻求情节发展的方法去读，因此，在面对这类作品时，读者自身的定位很重要。

目前，学术界对超文本的读者，有一个流行的说法“侦探读者”。如希格森（Richard E. Higgason）就在他的论文中说：“我把遇到的节点看作是我面前的故事线索。并不是我一个人持有这种观点。不只是我的学生说过阅读超文本就像是从线索中合成一个故事……读乔伊斯的超文本小说像是读一个侦探故事，只不过唯一的侦探是我自己。”② 莱恩也有过相似的表述，所不同的是她将“侦探读者”换成了“七巧板玩家”。她说：“在这个（超文本）场景中，各种文本片段就像是爆

① Lapham Chris, “Hypertext Illuminated: An Interview with Michael Joyce”, June 1997, http://www.december.com/cmc/mag/1997/jun/joyce.html.

② Richard E. Higgason, “The Mystery of ‘Lust’”, paper delivered to15th Conference on Hypertext and Hypermedia, sponsored by the Association for Computing Machinery, Santa Cruz, CA, USA, August 09 - 13, 2004.

炸图像的碎片，读者持续努力将它们拼合一起。”进而，她认为：“七巧板的比喻可能会得到那些把读文学文本当作是解决问题的人喜欢。”[①] 这两个比喻，都形象地描述了读者在超文本网络中，努力寻找事件的联系性，并试图将它们组合成连贯的整体。这种做法固然有理，也适用于一些超文本的阅读，可是在遇到如《十二蓝》这类文本时，仅仅依靠这种方法，还是不够的。

阅读《十二蓝》以及与之相似的、不以故事为胜的超文本作品，我们采取的合理的方式，应该是将阅读看作是一次旅行。在旅行中，认真体会万般变化的文本话语、文本风景的美丽，而不是急于知道故事进展如何，结局怎样。因此，在阅读超文本作品时，我们要根据文本的特点，选取旅行体验的方法或侦探查找故事线索的方式。而不管采取哪种方法，都需要我们时时地重复阅读，以便发现遗漏的风景或者细致搜索故事情节的蛛丝马迹。对此，塞利格（Robert L. Selig）在《无尽的阅读》中也说过：“读者看了一遍又一遍寻求事件的连贯性，开始怀疑叙事的潜在目的，超文本把多种视角推给读者，使读者进入含义和感知不断变化的模式，就像在赛博时代的万花筒中。然而文学的快乐不是来自于作品的挫败感促使我们重复阅读的能力。”[②] “重复阅读”的提法，伊瑟尔也曾说过，不过他的重复阅读是为了弄懂之前阅读时没有明白之处，然而，“当我们重读印刷小说的时候，作品本身是不变的，变的是我们的思想和对作品的感知。当我们重读超文本小说时，我们的思想会发生很多伊瑟尔描绘的变化，但是它们是以奇怪的方式变化，而且超文本自身也在变。新的组合和屏幕的顺序会有很多种不同的路径，这迫使我们改变自身的观念，可能这些观念是刚刚才得到的”[③]。不可否认，超文本的重复阅读，要比线性文本的重复

---

① Marie-Laure Ryan, *Narrative as Virtual Reality: Immersion and Interactivity in Literature and Electronic Media*, Baltimore and London: The Johns Hopkins University Press, 2001, p. 223.

② Robert L. Selig, “The Endless Reading of Fiction: Stuart Moulthrop's Hypertext Novel ‘Victory Garden’”, *Contemporary Literature*, Vol. 41, No. 4, 2000, p. 643.

③ Ibid., p. 646.

阅读复杂得多，即使是一些链接一经打开就会自动消失的文本也是如此，因为这时读者的心理活动会起到更强的作用。

重复阅读，其实，也就是读者积极地与文本互动的过程。伊瑟尔对读者阅读时的心理反应进行了深入的阐释。依照他的看法，文本中会存在大量的裂隙、空白，需要读者不断地填充：“空白，则指本书整体系统中的空白之处”，“这些空白不是作为一种不足，而是作为一种使本书图示得以结合为一的暗示而被解读的。因为它是形成语境、赋予本书以连贯性、赋予连贯性的意义的唯一途径”，“文学文本的空白则必须有一个与之相联的等价物。这一等价物使读者发现了我们称之为‘构筑力’的东西。它构成了非关联部分的基础，并且我们立刻‘发现’它已经将各部联结为一个新的意义单位”①。超文本小说的空白，似乎被链接外在化了，其实不然，就上文分析的《十二蓝》来看，小说中大量的空白，不仅存在于具体的文本块中，还存在于链接之间，事件、人物、行为、场景等都需要读者去构建、去填充。在“她”、“你”、“他”的称谓出现在你面前时，你会不由自由地考虑这些称谓是指谁，与文本中的哪个人物有关；在读到伊林欧瑞斯（Eleanores）为谋杀斯坦寇（Stanko）做准备时，你自然会推测她为什么要害他，谋杀成功了吗，等等。这些都是读者积极与文本互动的方面。在链接不可重复利用的情况下，读者自然在心里反复回想、转换。对此，库弗（Robert Coover）也有相关的论述，他说：“在印刷小说中，读者通过几乎是无意识的行为分离出形容词、副词、名词，提出假设和参考，臆测正在发生的事情和将要发生的事情。超文本读者的行为更像是一种具体化的过程，穿过可能的超文本链接网络追踪轨迹，有效激活读者可能没有料想到的状态”②。

---

① ［德］沃尔夫冈·伊瑟尔：《阅读活动——审美反应理论》，金元浦、周宁译，中国社会科学出版社 1991 年版，第 220—223 页。

② J. Yellowlees Douglas, *The End of Books—Or Books without End*? Ann Arbor: The University of Michigan Press, 2000, p. 31

尽管已经习惯了线性文本阅读的读者，可能还无法很快适应超文本的多线性、无闭合式的结构。但是，我们首先应该用一种开放的姿态，去迎接它的到来。与线性文本相比，它有自己鲜明的特点，在某些方面可以弥补线性文本的不足。如塞利格就说："尽管我们渴望艺术中的闭合结构，但是一般来说，在读到有闭合结构的小说结尾时，会有一种沮丧的感觉萦绕着我们，而《维克多花园》用一种特殊的方式，避免了这种感觉。与那种悲哀感相关的是人类生活中死亡和失败的事件，由是我们渴望生命在天堂或者在某个地方永存，或者至少是在我们的计算机屏幕上能体验到永存。超文本小说远离闭合结构，它有更多的路径、文本、链接点、板块、变化的组合，而且，重要的是，叙事的差异使我们不愿停止阅读。作者的目标不是仅仅试图使超文本成为新的，而是要让它无止境地新下去，无限地可以再生，这样读者就能永久地快乐阅读，这是超文本能提供给我们的最终的文本。"① 在阅读闭合结构的小说时，读者常常必须面对喜爱人物的最终结局，无法改变故事的状况，而在超文本中读者有无尽的阅读的可能，路径选择不同，故事中人物的结局亦有不同，读者也就能摆脱那种必须面对一种结局的沮丧的感觉。塞利格将超文本与我们的生存状态联系起来，这无疑是一个奇妙的类比。我们在感叹超文本阅读的复杂性的同时，不妨也将它看作是我们生命的隐喻，生生不息，奔涌向前。

① Robert L. Selig, "The Endless Reading of Fiction: Stuart Moulthrop's Hypertext Novel 'Victory Garden'", *Contemporary Literature*, Vol. 41, No. 4, 2000, p. 658.

第三章

文本的重构

“文本”是20世纪以来文学理论和批评领域十分流行的术语。就它的使用情况来说，其内涵丰富而不易界定。这里，将“文本”理解为运用媒介传达的信息。人类历史上每一次传播技术的革新，都会伴随着新的文本形态出现，口头文本、书写文本、印刷文本、电子文本（包括模拟性电子文本如传统的广播电视文本和数字化电子文本，以计算机网络生成的文本为代表）的纷纷登场，彰显着科技文明的进步，带动着文化、文学领域的深刻变革。目前，赛博空间存在多种文本表现形态，电脑游戏、超文本、超媒体、虚拟现实、交互戏剧等，这是以前的任何单一媒介都无法提供的，它们正日益改变着我们的读写习惯、思维习惯。面对赛博空间的挑战，我们必须弄清文本的类型，文本的生成和变化机制，才能更深入地研究赛博空间中的文学形态。从另一方面来说，文本研究也是文学研究的基础，文学史的写就、文学理论的提出、文学批评的阐发等无不需要从此入手。本章着重探讨数码媒体引发的文本重构。

第一节　文本的类型

在印刷时代，文本的类型可以分为诗歌、小说、戏剧、散文等，而在数码媒体时代，文本的类型要宽泛的多，而且由于计算机和网络多媒体整合的特性，一些文本类型之间的界限已经模糊，这就要求我们重新加以界定。为此，我们可以借鉴哈拉斯的特殊媒介分析法，并结合莱恩的数码文本分类实践，来认识数码文本的类型。

一 文本的特殊媒介分析法

"文本性"是指文本的特性。提及文本，一般是指字词和标点的实际组合，我们时常忽略文本的物质性，也就是承载文本的媒介。如：希林斯伯格（Peter L. Shillingsburg）说："文本作为字词和标点的顺序，没有具体的或者物质的存在，因为它不受限制于时间和空间……文本被包含在物理形式之中，但是文本不是物理形式本身。"[①] 巴特（Roland Barthes）的文本观也是一例，他说："作品处在技巧的掌握之中，而文本则由语言来决定：它只是作为一种话语（discourse）存在。文本不是作品的分解成分：而恰恰是作品才是文本想象的产物。换句话说，文本只是活动和创造中所体验到的。举例来说，文本不能止于图书馆的书架顶端，文本的基本活动是跨越性的，它能横贯一部或几部作品"[②]。这两种文本观，虽然有所不同，但共同点是都忽视了媒介在文本构成中的重要作用。在机械印刷的时代，我们可以将此种文本观，直接定位于印刷文本。但是，在当前数码媒体广泛应用于各领域的今天，这种文本观应该重新审视。正如哈里斯在批评希林斯伯格的文本定义时所说：一个更加严肃的问题是他的定义，隐含了文本不包含颜色、字体大小和形状、书页的布置，更不要说，电子的特殊效果如动画、鼠标的移动、即时链接，等等。她认为，当代大多数的电子

① Peter L. Shillingsburg, *Scholarly Editing in the Computer Age: Theory and Practice*, Ann Arbor: University of Michigan Press, 1966, p. 46.

② Roland Barthes, "FromWork toText", Stephen Heath trans, 1977, http://www9.georgetown.edu/faculty/irvinem/theory/Barthes-FromWorktoText.html.

文学，屏幕设计、图画、多层次、颜色、动画等都是作品的重要组成部分。如果仅仅关注字词和标点的顺序，就像坚持认为绘画只有形状和划分边界的颜色、视角、结构组成一样，是不够的。这里有一个假设就是印刷环境中形成的文本观念能完全转移到屏幕，而无须考虑事物是如何在电子文本中发生变化的，就像文本是内在的、被动的东西，本质上能够不受影响地从一个容器转移到另一个容器。①

哈里斯指出了之前文本观的偏颇之处，同时强调文本的物质性对于文本意义和构成的重要作用。她认为：在经历了500年的印刷时代之后，文学分析应该意识到特殊媒介分析的重要。这种批评模式关注所有文本的实例化和承载它们的媒介的特性，也就是“物质性”。“物质性”重设了文本的物理特性和能指策略的相互影响关系，它有将文本看作是表现的实体的可能，同时仍然保留着文本解释的中心作用。“物质性”，并不仅仅是物理特性的内在的集合，还有一个动态的意义，即文本作为物质的人工产品和文本内容、读者和作者的解释活动之间的相互作用。概而言之，物质性执行着组织连接的功能，是物质的和精神的、人工产品和用户之间的结合。她进一步解释说：屏幕上的文本和书页上的文本本质上是同一的，仅仅是因为那些字是同样的，因为计算机是至今创造的最为成功的模拟机器。但是，至关重要的是，要认识到计算机如此成功地模拟仅仅是因为它在物质特性和动态处理过程上与印刷根本不同。② 她的这一观点具有启发意义，物质性是文本赖以存在的基础，我们在进行文本分类时首先应该考虑文本的物质性。

我们知道，即便是同一个文本，经过数字化，转移到赛博空间，其内容看似没有什么变化，但是文本的载体有了变迁，文本形式发生

---

① N. Katherine Hayles, “Translating Media: Why We Should Rethink Textuality”, *The yale Journal of Criticism*, Vol. 16, No. 2, 2003, p. 266.

② N. Katherine Hayles, “Print Is Flat, Code Is Deep: The Importance of Media-Specific Analysis”, *Poetics Today*, Vol. 25. No. 1, 2004, pp. 68 – 72.

了变化，阅读从书页转移到屏幕，这些都会影响读者对于文本的理解和意义的建构。这是因为：现在屏幕的阅读速度一般是印刷媒体的28%，尽管造成这一差异的因素至今还没有完全被理解，但毫无疑问这与屏幕上图像的动态特征有关。屏幕上的文本是通过复杂的内部程序产生，每一个字母的显现都是一个持续的运动过程。①

再以超文本的物质性为例，超文本并不是数码媒体的专利。布什当初构想的 MEMEX 系统，就是机械的而不是电子的，他说："MEMEX 是这样一种机械化设备，人们可以在其中存储他所有的书、记录和信件，同时可以用极快的速度和极强的灵活性完成检索"②。若将超文本局限在数码媒体的领域，则将无法全面理解这一类型在不同媒介中的表现形态和构成特性，以及文本本身的变化。

以超文本的特性——多重阅读路径、链接机制、文本块的组合来认定超文本，则会发现，这几个特征并不是只有电子超文本才有，印刷媒体的文本同样也可以满足这些特征。比如，印刷版的百科全书就有多种阅读路径、索引式链接机制、互相独立的文本块，从这点来说，它也是超文本。此外，中国的《易经》应该说是最古老的超文本了。阿塞斯在《遍历文本：透视各态历经文学》中也认为，《易经》是典型的遍历文本，阳爻和阴爻的组合产生无数的卦象，人们每次的阅读各不相同。在小说领域，《马扎尔辞典》（1989）也完全符合超文本的上述特点。

由以上的分析可知，虽然超文本是 20 世纪中叶出现的概念，数码媒体又为超文本提供了前所未有的发展机遇，但是若以超文本的特性来辨别是否为超文本显然是不充分的，因为传统媒体中也有很多文本符合超文本的特性。概而言之，各种媒体都有相应的文本生产机制，

① N. Katherine Hayles, "Print Is Flat, Code Is Deep: The Importance of Media-Specific Analysis", *Poetics Today*, Vol. 25, No. 1, 2004, p. 78.

② 凡尼佛·布什：《如我们所想》，齐良培译，载熊澄宇选编《新媒介与创新思维》，清华大学出版社 2001 年版，第 13 页。

文本的形式和呈现方式各不相同，因此，我们在分析文本时首先应该认清文本的物质性，也就是说媒体的特性理应成为文本的有机组成部分，正是物质的、技术的、智力的因素相互交织，才创造出作为物质产品的文本。

二　文本的分类与特性重构

（一）文本类型

从文本的物质性出发，我们对赛博空间的文本类型的认识，要注重计算机在文本生产中的重要作用。在这方面莱恩的文本分类法，值得借鉴和引用。她把计算机技术产生的新的对话形式和文学类型根据计算机的功能使用情况分为三类：计算机作为作者或合作者，作为传输媒体，作为表演空间。固然，这三种分类也有交叉和重叠的地方，如作为作者或合作者、作为表演空间就是建立在计算机作为传输媒体的基础上，但这并不妨碍它在论述计算机在文本生产中作用的有效性。以上所介绍的是这一分类法的要旨。

首先，在计算机作为合作者时，它担任三种角色：为人类伙伴输出可以翻译成文学语言的蓝本；在与用户的实时对话中产生文本；对人类制作的文本执行不同的操作。这些项目可能被当作文学实验或者被视为对认知科学的贡献。作为例证，莱恩举出可以生产故事概要的古典人工智能程序如 TALE-SPIN、MINSTREL（吟游诗人）之类，能够产生人机对话文本的人工智能程序如 ELIZA 之类（尽管程序完全缺乏理解人类思想的能力，但 ELIZA 的对话仍能巧妙地迷惑用户），以及通过搜索数据库而生成的符合条件的文本或者按照条件对输入的文本进行归类。[①] 国内也有这方面的例证，如早在 1984 年我国首次青少

① Marie-Laure Ryan, "Introduction", in Marie-Laure Ryan ed. *Cyberspace Textuality: Computer Technology and Literary Theory*, Bloomington and Indianapolis: Indiana University Press, 1999, pp. 2 - 4.

年计算机程序设计竞赛中，上海育才中学年仅 14 岁的学生梁建章以“计算机诗词创作”获奖。他所设计的程序能写格律诗，如“莺仙玉骨寒，松虬雪友繁。大千收眼底，斯调不同凡”（《云松》）之类，还颇有情趣。此外，还有自动书写情书的软件，“情书生成器”“心跳情书”，自动写作评语的“评语生成器”，等等。

其次，在计算机作为传输媒体时，莱恩认为相关文本根本不是写作的新形式，而是对业已确立的文类的电子补充。此类中，电脑虽然主要是作为传输通道而起作用，但绝非一种被动的媒体，而是正在培育新的阅读与写作习惯，它们可能导致电子文本及其印刷类型之间的风格与实用方面的重要差别。这一类型的文本诸如数字化的印刷文本、通过电脑网络进行的异步传输（如电子邮件及互联网社区的帖子）、树状小说与合作文学、《地点》之类网络肥皂剧。其中，树状小说可以通过印刷文本或书写文本实现，但是无限网络通信却促成了它的飞跃，无限网络把地理空间上彼此相隔遥远的人因共同的兴趣联系在一起。在万维网上现在有很多树状小说，它用电子链接把不同的文本块链接起来，有很多的情节，它们的结构不允许回归到先前的阅读点，而且各个路径是不会重合的。每一个情节的分支都与其他的分支分离开，因此这比较容易保持叙事的连贯性和逻辑的统一性。这一点与超文本小说不同。《地点》追踪五个加州海滨住户的日常生活，由五个作家分别担任不同的角色撰写其日记。访客在登录他们的网站后，不仅能了解事件进展的情节，还可以观看图片、购买商品，并向人物发送电子邮件，提出他们的建议或疑问，这些作家或者说角色要负责回答访客的邮件。这与当前流行的网络写手在网络上写小说、日志并没什么本质差别。此种文本类型的写作打破了读者与作者之间的传统边界，创造了一种作家与读者适度合作的可能性。[1] 就此类文本而言，

① Marie-Laure Ryan, “Introduction”, in Marie-Laure Ryan ed. *Cyberspace Textuality: Computer Technology and Literary Theory*, Bloomington and Indianapolis: Indiana University Press, 1999, pp. 4 - 6.

赛博空间的文本重构作用表现的并不是特别突出，如前面提到的数字化的印刷文本，不过就是纸质文本数字化后进入赛博空间，这类文本是已有文类的电子补充。

再次，在计算机作为表演空间（剧院）时，莱恩认为此类文本不能与电子环境分离，因为它旨在探索电子环境中硬件和软件支持的特性，如流动的视觉展示、交互运算法则、建构性的数据库、随机化能力，以及一种潜在地将文本激活变成独特的表演的实时操作模式①。此类文本如超文本、MUDs（多用户网络游戏）和MOOs（面向对象的用户网络游戏）、电脑游戏、交互戏剧、赛博文本（强调文本的动态生成）等。这些文本类型都拥有与传统文本类型截然不同的特性。可以说，这类文本不仅在文本形态上，而且在文本特性上都充分体现出对传统文本的重构。

（二）文本特性重构

赛博空间的文本都是数字化的电子文本，作为传输媒体的计算机，使文本具有媒体整合的特性，作为表演空间以及作为作者、合作者的计算机，使文本具有交互性、多线性的特性。这些特性都是对传统文本特性的重构。

比特文本对原子文本的重构。赛博空间的文本是电子语言的数码化，即“比特化”。比特是电脑的工作语言，它是信息的最小单位，能以光速传播。原子是物质文本的构成方式，它是有重量、体积的。保罗·利文森说：“文本一旦进入了计算机的文字处理软件——如果那台计算机有调制解调器和电话连线的话——就可以用远程通信的方式同时向世界各地无数的地方传送，还可以与数量相当的文本链接用于参考、比较和进一步的思考。”② 我们通过键盘、手写板、电子扫描

① Marie-Laure Ryan, “Introduction”, in Marie-Laure Ryan ed. *Cyberspace Textuality: Computer Technology and Literary Theory*, Bloomington and Indianapolis: Indiana University Press, 1999, pp. 6 - 10.

② ［美］保罗·利文森：《软边缘：信息革命的历史与未来》，熊澄宇等译，清华大学出版社2002年版，第119—120页。

输入字母、符号、数字、图形等，都必须首先转换成为二进制数 0 和 1 的编码系统，才能为计算机识别，之后再通过一系列转换，才能输出人类能识别的图像或语言文字。这种文本可以无限制复制，任何人从赛博空间中获得信息之后都不会降低他人获取同样信息的机会。正如波斯特所说，“语言、图像和声音的数字编码和电子操作已经消除了交流中的时空限制。信息复制准确无误，信息传输立即完成，信息贮存恒久不变，信息提取易如反掌。”① 由此，我们可以说赛博空间的文本是比特文本对原子文本的重构。

赛博空间文本的多媒体整合性超越以往任何媒介。传统媒体传播各自为政局面是媒体本身特点所限，如印刷文本中不可能插入电影、电视的视频，这一现象到了计算机和网络时代被打破，用“一网天下”来形容赛博空间的海量信息存储和传输能力一点也不为过。图像、文字、视频、音频、动画这些都能够被整合到同一文本中，之前的印刷文本虽然也可以配图插画，但毕竟不是经济可行的手段。有了赛博空间，我们可以边看小说，边浏览图片，边欣赏音乐。在这里，人们的视觉、听觉，甚至触觉以及未来的嗅觉等方面都将经历一次革命性的洗礼。

互动性是赛博空间文本的另一个鲜明特征。新媒体艺术研究专家罗伊·阿斯科特曾说：“新媒体艺术最鲜明的特质为联结性与互动性。……网络与数字科技最主要特点就是为促使观众（使用者）和作品进行互动并介入参与作品转化与演变。……在网络空间中，使用者可以随时扮演各种不同的身份，搜寻天涯远方的数据库以及信息档案、渗透到异国文化中、产生新的社群。在面对和评析一件新媒体艺术作品时，我们要提出的问题是：作品具有何种特质的联结性与（或）互动性？它是否让观者参与了新影像、新经验以及新思维的创造。”② 赛

① ［美］马克·波斯特：《信息方式》，范静哗译，商务印书馆 2000 年版，第 101 页。

② 余小惠：《关于罗伊· 阿斯科特与新媒体》2009 年 5 月 16 日，http：//www. artda. cn/www/3/2009 – 05/1824. html，2016 年 3 月 25 日。

博空间文本可以实现多方面的交互，如作者与用户、用户与文本、用户之间的互动。就具体的文本类型来说，如网络上的接龙小说、超文本小说与诗歌、交互戏剧等，它们无不是在多向互动中完成的。因此说，互动性是赛博空间文本区别于传统文本的一个重要标志。传统文本的交互往往受时空限制，难以瞬间达成。

由此来看，面对赛博空间中文本类型的复杂多样，我们在研究赛博空间对文本类型的重构时，可以以联网计算机为标志分为：计算机作为作者或合作者生产的文本，作为传输媒体生成的文本，作为表演空间生成的文本。这些文本类型的产生离不开具有人工智能特性的计算机和互联网的动态参与或创造作用。毋庸置疑，它们与之前的口头文本、书写文本、印刷文本甚至模拟性的电子文本等类型都迥然有别。赛博空间文本是数字化的电子文本，具有多媒体整合特性、交互性、虚拟性等特点，这些特性均是对传统文本特性的重构。

三　文本研究的新领域

约斯·德·穆尔在《赛博空间的奥德赛》中说："赛博空间是主导空间，尽管往往不为人注意，但它却从内部改变了我们的文化。……我们可以把赛博空间比作万花筒，每一次转动都是对文化的总体关系的重新构型。赛博空间不仅重构了我们的政治、艺术、宗教和科学领域（仅仅简单举例），而且还依次设置了那些互相迥异的空间。"① 赛博空间渗透到了我们日常生活的方方面面。作为文学研究之基础的文本领域自然无法逃避赛博空间的重构。赛博空间的文本重构，不仅为我们实现文本理想提供了新的机遇，而且也扩大了文本研究的领域。

莱恩在《赛博空间文本性》中将文本理想归纳为七个方面。1. 全语言（total language）的梦想。口头表达不是唯一的关注点，但是它

① ［荷］约斯·德·穆尔：《赛博空间的奥德赛》，广西师范大学出版社2007年版，第14页。

是艺术事件的一个组成部分。19世纪这一梦想采取歌剧的形式，戏剧表演合成文本、音乐、歌曲、舞蹈等促进人们身体和心灵的沉浸。在电子时代，语言景观表现为多媒体光盘、虚拟现实等形式。2. 多感官语言的梦想。这种情况下，语言不与其他媒体合作，而是吸收它们的特性。口头传播包括文学中的很多例子都表明语言被编码为某些模式，这些模式忽略了非字母因素如颜色、形状、排列、位置、时空中的运动等方面。现代主义诗歌力图恢复被忽略的部分，如想象元音字母的颜色、创造与心灵对话的纯诗、探讨书写符号和书页空白视觉表达上的相互作用，等等。乔伊斯在《芬妮根觉醒》中还试图创造出包含所有感官和模拟所有媒体的合成的美学语言。最近，电影、电视、视频诗歌又增添了语言的动态维度，电子技术不仅合成了各种各样的维度，而且还具有触觉的维度，利用鼠标点击捕获单词的快乐。通过激活语言的全部语义潜能，电子文本提供了一种和物理世界一样有刺激性和挑战性的空间。在这个空间里，我们需要利用我们所有的感官能力来找到我们的路。3. 艺术的民主化和语言权力转变的梦想。达达和超现实主义相信诗歌无处不在，每个人都生活在一种诗歌的状态中。巴特宣称作者死亡，读者大众控制文本的意义。超文本理论家相信媒介把读者转变为作者，是最近时期语言转换的主题。4. 反映读者的文本的梦想。电子文本性提供了很多将公共文本转化为个体语言的特征：在超文本和动态的赛博文本中，可能没有人会看到符号的同样序列，在MOOs中你可以重新塑造自己，在你用交互式数据库工作时，你可以通过粘贴、链接、剪切的方式建立个人的文本。5. 物理的多维度语言的梦想，使文本成为四维的时空连续体。6. 作为总体的文本或者一切文本合而为一的梦想。在电子时代，由于超链接的运用，文本成为矩阵和自我更新的实体。万维网就是包含所有文本的文本。电子文本就是所有的建构，所有的指涉，它永远邀请人们实施另一个链接、探索或建造另一个结构。7. 捕获思想涌现的语言的梦想。超现实主义和现代主义的意识流技术，尝试打破语言不能表现语前状态的大脑活动的局限。电子文本使语言的表达更接近于思想的动态过程，用户不必舍弃那些不能与总体的论述方向或叙事线索相符合的灵感，可以通过链接和合成技术将它们组织在一起。① 从文本理想的这七个方面来看，它们体现了电子文本的特点，同时也指出了电子文本未来的发展方向。与之相应，文本研究的范围和领域自然要随之拓展。

就文本研究来看，传统的研究大都将范围限定在口头文本、书写文本、印刷文本，而赛博空间的文本形态则是一个新的急待开发的领域，它同时也是学术生长的契机。就文学领域来说：首先，赛博文本对传统文本的冲击、对话和交流，突破了文艺爱好者和研究者的狭隘眼界，促使他们自觉利用新工具、新方法为其阅读、写作、研究服务；其次，赛博文本为艺术形态的转化，提供了新鲜的经验和实践，有利于提炼新的艺术范畴和艺术理念，指导艺术前进的新方向。

正如上文分析的，赛博空间文本是数字化电子文本，其类型别具多样，有计算机作为作者或合作者生成的文本，如可以生成故事概要，可以和用户进行对话，可以写作诗歌、情书、评语的人工智能程序生成的文本；有作为传输渠道生成的文本如电子邮件、博客、合作文学等；有作为表演空间生成的文本，如超文本文学、交互电影、交互戏剧、网络游戏等。但目前国内相关研究表明，学术界的注意力仍然集中在网络文学、博客、网络游戏方面，而对于超文本文学、交互戏剧、交互电影等体现赛博文本特性的新类型研究较为薄弱，这与它们蒸蒸日上的发展状况不相适应。国外这方面的研究比我们起步早，且研究日益深入，他们的成果颇值得借鉴。如果说我们侧重于计算机作为传输渠道生成的文本研究，那么他们则更加侧重于计算机作为表演空间生成的文本，集中探讨的问题有几个方面：一是计算机技术对文学的

---

① Marie-Laure Ryan, "Introduction", in Marie-Laure Ryan ed. *Cyberspace Textuality: Computer Technology and Literary Theory*, Bloomington and Indianapolis: Indiana University Press, 1999, pp. 10 – 15.

渗透和参与；二是赛博空间文本的新特性；三是文本类型、形态的演进；四是赛博空间对传统文艺及其理论的重构。

总而言之，赛博空间的文本类型，是在充分认识文本的物质性的基础上，依照联网计算机在文本生产中的作用进行的分类。赛博空间不仅产生了新的文本形态，而且还给文本研究带来新的领域，这一领域亟待关注。

第二节　开放的文本

文本的开放，不仅与意义的阐释有关，而且有些作品本身就是“未完成的”，这就从形式上说明了文本本身具有的开放性。随着技术的发展以及超文本的出现，更是将后结构主义、“互文性”之开放的文本观念变为现实的存在。

一　阐释的盛宴

安伯托·艾柯在《开放的作品》一书中认为，作品的开放性可以从两个方面来理解：一个是意义的开放，也即是阐释者、演绎者和作品之间的关系是开放的，这是隐喻意义上的作品之开放；另一个是运动中的作品，即作品形式的不确定性，这是显明意义上的作品之开放。他说：一件艺术作品，其形式是完成了的，在它的完整的、经过周密考虑的组织形式上是封闭的，尽管这样，它同时又是开放的，是可能以千百种不同的方式来看待和解释的，不可能只有一种解读，不可能没有替代变换。这样一来，对作品的每一次欣赏都是一种解释，都是一种演绎，因为每次欣赏它时，它都以一种特殊的前景再生了。[①]

从隐喻的意义上来看，一切艺术作品皆是开放的作品。这是因为：

① ［意］安伯托·艾柯：《开放的作品》，刘儒庭译，新星出版社2005年版，第4页。

"在刺激和理解以及它们之间的相互联系构成的反映活动中，作品的任何一个欣赏者都有自己独特的生存状态，都有自己的受到特殊条件限制的感受能力，都有自己的特定文化水准、品位、爱好和个人偏见，这样一来，对原来的形式的了解就是按照个人的特定方向来进展了。"[①] 正所谓"一千个读者就有一千个哈姆雷特"，读者所处时代不同，个体的生活经验不同，知识结构不同，在意识活动中建构的文本形象就会有差异。鲁迅先生也曾经在《读书琐记》中谈到不同时代不同的林黛玉形象，他说：文学虽然有普遍性，但因读者的体验的不同而有变化，读者倘没有类似的体验，它也就失去了效力。譬如我们看《红楼梦》，从文字上推见了林黛玉这一个人，但须排除了梅博士的"黛玉葬花"照相的先入之见，另外想一个，那么，恐怕会想到剪头发，穿印度绸衫，清瘦，寂寞的摩登女郎；或者别的什么模样，我不能断定。但试去和三四十年前出版的《红楼梦图咏》之类里面的画像比一比罢，一定是截然两样的，那上面所画的，是那时的读者的心目中的林黛玉。[②] 无疑，鲁迅先生也看到了读者个体的差异造就文本解读之不同，不过他强调的是时代的作用。

其实，我国古代解释学曾有"我注六经"和"六经注我"的不同说法。"我注六经"强调的是作者本意的还原，"六经注我"强调读者的主动性和能动性。文本阐释理论，与"六经注我"相通，它也强调读者主体意识的觉醒，是读者理论的转向。主体意识不仅在文本阅读中发挥着重要作用，而且在观照现实中亦是如此。清代学者梁启超在《惟心》中对这一问题就有精彩的论述：

> 山自山，川自川，春自春，秋自秋，风自风，月自月，花自花，鸟自鸟，万古不变，无地不同。然有百人于此，同受此山、

---

① ［意］安伯托·艾柯：《开放的作品》，刘儒庭译，新星出版社2005年版，第3页。

② 鲁迅：《鲁迅选集》第三卷，人民文学出版社1983年版，第435页。

此川、此春、此秋、此风、此月、此花、此鸟之感触，而其心境所现者百焉；千人同受此感触，而其心境所现者千焉；亿万人乃至无量数人同受此感触，而其心境所现者亿万焉，乃至无量数焉。然则欲言物境之果为何状，将谁氏之从乎？仁者见之谓之仁，智者见之谓之智，忧者见之谓之忧，乐者见之谓之乐，吾之所见者，即吾所受之境之真实相也。故曰：惟心所造之境为真实。①

同样，我们也可以说，唯心所造之文本之境为真实，心不同，文本之境亦不同。由此，我们说个人体验不同，造就各有差异的文本形象。此外，文本阐释的盛宴，还与文本的结构有关。伊瑟尔曾详细阐释了读者的阅读活动，他认为，“人们在阅读活动中达成的成功的交流将依据本书（即文本——笔者注，下文同）在何种程度上作为相关物在读者意识中建构自身”，“阅读活动不是一个单向的过程。而我们的理论所关注的重心，则是本书与读者相互作用的动态过程。我们可以以此作为出发点：语言学符号和本书的结构，在读者理解活动的不断激发下发挥其功能，也即是说，读者的理解活动虽然由本书引起的，但却不完全受本书的控制”，“如果文本的构成之物过于清晰，使读者殆无想象之余地，或者其构成之物过于晦涩，使读者根本无法想象，这两种情况都无法使阅读活动中的双方达成完善的交流”②。如果文本如白开水一般，阅读就毫无趣味可言，相反，如果文本过于艰涩，读者就会受到极大的挑战，而产生心理受挫感，放弃阅读。

真正吸引读者的文本，应该包含一些“未定点”激发读者的想象能力，使他们积极地参与文本意义的建构活动中。伊瑟尔说：“空白是作为整个本书——读者关系旋转的中轴而发挥功能的，因此，本书

① （清）梁启超：《自由书·惟心》，《梁启超哲学思想论文集》，北京大学出版社 1984 年版，第 39—41 页。

② ［德］沃尔夫冈·伊瑟尔：《阅读活动——审美反应理论》，金元浦、周宁译，中国社会科学出版社 1991 年版，第 127—128 页。

的结构空白刺激着由读者依据本书给定的条件去完成的思想过程。”①以弗吉尼亚·伍尔芙评论简·奥斯汀的小说为例，来看文本中空白点的保留。她说：“简·奥斯汀是这样一位感情笃深的女主人，尽管外表上不露痕迹。她激发我们去填充空缺。虽然她所提供的是一些琐事，但却是一些在读者大脑中延伸并赋予外表上卑琐的生活场景以最为恒久的形式的东西，一般人们强调的总是人物呀性格呀……而现在对话的反转与扭曲则造成了我们的悬念。我们须将注意力一般盯着眼前，一般又须想着未来。”② 文本中的空白，与语言的模糊性有关，它营造了结构上的悬念、突转、否定以及语义的多重性。譬如，麦尔维尔(Herman Melville)《白鲸》开篇句子，“叫我以实玛利”。这句话的未定点，刺激读者作出如下解读：一是“如果你愿意，我可以自称为以实玛利”；二是“我其实不叫以实玛利，但我要让你叫我这个假名”；三是“我命令你叫我以实玛利”③。开篇句子的模糊性，就构成了文本空白点，从而形成了语义的丰富性。结构上的悬念、突转和否定在小说、戏剧作品中是常见的现象，在此略述。

此外，包含象征结构和象征意义的文本，也是对文本新的反应和解释开放的。很多现代主义作品就是建立在象征的运用基础上的，显然，这些作品是开放的作品。安伯托·艾柯用开放的作品理论，对卡夫卡、乔伊斯等现代主义大师的作品进行了充分的阐释。他说：“卡夫卡的作品就是一种非常‘开放的’作品：诉讼、城堡、等待、刑罚、疾病、变态、酷刑，所有这些都不是只从它们的直接字面意义来理解的局面。……他的作品由于其‘模棱两可性’依然是不封闭的，依然是开放的。”④ 确实，在我们阅读卡夫卡的小说时，不能从百科全

---

① ［德］沃尔夫冈·伊瑟尔：《阅读活动——审美反应理论》，金元浦、周宁译，中国社会科学出版社1991年版，第203页。

② 同上书，第201页。

③ ［美］J. 希利斯·米勒：《文学死了吗?》，秦立彦译，广西师范大学出版社2007年版，第58页。

④ ［意］安伯托·艾柯：《开放的作品》，刘儒庭译，新星出版社2005年版，第10页。

书所定义的含义上去理解文意，无论是城堡、诉讼还是等待、酷刑等，都包含着多种不同的解释，可能是生存意义上的，也可能是心理、神学意义上的。文本的意义不再是唯一的，读者的重复阅读，有助于揭示出新的价值和意义。这也是开放的文本赐予读者的可贵的精神旅行。

所以说，由于读者、作者和文本三者的共同作用，才使得文本包含的虚虚实实的世界得以显现，只有经过他人阅读参与的作品才能成为现实的存在。读者与文本的互动和交流，造就了阐释的盛宴。

二 运动中的作品

“运动中的作品”语出安伯托·艾柯。他说：“在‘开放的作品’中，有一类数量不很多的作品，这类作品由于能够显现出在自然法则之下无法实现的出人意料的多种多样的结构，所以我们可以称之为‘运动中的作品’”。[①] 运动中的作品不仅存在于音乐领域、造型艺术、工业设计等领域，而且还存在于文学领域。

安伯托·艾柯在文学领域中找到的运动中的作品实例是马拉美的《书》。这部作品的结构，可以从诗人为诗所确立的准则得知，一本书既没有开头也没有结尾：“最多它只是装作这样。书应该是一种变动中的纪念碑，不只是像突然一击这样的组合意义上的可动和开放，在这里，语法、句法、文字排印时的安排都引进一种关系并不确定的多种元素的多态组合。”[②] 从这里的描述，我们知道《书》之结构的与众不同。《书》的页码并不是按照固定的顺序排列的，它包含着一些独立成册的小册子，每本小册子的第一页和最后一页写在同一张折成两面的大纸上，作为小册子开始和结束的标志。小册子由一些单页纸组成，这些纸张可以随意挪动，可以互换前后顺序，但是，在这样的组

---

① ［意］安伯托·艾柯：《开放的作品》，刘儒庭译，新星出版社 2005 年版，第 14 页。

② 同上书，第 15 页。

合中，纸张不论按什么样的顺序排列，其上的文字组合起来的意思都是完整的。诗人并不想从每一种排列组合中都得到明确的句法含义和语义上的明确的意思，而是追求，句子的组合和每个单独的字词的组合——每一种这样的组合都能具有启示作用，都能同其他的字句形成启示性的关系——使每一种排列顺序都可能有价值，这样就有可能形成新的联系和新的境界，进而形成新的启示。[①] 由此可知，马拉美凭借着有限的结构元素，创造出天文数字的文字组合形式。《书》不具有固定的、静止的组合顺序，它是运动中的作品，并在一次又一次的重新排列组合中，不断获取新的意义。

与马拉美《书》相似的，还有萨波塔（Marc Saporta）1962 年创造了“活页小说”（即“扑克牌小说”）《第一号创作：隐形人和三个女人》。小说要求读者“读前请洗牌，变幻莫测的故事将无穷无尽地呈现在您的眼前”。从内容上讲，《第一号创作》也许并没有什么特别之处。它以第二次世界大战中德军占领下的法国为背景，讲述一个无名无姓的隐形人与三个女人的故事。小说最引人注目的是它的结构形式，它被誉为当今世界独一无二的书。全书 149 页，加上作者的前言和后记共 151 页。但是，除前言后记分别置于书首书末外，其余的 149 页都是纯粹流动的，没有固定的位置和顺序。全书不编页码，没有装订成册，而是盛在一个扑克牌似的盒子里。每页的故事都可以独立成篇，字数 500—700 字不等，只在书页的正面排版，背面空白。读者阅读前应像洗扑克牌那样将书页随意安排，每洗一次，便得到一个不同的编码，不同的编码便编织出不同的故事，不同的故事演绎不同的悲欢离合。这样，根据排列组合的算法，这短短的 149 页就存在着巨大天文数字的可能的编排方式，这是一个人一辈子也读不完的无尽之书。每次读后，读者又可以从头再来，故事没有了时间顺序，因果关系也将重新排列，人物之间会有不同的关系，变幻不定的形式是这

① ［意］安伯托·艾柯：《开放的作品》，刘儒庭译，新星出版社 2005 年版，第 16 页。

部小说最大的特点。正如作者在序言中所说："根据'洗牌'后所得页码顺序的不同，他（隐形人）有时是一个市井无赖，行窃于各商行、公司，玩弄女人，追逐少女，是一个盗窃犯和强奸犯；有时他又是法国抵抗运动的外围成员，虽身染恶习，但还不失爱国心；有时他简直就是一个反抗法西斯占领的爱国英雄……"这种情况对埃尔佳也一样，按照某种编码，她可能是一个童心未泯的少女，竭力维护自己的贞操，但最终还是成了男人施暴的对象；按照另一种编码，她虽然也曾纯洁过，但她逐渐堕落成一个放荡成性的女人；按照另一种编码，她甚至还可能是混入法国内部的德国间谍，四处搜集抵抗运动的情报——正是小说文本流动、变幻的扑克牌结构，使整个小说像魔方一样变幻不定，回味无穷，令人眼花缭乱。①《第一号创作》无穷的运动变化，使它成为一部解读不尽的谜一样的作品。萨波塔在谈到给小说取名《第一号创作》时说："我给我的小说取名为《第一号创作》，就是想 A 读者读后创造出自己的《第二号创作》，B 读者读后创造出《第三号创作》……就是对于同一个 A 读者来说，他今天读的故事决不同于昨天读的故事。新的故事总在前头，读者天天都在创新。"②

马拉美的《书》和萨波塔《第一号创作》，都强调读者在作品演绎中的作用，读者参与作品的完成，对作品的每一次演绎都是作品的一次实现，这些演绎之间是互补的关系，它们共同确证了文本形式和意义的开放。布托尔十分赞赏这种文本形式的探索，他在《作为探索的小说》里说道："形式的任何真正的改变，在这方面任何富有成果的探索，都只能有赖于小说概念本身的改变……有赖于文学概念本身的改变。文学开始不再以单纯的消遣品或奢侈品的面目出现了，而是以其在社会运转中的基本作用和作为有条不紊的试验的面目出现了"③。

---

① 王彬、涂鸿：《〈第一号创作〉结构探析》，《天府新论》2001 年第 3 期。

② 江伙生：《第一号创作》，湖南人民出版社 1988 年版，第 8—9 页。

③ ［法］米歇尔·布托尔：《作为探索的小说》，载柳鸣九《新小说派研究》，中国社会科学出版社 1986 年版，第 93 页。

其实，除了以上的示例，我们还可以取回文诗为例。回文诗是一种按一定法则将字词排列成文，回环往复都能诵读的诗。这种诗的形式变化不拘，非常活泼。且以周策纵 1967 年创作的一首“绝妙世界”之“字字回文诗”为例来分析。全诗共有二十个字，“星淡月华艳岛幽椰树芳晴岸白沙乱绕舟斜渡荒”，这二十个字排成一个封闭的环形，无论从哪个字开始读，只要五个字组成一句，皆可成为一首五言诗。

1. 星淡月华艳，岛幽椰树芳，晴岸白沙乱，绕舟斜渡荒。

2. 淡月华艳岛，幽椰树芳晴，岸白沙乱绕，舟斜坡荒星。

3. 月华艳岛幽，椰树芳晴岸，白沙乱绕舟，斜坡荒星淡。

4. 华艳岛幽椰，树芳晴岸白，沙乱绕舟斜，坡荒星淡月。

5. 艳岛幽椰树，芳晴岸白沙，乱绕舟斜坡，荒星淡月华。

……

40. 荒渡斜舟绕，乱沙白岸晴，芳树椰幽岛，艳华月淡星。

叶维廉先生在《中国诗学》里分析这首诗时指出：在这首诗里（或应说在这 40 首诗里），读者已经不能用“一字含一义”那种“抽思”的方式理解作品了；每一个字像实际空间中的每一事物，都与其附近的环境保持着线索与关系，这一个“意绪”之网才是我们接受的全面印象。[①] 这一分析与运动中的作品理论颇有相通之处，回文诗的阅读不仅是字词之间的运动组合，而且诗的意境也在不断地流转、变化。从这一点来说，回文诗亦是运动中的作品之代表。文本形式的开放，运动中的作品实验，反映了人们在文艺创作问题上不断探索的姿态，艺术不仅仅是认识世界，而且还是对世界的补充和发掘，自有独立存在的价值和意义。

三　赛博空间文本的开放——以超文本为例

在赛博空间中，运动中的作品处处可见。交互戏剧、超文本小说、

① 叶维廉：《中国诗学》，人民文学出版社 2006 年版，第 27—28 页。

树状小说、智能程序产生的作品等，都是在不断地转换、变化、运动中存在的。我们以超文本为例，分析赛博空间文本的开放性。

在绪论中笔者已经提出，“超文本”（hypertext）一词，由纳尔逊在1965年用“Hyper”和“Text”拼合而成，其意指用非相续写作方式将不同的文本块组合在一起的文本形式，它能提供给读者不同的阅读路径。意大利学者安伯托·艾柯根据超文本的定义，指出两种形态的超文本，他说：“首先，是一种文本式的超文本的存在。在传统书籍中，人必须以一种线性方式从左向右阅读（依据不同的文化，还可从右向左，或由上至下）。显然也可以跳着读——一下子翻到第300页——也可翻回来核对或重读第10页上的某些东西——但是这意味着体力劳动。与之相反，一种超文本格式的文本是一种多维度的网络，或者好比一座迷宫，其中每个点或节点都有与其他任何节点连接起来的可能。其次，是一种系统的超文本的存在。万维网（WWW）是所有超文本的光辉之母，一座全世界的图书馆，你能够，或者将会在短时间内，找出你需要的所有的书。网络是全部现有超文本的综合系统。”① 本书所指的超文本是第二种意义上的，是用超链接技术组合起来的文本系统，无疑，万维网可谓是目前最大的超文本系统。利用超文本的非线性组合方式，艺术家能够以前所未有的方式开拓文学表现形式、摆脱印刷文字的线性禁锢，自由地书写胸中沟壑、展示“思接千载”“视通万里”的想象魅力，捕捉瞬息万变的灵感和妙悟。之前那种“眉睫之前，卷舒风云之色”的感慨，在这里找到了新的表达媒介和表达方式。多路径的选择、不同材料的链接、文本块的组合，都说明了超文本形式上的开放性。

不仅如此，我们还可以从超文本与后结构主义理论、互文性理论之契合，论证其开放性。超文本理论研究专家兰道教授在《超文

① ［意］安伯托·艾柯：《书的未来》，康慨译，2004年2月23日，http：//news. xinhuanet. com/book/2004－02/23/content_ 1326958. htm，2015年11月19日。

本 2.0：当代批评理论和技术的汇聚》中写道：关注文学的理论家的陈述，就像关注计算机的理论家的陈述一样，二者走向明显的汇聚。……我认为，在德里达和纳尔逊、巴特和范达姆的写作中已经开始了范例转换。他认为超文本提供了检验结构主义、后结构主义的方法，结构主义、后结构主义的理论在超文本中能得到彻底的实现①。

巴特将文本分为“能引人阅读之文”和“能引人写作之文”。其中，古典之文能让人阅读，但是无法引人写作，读者只有要么接受它要么拒绝它的可怜的自由；“能引人写作之文”是我们的价值所在，因为它令读者成为生产者，而非仅仅是消费者，读者于此体会能指的狂喜，领略重新写作文本的快感②。能引人写作之文，是生产式文本，而非再现式的成品，读者能够分离它，打散它，在永无休止的差异领域内赋予其新的意义。巴特坦言：“在这理想之文内，网络系统触目皆是，且交互作用，每一系统，均无等级，这些文乃是能指的银河系，而非所指的结构；无始；可逆；门道纵横，随处可入，无一能昂然而言。”③ 这一理念在超文本中得以具体的实现。在超文本系统组成的网络中，没有哪一个链接具备相对于其他链接的优先权，链接之间是平等的关系，读者尽可以在不同链接之间穿梭、跳跃。链接就是文本能指的延伸，任何一个文本都可以与其他文本链接到一起，能指的无限扩展，产生了无穷无尽的可能的文本，造就了超文本的开放性。

我们还可以参照德里达的“延异”（Différance）之说，理解超文本之开放。“延异”（Différance）是德里达改写 Différence 而成的，意指文字的在场和不在场的对立运动，“延异”是产生差异的系统游戏。“差异游戏必须先假定综合和参照，它们在任何时刻或任何意义上，

① George P. Landow, *Hypertext* 2.0: *The Convergence of Contemportary Critical Theory and Technology*, Baltimore: Johns Hopkins University Press, 1997, pp. 2, 36.

② ［法］罗兰·巴特：《S/Z》，屠友祥译，上海人民出版社 2006 年版，第 56—57 页。

③ 同上书，第 62 页。

都禁止这样一种单一的要素（自身在场并且仅仅指涉自身）。无论是口头话语还是在文字话语的体系中，每个要素作为符号起作用，就必须具备指涉另一个自身并非简单在场的要素。这一交织的结果就导致了每一个‘要素’（语音素或文字素），都建立在符号链上或系统的其他要素的踪迹上。这一交织和织品仅仅是在另一个文本的变化中产生出来的‘文本’。在要素之中或系统中，不存在任何简单在场或不在场的东西。只有差异和踪迹、踪迹之踪迹遍布四处。”[①] “延异”是意义的不确定状态，是产生差异的差异。由此反观文本，任何文本的在场总是指向不在场的其他要素，形成无限开放的“意指链”，而超文本则将这种“意指链”转化为现实的存在。文本的“在场”与“不在场”，通过链接的作用，在超文本成为“同一体”，从而使“延异”之说中“不可见的”成为“可见的”。若进一步分析，“延异”包含着“区分”和“延搁”两个意思，“区分”表明了空间上的距离，“延搁”则是时间上的推延，也就是说任何一个符号都是“区分”和“延搁”的双向运动，沿着时间和空间两个方向展开。理解这一层意思，也有利于我们理解超文本的特性。超文本是时间和空间的矛盾统一。当我们选择某一路径时，其他的路径就转化为空间的不在场，对它们的探索同时也就转化为时间上的延搁。黄鸣奋教授说：“这种延缓并不是结构上的破坏，而是超文本结构魅力之所在：在每一次探寻之外总是存在新的探寻之可能性，路外有路，山外有山，峰回路转，奥妙无穷。”[②] 这充分说明超文本之开放的特性。

除了以后结构主义理论观照超文本之开放外，我们还可以借助互文性之概念来理解超文本的这一特性。“互文性”最早由克里斯蒂娃（Julia Kristeva）提出。她在1966年《词·对话·小说》一文中说：“任何文本都是由引语的镶嵌品构成的，任何文本都是对其他文本的

---

① ［法］克莉斯蒂娃、德里达：《符号学与文字学》，载包亚明《一种疯狂守护着思想：德里达访谈录》，何佩群译，上海人民出版社1997年版，第76页。

② 黄鸣奋：《超文本诗学》，厦门大学出版社2001年版，第179页。

吸收和改编。"[①] 随后，1967 年她在《封闭的文本》中再次提到该词，并于 1969 年在《符号学、语义分析研究》正式推出互文性的概念和定义，"横向轴（作者——读者）和纵向轴（文本——背景）重合后揭示了这样一个事实：一个词（或一篇文本）是另一些词（或文本）的再现，我们从中至少可以读到另一个词（或另一篇文本）。在巴赫金看来，这两只轴代表对话和语义双关，它们之间并无明显分别。是巴赫金发现了两者间的区分并不严格，他第一个在文学理论中提到：任何一篇文本的写成都如同一幅语录彩图的拼成，任何一篇文本都吸收和转换了别的文本"[②]。之后，这一概念被众多理论家吸收并加以改造。依据互文性的概念，文学文本必须进入整个语言系统和文学网络，在与其他文本的互动中，才能生成意义，"这是文学的一个重要特性，即文学织就的、永久的、与它自身的对话关系；这不是一个简单的概念，而是文学发展的主题"[③]。根据互文性的概念，一切时空中异时异处的本书相互之间都有联系，它们彼此组成一个语言的网络。一个新的本书就是语言进行再分配的场所，它是用过去语言所完成的"新织体"[④]。"互文性"的说法，使文本延伸至无限的网络之中，超文本所具有的无中心、网络化的特点正是"互文性"的凸显。由于超链接的作用，不同页面被组合在一起，这些不同的页面，就是超文本的"互文性"。作为文本特性的"互文性"不是静态的存在，要通过读者的阅读和发现，才能渐次呈现。同样，超文本本身就需要用户与之互动才能生成作品，用户在超文本中可以自由地探索文本之间的交叉性、关联性，不仅考察文本与文本之间、词语与词语之间、词语与图像之间的"互文性"，而且还可以探寻图像与图像之间、声音与图像之间的"互文性"。从这点来看，"互文性"的网络化，有利于我们理解超

---

① Julia Kristeva, "Word, Dialogue and Novel", InToril moi ed. *Kristeva Reader*, Oxford: Blackwell Pubilishers Ltd. , 1986, p. 35.

② ［法］蒂菲纳·萨莫瓦约：《互文性研究》，邵炜译，天津人民出版社 2003 年版，第 4 页。

③ 同上书，第 1—2 页。

④ ［比］布洛克曼：《结构主义》，李幼蒸译，商务印书馆 1987 年版，第 162 页。

文本的开放性。

除了超文本之外，赛博空间的其他文本形态，如交互戏剧、人机对话作品、智能程序作品等，其作品呈现都是在人机互动中形成的，具有未定性和随机性，这也就决定了文本的开放性。

概而言之，我们可以从文本意义的开放，也即是读者与作品互动的隐喻意义上理解作品之开放，从作品形式的不确定性、未完成性，即运动的作品范例，明确作品之开放。此外，超文本的特性，表明它是具有开放形态的文本类型，亦属于“运动中的作品”之列。超文本的出现检验了后结构主义、互文性理论之合法性，反之，这些理论也有助于我们理解超文本的开放性。

第三节 文本的空间化与时间性

物质形态的文本，如甲骨文、钟鼎文、书写本、印刷文本，一旦产生出来，就会在历史时空中长久存在，虽有变化也是附着其上的承载物质（甲骨、纸张等）的消损、破坏，文本内容本身不会自行发生变化。与物质形态的文本不同，电子文本的呈现是虚拟的空间化展现，又具有时间性，时间性也是其作品构成的重要一维。

一 文本的空间形式

莫尔认为，“空间”与“时间”是我们在日常生活中用的滚瓜烂熟的概念，然而，要是追问它们究竟是什么意思，我们常常会无言以对。他将“空间”（space）一词，追溯到拉丁文 spatium，其本义是指事物之间的距离或间隔。然而，从中世纪晚期起，这种概念在自然哲学和自然科学中获得了更抽象的含义。它在现代文化中已经渗透了日常生活语言。这种空间的理论概念无所不包，其指涉无边无垠。他强调人类和科技文化在空间的揭示和发现中所扮演的重要角色。人类驾驶轮船航行大海发现了地理空间，恰如太空航行和天文学发现了宇宙空间，（电子）显微镜发现了（亚）原子空间，法律、建筑和机构的帮助，我们创造了社会空间，魔术与仪式则发现了神圣的空间。空间不是一种简单的存在，而是由人类的活动揭示出来的。[①] 同理，我们可以说，文学文本的空间是通过作家的写作、批评者和欣赏者的鉴赏活动显现出来的。

文学文本中空间性的概念隐藏在文学形式讨论的背景中，这个词作为批评术语的自觉运用，一般追溯到弗兰克（Joseph Frank）1945年发表的重要论文《现代文学中的空间形式》。弗兰克在文中说："T. S. 艾略特、庞德、普鲁斯特、乔伊斯等作家都走向文学的空间形式。这意味着读者打算在某一刻空间化地理解他们的作品，而不是将它们作为序列。"[②]

比如，庞德的"意象"定义是瞬间呈现知性和情感的复杂性。他的定义的内涵可以理解为，意象不是作为图像的复制，而是作为不同的观念和情绪即刻被整合为空间化地呈现的复合体。乔伊斯的《尤利西斯》空间化形式十分明显，他最明显的意图是给读者一幅都柏林的整体图像——重新创造典型的都柏林一天中的风景和声音，人物和地点，就像福楼拜重新创造他的偏僻的县的场景一样。为此，他碎片化呈现叙事元素（斯蒂芬和他的家庭之间的关系，布鲁姆和他的妻子的关系，斯蒂芬和布鲁姆和蒂达勒斯家庭之间的关系），就像它们在偶然的谈话中被无法解释地抛出去一样，或者说像被嵌入各种符号引用层中一样；小说中发生的所有都柏林的生活、历史和二十四小时的外部事件的暗示同样如此。也就是说，所有的事实背景——在普通小说中读者能方便地概括——必须从碎片中重建。有时许多书页内容分散

① ［荷］约斯·德·穆尔：《赛博空间的奥德赛》，广西师范大学出版社2007年版，第8—11页。

② Joseph Frank, "Spatial Form in Modern Literature: An Essay in Two Parts", *The Sewanee Review*, Vol. 53, No. 2, 1945, p. 225.

开来，散布在整本书中。结果是，读者被迫以他读现代诗歌的同样方法来读《尤利西斯》——通过思考不断拼合碎片并记住各种句意的暗示，补足整部作品。[①] 其他现代主义文学作品也具有同样的特点，即它们用神秘的同时性即空间化形式，代替了历史和叙事的时间顺序，用分散的描述手法打破了文学中通常使用的连续性展现方法。

文学文本中的空间形式，与博尔特在20世纪90年代提出的“地志写作”的观念十分相似，只不过后者是针对写作技术而言的。博尔特在《地志写作：超文本和电子写作空间》中提出：“地志学”一词原来的意思是指对于一个地方的书面描述，如古代的地理学家可能给予我们的。只是到了后来，这个词才开始指绘制地图或海图——也就是指视觉的和数学的而不是口头的描述。电子写作既是视觉的又是语义的描述。它不是关于地方的作品，而是用地方的、空间化术语展开话题的作品。地志写作挑战了写作应该是口语的仆人的观点。作者和读者可以在计算机屏幕上建立和检查的符号和结构，在口语中有时无法存在。当文本是储存在视频光盘上的图像集合时，这一观点是不言而喻了，但是对于包含标题和链接的树状或网状的纯语义文本来说，这一观点同样正确。他进而认为，地志写作作为一种模式，甚至不局限于电脑媒体。对于印刷甚至手写，也有可能用地志学的写作模式。无论何时我们把文本分割成一个个单一的主题，把它们组织成互相连接的结构，无论何时我们同时从空间的角度和语义的角度来构思这个文本结构，我们就是在用地志学的模式来写作。在此观点下，他指出，在20世纪很多文学艺术家采用了这种写作模式。[②] 这也印证了上文我们分析的现代文学中广泛存在的空间形式，现代不少作家运用了地志写作的方式来创作。

---

① Joseph Frank, “Spatial Form in Modern Literature: An Essay in Two Parts”, *The Sewanee Review*, Vol. 53, No. 2, 1945, p. 234.

② J. David Bolter, “Topographic Writing: Hypertext and the Elecronic Writing Space”, in Paul Delany and George P Landow ed. *Hypermedia and Literary Studies*, New York: MIT Press, 1995, p. 112.

根据以上的分析，我们可以得知，“尽管计算机不是地志写作所必需的，但是只有在计算机里，这种模式才变成一种自然的，因而也是常规的写作方式”①。不同的计算机程序给予我们不同的安置写作空间的新的方法，如字处理程序的线性空间，提纲处理程序的文本的二维层级空间，现在的超文本网络则给我们处理各种符号和结构的最大的自由。超文本网络构成的巨大空间，可以通过用户的地志写作、航行活动、结构探索活动揭示出来。

西蒙·沈（Simon Shum）在《真实和虚拟空间：超文本空间认知绘图》一文中说：“最近几年，一些研究者利用了航行信息空间与航行真实空间的相似性。……超文本，通常用空间的术语描述，它的网络特性使它在描绘用户的活动时特别倾向于空间的语言，如从一个节点跳到另一个节点，迷失方向。”② 虚拟空间航行是真实空间航行的隐喻，节点之间的跳转，颇似物理空间中的旅行活动。曼诺维奇为了分析计算机展现的三维空间，建立了航行诗学理论，并认为计算机空间最重要的特点是可航行的。③ 为此，他举证了艺术历史上的重要作品，分析虚拟空间的可航行性。比如，1978 年 MIT 建筑机械小组设计的《白杨电影图》，最早公开展示了交互虚拟航行空间，该作品允许用户驱车穿越科罗拉多州的白杨城，在每个交叉路口用户都能用操纵杆选择新的方向。为了建设这一项目，MIT 小组驱车在白杨城穿行，在每隔 3 米的地方拍照，然后将这些照片保存在视频光盘上。根据操纵杆的变化，正确的图片或者图片顺序展示在屏幕上。该项目是以驱车前行的真实体验为模型的仿真。《白杨电影图》的航行以操纵杆为导航工具，用户能够

① J. David Bolter, “Topographic Writing: Hypertext and the Elecronic Writing Space”, in Paul Delany and George P Landow ed. *Hypermedia and Literary Studies*, New York: MIT Press, 1995, p. 112.

② Simon Shum, “Real and Virtual Spaces: Mapping from Spatial Cognition to Hypertext”, *Hypermedia*, Vol. 2. No. 2, 1990, p. 133.

③ Lev Manovich, *The Language of New Media*, Cambridge, Massachusetts: MIT Press, 2001, pp. 259 – 260.

据此准确定位，并按照自己的兴趣在虚拟的白杨城游览。

与《白杨电影图》有导航工具相似，赛博空间文本的航行也有地图、各种图标等作为导航工具，因此，用户才能在纷繁复杂的虚拟空间中进行探索，而不至迷失方向。超文本理论家、交互叙事研究者、电脑程序开发人员等也都强调导航系统的重要性。如贝尔（Craig Baehr）和洛吉（John Logie）就说："作为一个高度视觉化的媒介，超文本抵制线性的阅读和发展，要求我们从视觉的和空间的角度去解释和设计信息。在计划文档和展开阶段，这一电子写作空间鼓励我们考虑一些新的因素如信息建构、界面设计和导航系统。"[①] 兰道在《超媒体修辞学：作者的一些规则》一文中也列举了超媒体阅读中的助读方式，比如概念地图，信息的地图示范把很多复杂的观念组织起来帮助读者更好地理解；向量流程图，用箭头连接节点，并表示影响或发生联系的方向，这有利于显现各个材料之间的历史关系；时间表，清晰地组织资料的方法；实物图表，用图片、照片、地图作为链接的按钮，能丰富传统的信息技术；大纲列表，增加了文本的图表成分，呈现文本块之间的关系网络。[②] 设计巧妙的导航系统能够帮助用户在超文本空间中准确定位，因此，导航系统设计的优劣直接影响着超文本文学的接受程度。超文本（超媒体）导航系统、用户的航行活动再一次反证了赛博空间中文本的空间化。

二　迷宫结构的探索

超文本作家莫尔斯洛普在1986年春天开始用自己设计的文本链接程序写作第一版的《分叉路径》。也就是大约在那个时候，他收到

① Craig Baehr and John Logie, "The Need for New Ways of Thinking", *Technical Communication Quarterly*, Vol. 14, No. 1, 2005, p. 1.

② George P. Landow, "The Rhetoric of Hypermedia: Some Rules for Authors", in Paul Delany and George P. Landow ed. *Hypermedia and Literary Studies*, New York: MIT Press, 1995, pp. 90 – 93.

超文本系统 Storyspace 的测试版，于是决定将《分叉路径》转换到 Storyspace。1987 年秋天，道格拉斯（纽约大学写作程序的教育者也是另一位 Storyspace 软件的测试者），让她的学生阅读《分叉路径》并对其作出评价。莫尔斯洛普当时并不知道道格拉斯在使用《分叉路径》。他在写作该小说时去掉了原来的读者阅读指南，打算重新写一套更好的。道格拉斯的学生阅读的就是还没有重新补充指南的版本，他们在文本迷宫中找不到路径的线索，结果在超空间中迷路了。[①] 这件事，说明了超文本结构之复杂，众多的链接，层层推展开来，如果没有文本结构的相关标识，读者就像是进入迷宫一般，很容易迷失方向。

在超文本文学中，用户是迷宫中的探索者，他通过导航系统或者导航标志寻找阅读路径，绘制文本的网络地图，体验在文本空间中偶然组合的愉悦。之所以这样说，是因为“超文本小说能做而印刷小说不能做的就是从一个固定背景的任何概念或一系列句子中的对话片段拔锚起航，创造一种对读者来说陷入怪圈的感觉，在那里同样的话语可能再次出现，但是由于遇到它们的时间和地点不同，所以意思也就十分不同”。[②] 超文本文学具有多重可选择的路径，不同路径下的文本有不同的对话背景，相应地，用户读到的人物个性、情节、场景等也会不断地变化，这种阅读经历不同于传统的线性印刷文本，在无尽的文本怪圈或曰迷宫中访问，是超文本空间提供给我们的独特体验，我们可以猜测、探索文本不同解释的可能性，而不必追究文本的唯一答案。正如博尔特所说：“印刷文本用一种顺序呈现情节，而电子写作空间移除了这个限制。代替单一的串起段落的线，作者可能布置二维甚或三维的写作空间，她的小说在这个空间中运转。

① Stuart Moulthrop, “Reading From the Map: Metonymy and Metaphor in the Fiction of ‘Forking Paths’”, in Paul Delany and George P. Landow ed. *Hypermedia and Literary Studies*, New York: MIT Press, 1995, p. 125.

② Bronwen Thomas, “Stuck in a Loop? Dialogue in Hypertext Fiction”, *NARRATIVE*, Vol. 15, Issue. 3, 2007, p. 358.

读者通过选择阅读时特定的情节顺序或者别的方法，能积极地加入建构文本的过程中。读者对于小说的体验依赖于这些介入事件。”①超文本多级链接组成的迷宫结构允许用户建构起自己独特的文本结构认知图。

以莫尔斯洛普的超文本小说《维克多花园》为例，来看用户在文本迷宫结构中的探索。小说大部分情节发生在海湾战争爆发的当晚，1991 年 1 月 17 日，地点主要是布拉大学。小说的主要人物是学生、教授、管理者，所有的问题在某个方面来讲都与这场战争有关，这可以从他们的谈话不时地指涉到战争得知，文本共包含有 993 个文本块和 2804 个链接。对于如此复杂的链接，作者巧妙设置了导航地图，这也是小说重要的特点，地图是文本认知空间的视觉化。由于花园的地图太大，不能完全显示在同一个屏幕上，因此被分为北、中、南三个部分。地图中的地点以一些重要的文本块命名，并用超链接将它们联系起来，其中，“北花园”标出了 54 个地点，“中花园”和“南花园”地图提供故事的其他访问点。读者可以选择这些文本块中的名字，进入文本。博尔特在进入小说空间时选择了“中花园”部分，点击地图中“Letat de Tate”之后，他说自己仿佛被扔进包含多个人物如塔特（Tate）、马登（Madden）、厄克特（Urquhart）的一系列场景中。这些人物是谁，他们之间的关系如何？随着继续阅读，他得到了一些信息，如厄克特是一个计算机科学家，马登是美国联邦调查局职员。但是，还有更多内容需要在访问过其他地点之后才能得知，有些悬念根本就无法解释。比如，用户在阅读过程中可能遇到小说主角艾米丽已经死亡，但是在其他路径的探索中，她可能又安全地从前线返回。这一点默里也曾指出，她说：《维克多花园》的读者也不必接受艾米丽的死亡，因为有那么多的路径可供选择，也许沿着一种路径会通向她安然

① J. David Bolter, *Writing Space: Computer, Hypertext, and the Remediation of Printing*, Mahwah, N. J.: Lawrence Erlbaum Associations, 2001, p. 122.

回家的现实。[1] 在文本空间中探索，用户可以有多种偶遇，故事因素的机缘组合，情节的突转变化，有时会让他们有柳暗花明又一村的慨叹。

这里，文本地图不仅仅是文本的视觉化结构，而且也是一种象征的方式，可以被看作是有多种路径的花园的图示。地图展示着故事的认知空间，是叙事的结构化呈现，提供给用户一个观念框架，北、南、中三部分的花园分类为读者提供了一个在未探索的文本空间中定位自身的向导。用户的阅读行为变成了达到故事中不熟悉的某一领域，整个行为强调的是过程而不是情节。正如我们看到的关于现代城市的迷宫特点，航行的目标已经从集中于到达一个目标转换为关注航行本身。预备的地图首先和最重要的是说明结合的可能的文本数目，因为毕竟故事是由线性叙事的有限序列组成；它绝不是试图给出故事的概观。……航行不再是导向一个中心，就像在块茎中一样，航行自身的快乐已经成为目标。[2] 在文本空间中不断发现事件之间的联系，寻找不同的情节组合的可能性，成为超文本迷宫式结构探索的乐趣。正如作者本人所说："超小说课堂的学生放弃了语言的转喻流将带给他们一个明了的结论的做法。相反，他们通过地图的空间标识绘制他们自己的阅读路线，希望发现隐藏在或散布在文本中的设计。地图，从整体上或作为隐喻呈现了文本，它不是通过转喻的迂回曲折的路径就可以到达的地方，它主要是一个概念框架，为读者提供定位自身的重要的'左''右''上''下'的类别。这里的隐喻与结局或者启示不一致，但是伴随着阅读超文本的起初的刺激，读者会有被吸引到未探索的空间的感觉。"[3] 在小说空间中探索，就像是我们在花园中游览一样，时不时地

① Janet Horowitz Murray, *Hamlet on the Holodeck: the Future of Narrative in Cyberspace*, New York: The Free Press, 1997, pp. 130 – 135.

② Kristin Veel, "The Irreducibility of Space: Labyrinths, Cities, Cyberspace", *Diacritics*, Vol. 33, No. 3/4, 2003, p. 167.

③ Stuart Moulthrop, "Reading From the Map: Metonymy and Metaphor in the Fiction of 'Forking Paths'", in Paul Delany and George P. Landow ed. *Hypermedia and Literary Studies*, New York: MIT Press, 1995, pp. 127 – 128.

我们会停下来小憩一会儿，再继续选择看起来有趣的路径。当然，有时我们也会遇到死胡同，就相当于故事路径的结束，文本情节的戛然而止。这时，我们可以返回，继续展开其他的链接。迷宫式结构的探索，给予我们一种读不尽的小说的神秘感。

三　文本呈现的时间性

约翰·贝克在《电子图书，只供一个人阅读》一文中介绍了科幻小说家吉布森与画家丹尼斯·阿什堡、出版商凯文·博格斯共同创作的《死者之书》。该书的豪华版放置在一个16×21.5的金属网形盒子里，盒子外套由制作防弹背心用的一种聚合物制成。里面放的书共有93页，破破烂烂的纸张由焦黄斑驳的亚麻布装订在一起，像是经历过一场火灾似的。后60页粘在一起形成一个方块，方块中央有一个4寸见方的凹陷，内盛有一个电脑软盘，软盘里便是经密码软件处理过的吉布森先生的短篇小说《死者之书》。密码软件中包含一种“病毒”，是由一群匿名电脑黑客们编制的。这个病毒使得小说不能正常地在电脑屏幕上阅读，也不能被随意地打印出来。软盘第一次置入电脑中，文字便开始以预先设置好的速度滚出，好像是电脑而不是人在读小说。这是第一遍阅读也是最后一遍。当文字滚出屏幕时，病毒便偷偷地捣毁了软盘上所有的数据。当最后一个字从屏幕上消失时，软盘就作废了。目前，只有95套《死者之书》以2000美元的单价卖给真正的收藏家们。[①] 阅读本书，即意味着毁掉它的存在。小说文本的呈现，有着时间限制，即它只能阅读一次，这是文本时间性的最典型的例子。

此外，超文本小说如莫尔斯洛普的《漫游网际》（Hegirascope）[②]，

① ［美］维克多·维坦查《超文本》，张原虹、张弘译，载熊澄宇选编《新媒介与创新思维》，清华大学出版社2001年版，第294页。

② Stuart Moulthrop, Hegirascope, October 1997, http://www.cddc.vt.edu/journals/newriver/moulthrop/HGS2/Hegirascope.html.

康韦（Martha Conway）的《八分钟》（8 minutes）[①] 均体现了文本的时间性。其中，《漫游网际》最早出现于1995年，目前网络上看到的是1997年10月的增订版，内容是由小说和一些独立的文字片段如书评、政治评论、笑话等构成，点击文本中的开始按钮，即可阅读。如果用户不点击网页里设置的链接，也不锁定浏览器本身的传输停止功能的话，网页每隔30秒就会自动跳转，引导读者继续阅读下文。《八分钟》是超文本短篇小说。网页的设置也采用了定时跳转技术，每个页面在相隔短暂的时间之后，就会自动链接到下一个页面。当然，用户也可以点击屏幕下方设置的链接按钮，自行翻页。如果用户不干预文本的自动跳转，整个文本的展示过程大约持续8分钟。还有，自动对话程序作品、交互戏剧、电子游戏作品等，都是在时间的延续中产生的，时间的长短直接决定着文本的形态，由此可见时间性已经成为文本存在或者说文本呈现的一个重要因素。

不仅如此，阿塞斯还从美学的角度阐释了遍历艺术的时间性。遍历艺术包括《易经》、超文本文学、电脑游戏、MUDs、虚拟现实等。它们的特点是用户经历的符号序列不是以固定的、预先设定好的顺序出现，而是在符号的可能性构成的事件空间中，让用户选择潜在的路径以实现文本。事件空间由遍历系统的内容和结构决定，这也就意味着对于每一个系统而言，在某种程度上来说，就是我们拥有个人媒介，而不仅仅是个人信息。使事情更为复杂的是它每次各不相同的再生产文本的潜能，遍历作品在观众层面上是个人化或准个人化的，不同的观众在不同的时间可能很难经历同样的符号媒质。进而，阿塞斯认为，这就提出了一个本体论的问题：我们还能再谈论同样的作品吗？相似的问题曾被解释学相对主义者费什（Stanley Fish）提出过，但是指出这一点是重要的，即现在不是所质问的文本的解释和建构，而是文本的物质基础——作

① Martha Conway, 8 minutes, July 1997, http://ezone.org/ez/e7/articles/conway/begin8.html.

品的稳定和连贯的同一性问题。如果两个切实的读者在读作品时，遇不到一个相同的词语，这个作品还能被认为是同样的作品吗？如果答案为是，那么我们必须准备接受一种传统的理论不易理解和描述的文本性。我们必须重新理解这一概念，将它作为一种能在不同时间和地点揭示不同方面的对象，不像一本书，更像有很多入口/出口和迷宫的建筑，有时连内部构造都在改变；但却是一种仍被认为在文化历史上占有同样地位的事物。[①] 在不同的时间，不同的用户甚至同一用户，所读到的赛博文本具有不同的面貌，这正是赛博文本的特点。

莱恩认为，阿塞斯将一种新的变量引入文本经历，即把时间操控作为策略元素。先前印刷文本的写作考虑的是被叙时间和叙述时间（即事件发生的时间相对于阅读它们的报道所需要的时间），但是文本没有控制读者接受叙事所用的时间。在赛博诗歌和电脑游戏中，阅读时间能由系统决定，用户的表演依赖于对有限资源的明智利用。正是在这一意义上，游戏和赛博诗歌是“在实时中”运作。[②] 观众参与的时间，是作品实现的一个内在部分。在遍历艺术中，叙事时间分为故事时间、讲述故事时间，以及读者的时间。遍历时间由用户和他的行为决定。比如，在游戏的钟表装置中，当控制程序建立时，事件发生，同时用户开始行动。事件时间是遍历时间的基本层面。就像在电影《土拨鼠日》（Groundhog Day）中，主角一遍又一遍地经历同样的一天，但是由于他的行为选择事情会有变化，事件时间是用户对不同事件知识增长的结果，这一点如游戏设计者预期的一样。知识过程发生在游戏的事件时间之外，可以看作是可能的事件时间经过测试和修正后协调的结果。如果能达到一个满意的水平，就会有第三个层面的时

① Espen Aarseth, “Aporia and Epiphany in Doom and The Speaking Clock: The Temporality of Ergodic Art”, in Marie-Laure Ryan ed. *Cyberspace Textuality: Computer Technology and Literary Theory*, Bloomington and Indianapolis: Indiana University Press, 1999, pp. 32 – 34.

② Marie-Laure Ryan, “Introduction”, in Marie-Laure Ryan ed. *Cyberspace Textuality: Computer Technology and Literary Theory*, Bloomington and Indianapolis: Indiana University Press, 1999, pp. 16 – 17.

间，即游戏从开始到结束的进展时间。这三个时间层面可以被认为是单一动力学的各个方面，即困惑（aporia）和顿悟（epiphany）之间的辩证法。① 虽然，电脑游戏只是遍历艺术之一支，但是它体现的困惑与顿悟的辩证关系，同样适用于其他的遍历艺术。

困惑发生于用户在遍历艺术的探索中，选取了错误的路径或者碰到了一个无效的链接、遇到了无法克服的障碍，顿悟则是突然出现未曾预料的方法解决了前进路上的难题。以超文本小说《漫游网际》为例，文本中的一些页面设计非常独特，画面全黑或者全白，定时跳转的链接标志已被作者取消，因此无法自动翻页。正在读者困惑于页面是否有误时，鼠标在页面随意摸索之际，箭头突然碰触到某点，变成了按钮手指的标志，用户立即点击便打开了另一个页面，此时用户即有豁然开朗的顿悟之感。这样的设计，在前文剖析的乔伊斯的短篇超文本小说《十二蓝》中也同样存在。莱恩说，文学之所以有刺激就在于文本的抵抗，它邀请用户用实践解决问题的技巧，而且事实是并非所有的路径都值得在意义的森林中追寻。② 在遍历艺术中，用户的参与建构了作品，作品是实时运作的成果，它在时间的延续中渐次展开，用户在时间沉浸中领略不同的文本形态，困惑和顿悟是伴随其左右的不同体验。

对于赛博空间中文本的时间性的探讨，曼诺维奇也在《新媒体的语言》中，提出了现代电脑屏幕谱系学。他说："在我的谱系学中，电脑屏幕代表一种交互类型，是实时类型的一个子类型，也是动态类型的一个子类型，经典类型的一个子类型。这些类型的讨论依赖两种观点。第一个是时间性的观念：经典屏幕展示静态的、永久的图像；动态屏幕展示过去的和最终的动态的图像，实时屏幕显示现在的图像。

---

① Espen Aarseth, "Aporia and Epiphany in Doom and The Speaking Clock: The Temporality of Ergodic Art", in Marie-Laure Ryan ed. *Cyberspace Textuality: Computer Technology and Literary Theory*, Bloomington and Indianapolis: Indiana University Press, 1999, pp. 36 – 38.

② Marie-Laure Ryan, "Introduction", In Marie-Laure Ryan ed. *Cyberspace Textuality: Computer Technology and Literary Theory*, Bloomington and Indianapolis: Indiana University Press, 1999, p. 17.

第二个观念是观众空间和表现空间之间的关系（我把屏幕定义为一个展示存在于普通空间中的表现空间的窗口）。”① 因此，从文本呈现的物质载体电脑屏幕这点来看，赛博空间的文本存在也有时间性。

概而言之，赛博空间的文本是空间化的文本，地志写作、赛博航行、迷宫式结构都说明了文本的空间化存在，同时赛博空间的文本也具有时间性，时间性是其重要一维，赛博诗歌、交互戏剧、自动对话系统产生的作品都是实时交互而形成的作品，用户的参与和时间的延续展现出文本不同的面貌。

① Lev Manovich, *The Language of New Media*, Cambridge, Massachusetts: MIT Press, 2001, p. 103.

第四章

交互叙事

随着电脑技术的进步，程序开发人员、文学爱好者、艺术家不断地将新技术应用于文艺领域，于是，超文本小说、交互戏剧、交互影视等文艺类型纷纷成为文学场域中的新成员，传统的叙事理论遭遇数码媒体环境，面临被变革的局面，“交互叙事”的理念顺势而生。目前交互叙事的研究是国际学术界的一个热门话题，已有不少成果问世。它是一种交互娱乐的方法，能使用户做出决定并直接影响由计算机系统传送的叙事体验的方向和结果①。它与传统的叙事形态不同，没有固定的结构，是一个动态的生成过程，其存在是数码媒体技术和艺术的汇聚。

第一节　叙事形态的演化

交互叙事的出现，并不是一个孤立的现象。传统的小说、电影、戏剧的叙事手法的探索和不断创新，为从事新媒体艺术叙事探索的设计者们提供了可资借鉴的范例，另一方面，随着新媒体在社会文化生

---

① Mark O. Riedl, Andrew Stern and Don Dini, “Mixing Story and Simulation in Interactive Narrative”, http://www.aaai.org/Papers/AIIDE/2006/AIIDE06-037.pdf.

活领域的广泛应用，传统的叙事理论，也日益暴露出很多不足，这也迫使理论家们不断地推进理论的变革。

一 交互叙事探源

卡洛林·米勒在《数码叙事：交互叙事创造者导引》中提出：在视频游戏、交互电视试验，或者互联网迅速扩散之前，甚至在计算机仅仅是头脑中的想象物之前——人类已经设计和参与交互叙事的体验了。事实上，其开端可以追溯到古代，也就是相对旧的媒体和娱乐形式（如印刷书籍和戏剧）之前的数千年。他说，20 世纪 90 年代早期，学术界中相当一部分专家把交互叙事的最早形式定位为史前人类的营火周围。在当时他参加的每一场会议中，都会至少听到其中一个发言者提及这种说法。这些发言者设想的情形是这样的：史前讲故事的人，对他打算讲述的故事会有一个总体的思路，但是没有预定固定的情节。相反，他会根据围绕在他旁边的人的反应讲述故事。但是，卡洛林·米勒认为这一提法并不令人信服，其中的一个原因就是：我们如何确切地知道在冒烟的旧营火周围发生了什么事情？即使古代的讲故事的人建构他们的故事以满足听众的兴趣，这些营火旁的听众多大程度上控制或者参与故事？充其量，它只能算是交互性的非常微弱的形式[①]。

坎贝尔和其他一些学者发现神话故事通常包含很深的心理学的依据，它们最通常采用的主题就是生和死。坎贝尔指出，神话仪式的参与者常常会发现他们的体验如此强烈，以至于心理经受了一次深刻的情绪上的释放，即净化。唤起神话的仪式，频繁地反映主要的生活片段，比如说成人礼。根据坎贝尔的说法，男孩在仪式中会经历一场可怕的考验，在仪式中他会感觉到作为一个孩子他已经死了，作为一个

① Carolyn Handler Miller, *Digital Storytelling: A Creator's Guide to Interactive Entertainment*, Amsterdam; Boston: Focal Press, 2004, p. 4.

成人他得到重生。他发现在世界上所有的文化和跨文化都讲述这种普遍的成人体验的神话，为此，他写了关于一本神话学的书，名字为《千面英雄》。其他的神话为基础的仪式，尤其是农业社会，会庆祝冬天的死亡，春天的重生。

研究希腊戏剧的学者都知道，古希腊每年两次的狄俄尼索斯节，这个节日就是重述狄俄尼索斯神话的仪式。狄俄尼索斯是希腊的酒神并主管大地生产。参与者在仪式中不仅描绘酒神生活的重要事件，而且与四季的循环联系起来，尤其是葡萄树的生与死，葡萄树是一种与狄俄尼索斯密切相关的植物。在仪式中，男人装扮为森林之神，扮演半人半羊的醉着的生物，女人扮演上帝的侍者。最后，这些节日进化为更加安静的仪式，歌唱表演转变为酒神赞美诗。这些合唱表演进而进化为经典希腊戏剧，包括悲剧和喜剧，仍然保留了早期意识的影响。尽管好像很奇怪，但是古代狄俄尼索斯节的仪式更像今天流行的多人在线游戏。这是因为当代游戏的参与者也会具有一个不同的面具，即化身的使用，化身就是实际上并不在场的实体的体现或者具人形，如在酒神节的仪式上，男人们身披的羊皮就是化身，游戏玩家用化身（各种符号）与别的玩家交互，朝向完成一个特定的目标而努力，最后的结局也常常有关生与死。卡洛林·米勒在总结了坎贝尔对于神话的研究之后，得出结论认为：神话仪式的重建是比营火旁的故事更具有交互性的有趣模式，从此我们将能获得某些有用的见解①。就生与死的个人体验和化身的使用来看，以神话为基础的仪式，确实比将交互叙事的起源归结为营火旁的故事，更具有说服力。营火旁讲故事的情景目前还只是学者们的推论，没有进一步的资料佐证。

以上是我们从古代仪式中寻找出的交互叙事的源头，那么在具体的文艺作品中如何呢？传统的作品形式通常是线性的，例如故事素材

① Carolyn Handler Miller, *Digital Storytelling: A Creator's Guide to Interactive Entertainment*, Amsterdam; Boston: Focal Press, 2004, pp. 5 - 6.

的编织就是按照逻辑的、固定的、连续的顺序一个事件接着另一个事件，其结构是单一的直线型。然而，一些具有创造和革新精神的艺术家，受到线性叙事方式的束缚，试图打破它的惯例，为此，他们进行了多项实践和探索。如：道格拉斯和卡洛林·米勒（Carolyn Handler Miller）都将第一部交互小说定为斯特恩（Laurence Sterne）的《项狄传》（The Life and Opinions of Tristram Shandy，Gentleman）。[①] 这部九卷的作品最早在1759—1766年之间印刷，也就是在第一部英国小说介绍给大众之后不久。在项狄传中，斯特恩利用了一些呈现叙事流的非传统的方法，沿着一个故事的路径开始，突然转向一个完全不同的故事，随后不久又转入另一个不同的路径。他玩弄章节的顺序，取出一些假设被误置的章节，随意地将它们穿插在文本中。斯特恩断言出乎意料的叙事离题是洒向小说的阳光，它给予一本书生命。这类叙事形式，在现代和后现代的作品中常常被引用，我们熟知的，如博尔赫斯（Jorges Luis Borges）的《小径分岔的花园》、库弗的《保姆》，等等。

其中，创作于1941年的《小径分岔的花园》表面上采用了侦探小说的形式。一战中，中国博士余准做了德国间谍，其任务是找出英军大炮的所在地，在得知所在地是一个叫作艾伯特的小村庄，他的身份暴露，遭到英国军官马登的追踪。他躲入汉学家斯蒂芬·艾伯特博士家中，发现他正在研究一座迷宫，即小径分岔的花园，这座花园恰是余准的曾祖父创造的。余准杀害了艾伯特博士，以此通知德军轰炸位于艾伯特的英军炮兵阵地，最后被马登逮捕。实际上博尔赫斯用意并不在此，他主要是为了创造一座语言的迷宫。小说的标题，一个是指余准的曾祖父写的书的名字，另一个意思则象征语言符号的迷宫。余准的曾祖崔朋曾是云南总督，他辞去了高官厚禄，想写一部比《红楼梦》人物更多的小说，建造一个谁都走不出来的迷宫。为此，他花

① J. Yellowlees Douglas, *The End of Books—Or Books Without End?: Reading Interactive Narratives*, Ann Arbor: University of Michigan Press, 2000, pp. 21 - 22.

费了 13 年的时间来写作这部小说，但是一个外来的人刺杀了他，他的小说像部天书，他的后人至今还在责怪出版这部书的那个和尚。他们认为出版这些稿子其实毫无意义。这本书不过是一大堆矛盾行出、体例混乱的材料。比方说，主人公在第三章死了，到第四章又活了过来。依照小说叙事的常理，这是不可接受的，但是实际上，小说的寓意是指时间的迷宫，而不是空间的分岔。正如小说中的人物艾伯特所说："我几乎当场就恍然大悟，小径分岔的花园就是那部杂乱无章的小说；若干后世（并非所有后世）这句话向我揭示的形象是时间而非空间的分岔。我把那部作品再浏览一遍，证实了这一理论。在所有的虚构小说中，每逢一个人面临几个不同的选择时，总是选择一种可能，排除其他；在崔朋的错综复杂的小说中，主人公却选择了所有的可能性。这一来，就产生了许多不同的后世，许多不同的时间，衍生不已，枝叶纷披。小说的矛盾就由此而起。"① 这座小径分岔的花园，体现了叙事体例的探索和创新，颇与超文本小说之叙事模式相通。

库弗的《保姆》（The babysitter），共有 108 节。每节一段，长者多至几百字，短者只有二十几个字。节与节之间用星号分开，各节未标明顺序，这就模糊了事件间的时序关系和逻辑联系，读者可以根据自己的兴趣，随意阅读，这就组成了多样的故事情节，结尾也就不是唯一的，包含着多种可能，"以多层次的戏剧方法，将现实之种种可能拼成一幅拼贴画"，它"很像一幅立体画洞时展现多种视角，并最终向我们展示，现实不像传统文学那样是固定不变的，它是不固定的，它不是一个单一的、线性事件，以因果为其基础，由复杂到高潮到释然"②。

除此之外，另外一种不得不提及的与交互叙事有关的模式就是 1979 年开始出版的《观众选角游戏》（Choose Your Own Adventure）系

① ［阿根廷］博尔赫斯：《小径分岔的花园》，王永年译，浙江文艺出版社 1999 年版，第 43 页。

② Thomas E. Kennedy, *Roobert Coover: A Study of the Short Fiction*, New York: Twayne Publisher, 1992, p. 9.

列。这一系列主要是为儿童市场写的，是20世纪80年代到90年代最流行的儿童丛书之一，被翻译为至少38种语言。这些与众不同的书提供了一种纸上的交互小说。该套系列中的每一个故事都是从第二人称的视角来写，读者被设想为故事的主角，他们根据情节和前文的结果进行选择以决定主要人物的行为。如在《时间之洞》中作者面临的第一个选择是：如果你决定回家，请翻开第4页。如果你决定等待，请翻开第5页。读者选择之后，情节各自展开，随后，在小说各点，叙事可能被打断，读者被给予多种不同的推演故事的方法，顺着页码读者能找到每个点。这些书的相当一部分都提供了几十个可选结尾。这些小说就像有故事线索分支的超文本小说或者电脑游戏，这种讲述故事的方法也是这套丛书最突出的特点。

在戏剧和电影中，也都有剧作家和导演尝试用交互式的方法讲述故事。意大利剧作家皮兰德娄（Pirandello）写了一系列剧作探讨小说和现实之间的分界线。他的剧作蓄意打破第四堵墙，即把观众与舞台上的人物区分开来、将现实与小说区分开来的看不见的界限。在他的《寻找作者的六个剧中人》（Six Characters in Search of an Author）中，皮兰德娄打破那道墙，将演员置于未完成的剧本谈话中，并提醒他们就像是现实的人一样。他们迫切需要找到一个剧作家来完成他们的情节线索或者戏剧活动。皮兰德娄开创性的工作让他在1934年获得了诺贝尔文学奖，他的戏剧影响了很多剧作家，包括贝克特和阿尔比。皮兰德娄大胆摧毁第四堵墙的做法，在伍迪·艾伦的电影《开罗的紫玫瑰》（The Purple Rose of Cairo）中也有反响。在电影中，米亚法罗是一个影迷，她对于剧中的一个角色十分反感。但是令她吃惊和兴奋的是，在她坐在观众席上观看电影的时候，她的电影英雄会和她说话，甚至走出荧幕，踏入她的生活①。这种打破第四堵墙、观众与演员直

① Carolyn Handler Miller, *Digital Storytelling: A Creator's Guide to Interactive Entertainment*, Amsterdam. Boston: Focal Press, 2004, pp. 12 - 13.

接对话的方法，在戏剧和电影中相对来说，还比较不常看到，但是在数码媒体的时代，这是十分平常的事情。交互戏剧、视频游戏、智能程序作品，都直接与用户进行对话，并邀请他们进入虚拟的艺术世界。

以上所述的种种叙事实验，最早是在小说、戏剧、电影中进行，它们给交互叙事的创造者提供了例证，尤其是在新的叙事技术的应用方面指明了方向。早先的这些作品介绍了超链接、未曾预料性、多路径的概念，同时在小说世界发生的多种事件，探查生活的新方法以及人物的新视角，以及打破小说和现实之间的第四堵墙的方法[①]，这些都是数码媒体时代叙事研究者和开发者可资借鉴的宝贵资源。

二　厘清交互叙事的概念

什么是交互叙事？要弄清楚这个问题，我们首先应该明确叙事和交互的定义。在前面的章节中，本书已经阐释了交互性的概念，这里分析叙事的观念。学术界对于叙事的认知，是一个逐渐深化的过程。

在叙事学刚兴起之时，叙事是独立于媒介而存在的结构。莱恩认为，叙事学诞生的标志是1966年法国第八期《传播》杂志的出版，这本杂志包括了布雷蒙、格雷马斯、巴特、托多罗夫等人的论文。其中，巴特写道：叙事数不尽……能够通过有音节的语言、口语或者书写、静止的或者移动的图像、手势，以及通过所有这些物质的混合进行传达；叙事出现于神话、传说、语言、短篇故事、史诗、历史、悲剧、戏剧、喜剧、哑剧、绘画、染色玻璃窗口、电影、漫画、新闻、对话中。而且，在这些形式的无限多样性中，叙事出现在每一个地方，

① Carolyn Handler Miller, *Digital Storytelling: A Creator's Guide to Interactive Entertainment*, Amsterdam. Boston: Focal Press, 2004, p. 14.

每一个时代，每一个社会。不在乎好与坏文学的区分，叙事是内在的、跨文化的：它只是简单地在那里，就像生命自身一样。[①] 在同种杂志上，布雷蒙早在两年前，也发表过相似的看法，他认为：故事独立于承载它的技术。它能够从一种媒介转到另一种媒介，而不会丢失重要的特性：故事的主题可能作为芭蕾舞的评论，小说的主题可以转移到舞台或者屏幕，一个人可以向某人详述他没有看过的一部电影。这些是我们读过的话语，看到的图像、描绘的姿势，通过它们，我们能发现一个故事；而且可能会是同样的故事[②]。这就将叙事看成了不依赖于媒介而存在的结构。

这一点，我们也可以从普洛普对俄罗斯民间故事的结构分析得知。他从 100 个民间故事中辨认出它们的深层结构，提取出 31 个不同的角色功能项。而这种将叙事视为结构的观点，通常的做法是将叙事的概念二分。以阿博特（H. Porter Abbott）的定义为例，他说：叙事是故事和对话的合成，故事是一个事件或者事件的序列（行为），叙事对话是被呈现的那些事件。莱恩认为：他的这一观点在叙事学领域具有普遍性，将故事看作是事件的序列，但是这一描述疏忽地将故事与事件等同起来，当事件确实是故事得以建立的素材的时候，这一观点无可厚非，但如果文本中呈现的事件不是在世界中能找到的那类事的话，那么什么是故事呢?[③] 这就说明，早期叙事学的研究者们关注的是故事内容的形式，而故事的主题、构思、价值观等都是被忽视的对象。

随着人们对媒介认识的逐渐加深，研究者也开始将媒介的因素加入对叙事的考察，如凯南（Rimmon Kenan）就认为：语言是叙事过程中的一种媒介，就像是其他媒介的特质一样。语言既开放了某些可能

① Roland Barthes, "Introduction to the Structural Analysis of Narrative", in *Image, Music, Text*, Stephen Heath. trans. New York: Hill and Wang, 1977, p. 79.

② Marie-Laure Ryan, *Avatars of Story*, Minneapolis: University of Minnesota Press, 2006, pp. 3 – 4.

③ Ibid., pp. 6 – 7.

性也同时加强了某些限制，从而形塑了叙述、文本和故事[①]。不同媒介的表达性能是不同的，如书写文字可能更善于线性的、因果的、逻辑的、时间的故事呈现，而视频媒介、图像媒介则更擅长展现空间的、视觉的景象。这种观点就摒弃了那种将叙事看作是独立于媒介的事件序列的说法，将叙事与媒介二者统一了起来。

在研究不同媒介所产生的叙事时，不少研究者发现不论是将叙事视为结构或视为某种言说行为均有不足，为此，他们接受认知科学的影响，将叙事看作是一种由读者对于文本回应所产生的认知建构或者心像。如莱恩认为：故事，就像叙事对话一样是一种再现，但是和对话不同的是，它并不是物质符号编码的再现方式。故事是一种内在的心灵图像，是一种关于某种实体类型和这些实体之间关系的认知建构。叙事可以是故事和对话的构成，但它指的是能唤起人们心中故事的能力，进而把叙事对话和其他的文本类型区分开来。[②] 由此，叙事就成为读者或者说接受者在内心根据文本内容重建的心像。如此一来，我们也能解释语言文字媒介之外的音乐、建筑等媒体所表达的叙事，所引起的读者对于故事的体验。对于音乐、建筑之类的非语言文字媒介所产生的叙事体验，莱恩建议使用叙事性的概念。她说："具有叙事性，意思是能激起那样一个脚本，不管它是不是文本的，作者是否试图传达一个特殊的故事。具有叙事性，不同于叙事，提供了一个音乐叙事特性的恰当描绘，这对很多学者来说还是一个谜。"[③] 她在《故事的化身》中认为，叙事术语在音乐理论中实际上是很普遍的：和弦之间的关系被描绘为陈述、复杂化、决断。在特定的陈述和复杂化背景下，只有一些和弦能提供满意的决断。如果用这种隐喻意义上的解释来看的话，所有的音乐都成为叙事的，乐声传递着某种充满感情的故

---

① S. Rimmon-Kenan, "How the Model Neglects the Medium: Linguistics, Language, and the Crisis of Narratology", *Journal of Narrative Technique*, Vol. 19, No. 1, 1989, p. 160.

② Marie-Laure Ryan, *Avatars of Story*, Minneapolis: University of Minnesota Press, 2006, p. 7.

③ Ibid., p. 11.

事。建筑的叙事情况，可以在情节的时间性与穿过一座建筑的体验之间作一类比。参观者发现的旅程可以作为一系列有意义的事件。比如在巴洛克教堂中，参观者的旅程被设想为重建基督的生活[①]。叙事性的概念可以用来探讨各种媒体中的叙事程度，它有多与少的区别，当叙事性强时，它唤起读者心像的能力就较强，反之，则较弱。

莱恩认为叙事性的考察，可以从四个方面着手：一是空间维度，叙事必须是关于个人生存的世界；二是时间维度，文本中的世界必须有时间序列，并经历显著的变化，而变化必须是由非习惯性的实体事件所导致；三是心灵维度，事件中的一些参与者必须是有智力的行为者，有某种心灵状态，并对事物状态做出情绪上的反应，其中的一些事件必须是有意识的行为并被一个可识别的目标和计划驱动；四是形式的或实用的维度，这些事件序列必须形成一个统一的因果链并导向结束，至少有些事件的发生必须对那个故事世界来说是真实的，故事必须传达某些意义给接受者。叙事性的程度如何关键看它实现了多少要件，而若要进一步区分故事类型也可以从上面的四个维度入手，看哪种维度比较重要。[②] 譬如，科幻小说感兴趣的是空间维度，恐怖小说注重的是时间维度，悲剧关心的是心灵维度。

莱恩叙事和叙事性的概念，可以运用到数码媒体时代叙事的讨论以及理论的建构中。我们可以从文本唤起用户心中的认知建构图像来确定其是否属于叙事，可以从叙事性的角度考察数码媒体呈现叙事的程度。当然，所有这些都还离不开对于数码媒体特性的认识。鉴于数码媒体的交互特性，学术界提出了交互叙事的概念。本书第二章将交互性的含义区分为隐喻的、字面的两种。由于交互叙事主要是针对数码媒体的叙事特性而提出的，所以本书所说的交互叙事也是依据字面意思而来的。交互叙事较弱的形式是超文本叙事，读者可以自由选择

① Marie-Laure Ryan, *Avatars of Story*, Minneapolis: University of Minnesota Press, 2006, pp. 15 - 16.

② Ibid., pp. 7 - 8.

阅读的路径，但是不论如何选择，所有的文本块和链接都是作者预先设定好的，文本的整体结构是不变的。交互叙事较强的形式是交互戏剧、MOOs、虚拟现实等类型的叙事，用户与系统的交互是随机的，其叙事的生成也是难以预料的。马塔斯（Michael Mateas）甚至提出了“涌现叙事”（emergent narrative）① 的概念。这一术语，关心的是提供一个丰富的框架，以便玩家或者用户能自己建构他们的叙事或者用户群体能够分享叙事的社会建构。这个框架会包含自治的人物，这些自治的人物之间、人物与用户之间进行交互，将产生松散的叙事或者叙事片段。多用户在线世界，包括基于文本的多用户网络游戏，化身空间，大型多人在线游戏如“无尽的任务”和“网络创世纪”，用户群体共同创造一个社会空间，正在进行中的叙事在此发生。

厘清了叙事和交互叙事的概念，接下来我们要探讨的是叙事理论的转换和突破。传统的叙事理论是建立在传统的叙事类型，如戏剧、小说、电影、电视的基础上，由于数码媒体具有不同于以往媒体的特性，我们又该如何重建叙事理论？

三　突破传统的叙事理论

新的时代氛围中，叙事理论的重建，必须首先认清数码媒体和叙事之关系。目前，学术界对此存在两种不同的看法。叙事理论专家莱恩将持这两种不同观点的人分别称之为扩张主义学派和传统主义学派。扩张主义学派的成员认为：叙事是可变化的概念，根据文化的不同而有所不同，并随着历史进化，深受技术革新的影响。该派的观点可以概括为重构叙事。兰道在《超文本 2.0》中说道：数码时代叙事与口头的、手写的以及印刷时代的叙事有些方面完全不同，“超文本挑战

① Michael Mateas, “A Preliminary Poetics for Interactive Drama and Games”, http: //citeseerx. ist. psu. edu/viewdoc/download? doi = 10. 1. 1. 14. 4936&rep = rep1&type = pdf.

了基于线性的叙事和所有的文学形式”，“超文本使固定的顺序、明确的开头和结尾、故事确定的和有限的长度，以及统一的概念和与完整性相关联的其他概念，都成了问题”。[①] 传统主义学派认为叙事有一个意义不变的中心，这一中心使叙事区别于其他的对话形式，并给予叙事一个跨文化的、跨历史的、跨媒体的身份。由于交互性是数码媒体的重要特性，用户能积极地参与文本的叙事过程，因此这一派成员也深刻意识到保持叙事身份的困难。不论这两派的观点如何分歧，其共同点是都关注到媒介与叙事的关系。综合这两派的观点，莱恩认为，数码性对叙事的影响重要的是，找到解决媒介与叙事内容和形式之间存在的问题的方法[②]。

如何找到适应特定媒介的叙事内容和方法？学术界一开始主要从传统的叙事理论入手，并注重分析数码媒体自身的特性，在研究的过程中或将传统叙事方法作为比较和超越的对象，或以之作为理论完善的起点。自然，亚里士多德的叙事理论是可供参考的资源之一。如路查特（Sandy Louchart）和阿列特（Ruth Aylett）在研究交互叙事时就首先考虑亚里士多德的理论，并认为它至少是西方欧洲社会最古老的方法，也被一些计算机叙事的研究者使用。[③] 亚里士多德的理论固然重要，但是在新的时代新的环境中，其中的一些观点不再适用。比如，关于情节的说法，“事件，即情节是悲剧的目的，而目的是一切事物中最重要的”[④]。当然，路查特和阿列特也认识到亚里士多德理论之不足：“人工智能领域在过去的几年中深受亚里士多德的叙事方法的影响，而且最近已经产生了基于这些概念的重要作品。但是，亚里士多

---

① George P. Landow, *Hypertext 2.0: The Convergence of Contemportary Critical Theory and Technology*, Baltimore: Johns Hopkins University Press, 1997, p. 181.

② Marie-Laure Ryan, “Narrative and the Split Condition of Digital Textuality”, 2005, http://www.dichtung-digital.de/2005/1/Ryan/.

③ Sandy Louchart and Ruth Aylett, “Narrative Theory and Emergent Interactive Narrative”, *International Journal of Continuing Engineering Education and Life Long Learning*, Vol. 14, No. 6, 2004, p. 507.

④ ［古希腊］亚里士多德：《诗学》，陈中梅译，商务印书馆 1996 年版，第 64 页。

德的情节为中心的方法并不包括作者和用户之间的交互性，交互性作为叙事的一个可能的因素或者成分，使得这一理论如果没有重要的修改很难应用到虚拟现实中。”①

另外，普罗普的故事形态学的方法也常被研究者借鉴、引用。普罗普认为，故事中变换的是角色的名称，不变的是他们的行动或功能。为此，他根据角色的功能来研究故事，并将“功能”定义为，“从其对于行动过程意义角度定义的角色行为”②。按照这一定义，他将角色的功能项概括为31个，“所有故事中的行动一律都会在这些功能项的范围内展开，形形色色民族极其多样的其他故事中的行动亦然”③。他的角色功能的理论，对交互叙事的设计和发明有一定的启发作用，如希拉思（Nicolas Szilas）就说，“普罗普的功能观念给现在的智能人物趋势带来了光明：将人工智能置于交互戏剧的人物中并不是必需的，或者至少是不充分的，因为那些人物受到叙事的影响，即他们不只是根据叙事决定自身，他们完成普罗普的功能理论，不是受到心理驱动去行动”④。但是，普罗普的方法也有明显不适应交互叙事的一面，“因为功能序列的固定的性质，普罗普的方法固有的阻止任何种类的能够改变民间故事过程提供可选路径的分支功能。换句话说，即叙事功能理论阻止了所有形式的分支，这些功能总是有固定状态并总是产生相似的结果”⑤。他的理论运用到交互叙事中还缺少人物的视角以及心理的呈现等方面。

此外，巴特被认为是20世纪70年代叙事学领域的大家。早期他

---

① Ruth Aylett and Sandy Louchart, “Towards a narrative theory of virtual reality”, *Virtual Reality*, Vol. 7, No. 1, 2003, p. 5.

② ［俄］普罗普：《故事形态学》，贾放译，中华书局2006年版，第17—18页。

③ 同上书，第58页。

④ Nicolas Szilas, “Interactive Drama on Computer: Beyond Linear Narrative”, http://www.aaai.org/Papers/Symposia/Fall/1999/FS-99-01/FS99-01-026.pdf.

⑤ Marc Cavazza and David Pizzi, “Narratology for Interactive Storytelling: A Critical Introduction”, in S. Göbel, R. Malkewitz and I. Iurgel ed. *Technologies for Interactive Digital Storytelling and Entertainment*, Heidelberg: Springer Berlin, 2006, p. 74.

受到索绪尔语言学的影响，用结构主义的方法分析叙事，认为故事的背后存在着一个普遍的模式。他参照语言学句子分析的三个层次：语音、语法和语义，将叙事作品分为三个描述层面，即功能层、行动层、叙述层，并强调这三个层次是按照逐渐归并的方式互相连接起来的。他的这一理论，有助于分析叙事文本内部结构和叙事意义的产生过程。但是，他将叙事作品看作一个孤立、自足的系统，不仅忽视了叙事作品结构关系的多样性，而且也忽视了读者在解读叙事中的重要作用。后来，他也意识到结构主义方法的不足，转向了后结构主义，推崇语言意义的不确定性，重视读者的作用，《S/Z》一书就是这一思想的经典范例。在该书中，他将巴尔扎克的小说《萨拉辛》，分解成561个文本块，解读文本意义的多重性。巴特前期结构主义的方法明显地不适用于交互叙事的环境，“结构分析好像是不可避免地维系于叙事作为人工制品的观点，这又好像与虚拟现实的实时的叙事方法相冲突”①。后期的后结构主义叙事的理论，对于交互叙事的探究有一定参考作用，但这一理论是建立在分析经典文本基础上的，不适用于数码环境中随机生成的故事。

由是，以亚里士多德、普罗普、巴特为代表的传统的叙事策略在遭遇交互媒体时都有无法避免的不足。因此，综合考虑数码媒体和叙事的关系，拓展叙事的新功能，开拓叙事的新方法是势在必行。

第二节　交互叙事诗学

自20世纪80年代起，国外就有不少关于交互叙事的探讨，近年来这一领域的研究持续升温，不仅电脑专家、程序设计员关注它，而且文艺工作者也研究它。这一点可以从近来出版的学术论著略见一斑，

① Ruth Aylett and Sandy Louchart, “Towards a narrative theory of virtual reality”, *Virtual Reality*, Vol. 7, No. 1, 2003, p. 6.

如斯托海克（Carol Strohecker）《电子拼贴：视频光盘和交互叙事》（Electronic collage：the videodisc and interactive narrative，1986），史密斯（Sean Smith）和贝茨（Joseph Bates）《朝向交互小说的叙事理论》（Toward a theory of interactive fiction，1989），默里《全息平台上的哈姆雷特：赛博空间中叙事的未来》（Hamlet on the holodeck：the future of narrative in cyberspace，1997），莱恩《作为虚拟现实的叙事：文学和电子媒体中的沉浸和交互性》（Narrative as virtual reality：Immersion and interactivity in literature and electronic media，2001），米德斯（M. S. Meadows）《中断和效果：交互叙事的艺术》（Pause & effect：the art of interactive narrative，2002），卡洛林·米勒《数码叙事：交互娱乐创作者指南》（Digital Storytelling：A creator's guide to interactive entertainment，2004），拉斯奈（Andrew Glassner）《交互叙事：21 世纪小说的技术》（Interactive storytelling：Techniques for 21st century fiction，2004）。除此之外，还有大量相关学术论文。这些研究成果为交互叙事诗学的建构奠定了理论基础。

一　交互叙事的要素

科夫纳（Kristin Kovner）说："传统的叙事观点，开头、中间、结尾，是我们已经超越的东西。相反，我们现在有的是星座化的、碎片化的看待事物的方式。它就像一个万花筒：你每次摇动它，就会有一种不同的模式。"[①] 这段话恰切地描绘了交互叙事的故事生产机制。

为了全面把握交互叙事的特点，建构交互叙事的理论，我们首先应该分清故事的交互性类型。这也是莱恩研究数码文本叙事的重要观点。她将数码文本看成是一个由不同层面构成的洋葱，交互性能影响

① Kristin Kovner，"Books or Bytes? How the Net may Change the Way we Read"，Septermber 8，2003，https：//www. highbeam. com/doc/1G1-107248849. html.

不同的层面。她认为："那些把交互性故事看成是即成作品的人会同意外层作用的交互性；把交互性故事看成是我们能够想象但仍未捕捉到的独角兽的人，认为交互性渗入了故事的核心。在外层，交互性关注的是故事的呈现，并且故事已经预先存在于运行的软件中；在中层，交互性关注用户在故事中的个人参与，但是故事的情节仍然是预先决定了的；在内层，故事是通过用户和系统之间的交互动态地生成。"[①] 她还以具体文本为例详细阐释了故事的几种交互性。外围交互性是指故事架构于交互性的界面上，但是这种交互性既不能影响故事本身，也不能影响它的呈现顺序。如诗歌《巡航》，包含的故事是一段威斯康星州的成长回忆，通过移动光标，读者能使文本和图片背景变大或缩小，向左移动或向右以任何速度移动，但是不管如何移动，读者眼前的文本都是同样的内容，因此，这类文本并没有交互叙事的产生。第二层面是影响叙事对话和故事表现的交互性。在这一层，构成故事的材料仍然完全是预先设定的，但是由于文本的交互机制，文本的呈现状态是可变的。其中，数据库故事和超文本小说就属这种类型，交互性叙事发生在用户和文本的对话过程中。第三个层面是在部分预先设定的故事中创造变化的交互性。用户扮演故事世界中的一个成员，系统赋予他一些行动自由，用户的"化身"的目标是沿着既定的故事线索前行，系统保持在叙事轨道的控制中，如电脑游戏的一些类型就属此类。第四个层面是实时生产故事的交互性。故事不是预先设定好的，是随机生成的，故事一方面来自系统的数码运行，另一方面来自用户。程序的每一次运行都能产生不同的故事，直到今天，这类系统仍然没有出现一个让人十分满意的范例[②]。由此可见，故事交互性层面不同，其交互叙事的策略、原则和方法也会有所不同。无论是设计、体验交互叙事的文本，还是建构交互叙事的理论，不可不首先明确故

---

① Marie-Laure Ryan, "Peeling the Onion: Layers of Interactivity in Digital Narrative Texts", (may, 2005), http://users.frii.com/mlryan/cyber.htm.

② Ibid.

事的交互层类。莱恩的这一观点是交互叙事理论建设的逻辑起点。

在交互叙事中，故事是在用户和系统的实时互动中产生的，路查特和阿列特把交互叙事看作是一个动态的过程。他们认为，作为一个动态系统交互叙事从自身的叙事元素和因子的交互中建构自身，用户的思考和他/她的行为作为讲故事系统的主要资源，带来一个看待故事中用户作用的不同的视角，即人物建立在交互叙事系统的基础上。[①] 交互叙事与之前提到的叙事形式显然不同，之前的叙事是由作者创造的，情节在作者的控制之下，因而能以情节为中心，形成情节的开端、发展、高潮、结局的模式，而在数码媒体营造的环境中，用户在故事的建构中以及他们自身的参与、体验中起着中心的作用，如果再以情节为中心，很显然与虚拟现实提供给用户的自由相冲突，为了调节交互性和叙事的冲突，同时提供给用户在三维环境中的自由，路查特和阿列特还提议考虑以人物为中心的叙事形式。这能给用户带来两方面的好处，一方面参与独特的体验，另一方面没有了以情节为中心的束缚，用户能够自由地行动。[②] 其实，早在1984年吉布森发明了赛博空间一词，目的就是解决叙事中的特殊问题。他在接受采访时说："我正在写作《融化的铬合金》（Burning Chrome）的时候，想到赛博空间这个概念，我预见到它将在很多不同的方面产生回响。当我写作《神经浪游者》的时候，我意识到它能允许很多的移动，能将人物引入透明的现实——那意味着你能将人物置于任何一种场景中或者以你想要的背景为准。"[③] 后来，默里在《全息平台上的哈姆雷特》一书中设想了赛博空间中叙事的未来。全息平台是电视系列剧星际迷航中的一个虚拟现实装置，它为恒星飞船上的航行者提供休息和娱乐。在全息平台上，一台计算机驱动一个三维的虚拟仿真世界，交互者信以为真的

① Ruth Aylett and Sandy Louchart, "Towards a narrative theory of virtual reality", *Virtual Reality*, Vol. 7, No. 1, 2003, p. 7.

② Ibid., p. 4.

③ Daniel Punday, "The Narrative Construction of Cyberspace: Reading Neuromancer, Reading Cyberspace", *College English*, Vol. 63, No. 2, 2000, p. 201.

成为数码小说中的一个人物。小说的情节是通过人类参与者和机器创造的虚拟角色之间的交互而生成的。以人物为中心，并不是说情节本身可有可无，情节的存在虽然对于游戏或者剧本的成功也很重要，但它主要是起着导向的作用，而不是叙事的束缚或者规定。

目前，在交互叙事理论的探讨中，另一个值得重视的要素是情绪的作用。情绪在人类理性和认知中具有核心地位，这一点是无可置疑的，但是它在叙事理论中的地位却未得到足够的重视。路查特和阿列特说过：鉴于亚里士多德很少在理论上重视情绪在叙事中的作用（这与对观众的情绪上的影响不同），那么已经提到的随后的理论也不特别注重情绪和它的价值也就不足为怪。现在可以确信的是情绪在人类认知中具有重要作用，并且在可信性的确立中也是一个主要的因素。虚拟现实的叙事理论必须包含情绪对可信性的作用，这有助于为用户提供一个独特的沉浸体验。[①] 希拉思也认为：一般来说，情绪的具体作用在叙事学中常常被忽视。按照卡罗尔（Noel Carroll）的说法，作品是如何介入观众的情绪，这一点并没有得到很好地研究。情绪并不是一个可有可无的叙事成分，而是理解和追踪作品的一个条件。情绪在集中观众的注意力方面扮演着重要的角色。[②] 由马塔斯和斯特恩（Andrew Stern）设计的Façade是现有较好的交互戏剧的例子，它就成功地运用了情绪的作用（下文第三节将详细阐释）。其实，传统叙事媒体，如小说、电影、电视也大量利用人物和人物之间交互产生的情绪力量，但这通常是在作者的控制之中，并为情节推进服务的。而在交互叙事中，情绪则可以成为一个独立的要素，情绪可以引导故事的发展，增强故事的可信性，这一点在即兴戏剧、交互戏剧、电子游戏中的表现尤为明显。

---

① Ruth Aylett and Sandy Louchart, "Towards a narrative theory of virtual reality", *Virtual Reality*, Vol. 7, No. 1, 2003, p. 4.

② Nicolas Szilas, "IDtension: A Narrative Engine for Interactive Drama", http://liquidnarrative. csc. ncsu. edu/classes/csc582/papers/Szilas. 2003. TIDSE ~ IDtension-narrative engine for interactive drama. pdf.

在数码环境中，空间性是十分重要的，因此交互叙事的创造还必须注意空间性。在一次采访开发《神秘岛》的作者时，兰德·米勒(Rand Miller)说，交互故事设计遵循两个路径：线性的和非线性的。线性是背景故事和历史，所有的那些元素都遵循着非常严格的时间线索。非线性是故事的设计，而且更像是一个建筑作品，就像建造一个根本没有时间元素的世界（一个时代的快照）。现在面临的问题是在探索非线性世界时试图揭示线性故事的某些部分，并将这两部分混合，同时又能保持探索者想去任何地方和做他们喜欢的任何事情的自由感觉①。在前文对叙事的分析中，莱恩也提出空间性作为考察叙事性的一个重要维度，因此，如何让用户在数码环境中包括赛博空间中不断地与环境交互，体验交互叙事的娱乐，空间性是设计者必须考虑的要素。

除了从叙事作为动态过程、虚拟环境中的人物、空间性、情绪的作用等方面，建构交互叙事理论之外，还有其他方法，如考虑叙事中的行为的逻辑序列等，由于影响力较小，在此不再详述。大体来看，交互叙事理论是在批判传统叙事理论的基础上建立起来的，具有自身鲜明的特征。这与莱恩在《故事的化身》中提出的观点相一致，她说："交互叙事学并不一定非要抛开现有的叙事理论从头建立，因为它也同样包含传统的结构要素：时间、空间、人物和事件。但是这些元素将获得新的特征并在交互环境中展现新的行为。"②

二　情节类型和美学分类

亚里士多德曾将叙事的形式分为两种：一种是史诗的；另一种是

---

① Björn Thuresson, "Space and Character Representation In Interactive Narratives", http://cid.nada.kth.se/pdf/cid_54.pdf.

② Marie-Laure Ryan, *Avatars of Story*, Minneapolis: University of Minnesota Press, 2006, p. 100.

戏剧的。他还进一步指出：“悲剧只能表现演员在戏台上表演的事，而不能表现许多同时发生的事。史诗的摹仿通过叙述进行，因而有可能描述许多同时发生的事情——若能编排得体，此类事情可以增加诗的分量。”① 莱恩认为，19 世纪第三种叙事出现，即认知叙事，其情节由想要知道某事的欲望驱动，通常在侦探故事中出现。由此，情节类型包括史诗情节、戏剧情节、认知情节。在交互式媒体中，用户积极参与的情节类型也可以此三类为准。

史诗情节在探险游戏、大型多人在线游戏中比较流行。用户通过键盘或者控制器与界面进行交互，他们可以移动化身的身体，可以点击化身符号让其执行各种行动。史诗叙事通常是旅行故事，讲述英雄与邪恶世界斗争的历程。因此，在交互环境中，英雄的行为通过游戏控制的方法很容易模仿，完成任务进而获得报偿的基本序列能被无限地重复，用户在游戏中可以获得越来越高的等级水平。另外，三维图像界面在模仿具体化的体验时很容易创造空间的沉浸感。

认知情节在用户交互的适应性方面仅次于史诗情节。用户被设定为侦探的角色，系统将作者确定好的事件和用户在实时交互中创造的多变的故事联系起来，用户在虚拟世界中寻找隐藏的线索，解开谜团。同时，用户与对手的斗争，能提高他们积极参与的兴趣。想要解开谜底的愿望驱动认知情节的推进，此类型可归于时间沉浸层面。时间沉浸包括三种叙事效果：好奇、惊奇、悬念。前两个通常是怪诞小说的手法，后一个是惊恐小说的技巧。当用户采用空间探索的形式，得到未曾预料的发现，那么它的动机就是好奇，所得到的回报是惊奇。悬念抵制交互性，因为悬念要求系统有一个长期的计划和对用户期待的自上而下的管理。就像认知性好奇一样，悬念是通过强烈的发现欲创造的，但是认知性好奇关注的是已经发生的事情，悬念则集中于未来。当人们能预见两个或更多可能的事件的结果，而且迫切地想找出故事

① ［古希腊］亚里士多德：《诗学》，陈中梅译，商务印书馆 1996 年版，第 168 页。

会实现预想中的哪一个时，他们就体验了悬念。但是当用户能选择决定路径时，不确定性就消失了。如果系统产生了一个偶然的事件组织了用户完全控制故事的结果，其效果将是惊奇而不是悬念。

戏剧情节在交互叙事中是最难实现的，因为它强调的是人际关系的进化。建立在史诗和认知情节基础上的叙事游戏行为，用户的主要作用是帮助或阻止剧中人物任务的完成。剧中人物与玩家的关系是固定的。戏剧情节的实现会面临很多问题。在史诗情节中，用户被给予一个任务，他所有的努力都是为了这个任务的完成。认知情节中，用户集中于某个谜团的解开。但是在戏剧情节中，因为有人际关系的演变，人物的目标和他们之间的关系也会发生改变，用户必须不断地重新定义。比如人物之间关系从友好变得敌对，用户感觉到道德的模棱两可，这一模糊性暂时将用户从游戏目标中转移，这就代表着叙事向戏剧情节的转变。用户必须不断地反思剧中人物之间的关系，并对之作出反应。动态人物之间关系的创造对于戏剧情节而言十分重要，这就要求系统有更加强大的模拟人类推理行为的能力。①

明确了交互叙事的情节类型之后，我们再来分析交互叙事体验的美学分类。默里在《全息平台上的哈姆雷特》中将此分为三类，沉浸（immersion）、作用（agency）和转换（transformation）。本书第二章已经解释过沉浸。简言之，沉浸在另一个地方参与活动的在场感，当用户沉浸于某种体验时，他们愿意接受它的内在逻辑，即使这一逻辑与现实世界的原则相违背。默里认为：计算机给我们提供了一个创造参与性戏剧的新舞台，我们正渐渐地学会做演员的所做的事情，从情绪上确立明知为假却信以为真的体验。数码空间越具有感官表现的劝服性，我们就越能感觉到虚拟世界的逼真。② 作用是

① Marie-Laure Ryan, "Interactive Narrative, Plot Types, and Interpersonal Relations", in Ulrike Spierling and Nicolas Szilas eds. Interactive Storytelling, Heidelberg: Springer Berlin Heidelberg, p. 10.

② Janet Horowitz Murray, *Hamlet on the Holodeck: the Future of Narrative in Cyberspace*, New York: The Free Press, 1997, p. 125.

一种令人满意的权利，用户能够采取有意义的行为并观察他们的决定和选择的结果。[①] 由于交互性含义的模糊，电子环境中作用常常与点击鼠标、移动操纵杆混淆。作用必须是用户和系统双方的交互活动，单独任何一方的动作都不能称作是作用。另外，在管理界面元素的过程中，如果用户对这个虚拟世界产生了某些效果，但是这些效果不是用户想要的话，那也是没有作用，行为的效果必须与用户的意图相关。作用的形式有数码环境中空间航行的愉悦、交互戏剧对话的乐趣，等等。关于转换，默里认为电脑提供给我们无数的形态转换的方法。比如，通过软件我们能够将一个十几岁男孩的脸无缝地融入一个老女人的身上，戴上虚拟现实头盔，我们发现自己变形为翱翔的鸟。电脑转换的力量在叙事环境中尤其诱人，在那里我们渴望有一个面具、希望捡起操纵杆成为一个牛仔或者太空战士，去体验另一种生活。实际上，作用、转换这两种美学类型可以归入沉浸一类，无论是代理的作用，还是转换的力量，最终都是为了导向用户的沉浸感的生成。

莱恩认为，戏剧情节的标志是创造沉浸的情绪类型。在真实的生活中，我们经历两种基本的情绪类型：直接朝向自身的情绪和那些通过移情作用体验的面向其他事物的情绪。自我导向的情绪关注我们的欲望和行动的成功，即使这些情绪包含对他人的感觉如爱、嫉妒等，它们也与移情不十分相同。移情是在头脑中模仿其他事物的情境，通过假装成为他们，把别人的愿望想象为自我的愿望，于是就对那些事物产生了怜悯、愉悦、悲伤的情绪。在玩游戏时体验的情绪——兴奋、成功、沮丧、减轻、挫折、释放、好奇、消遣——都是以自我为导向的，因为它们反映了我们玩游戏的成功和乐趣。但是，这些情绪的范围要比自我为中心的生活中的情绪小得多：计算机游戏玩家可能试图

① Janet Horowitz Murray, *Hamlet on the Holodeck: the Future of Narrative in Cyberspace*, New York: The Free Press, 1997, p. 126.

解救一个公主，他们可能得到她的感激，但是不像真正的英雄的恋爱故事那样，因为用户不是被浪漫感觉驱动去行动的。如何让用户在与系统的自由交互中，创造出有趣的故事情节，并沉浸其中，这是交互叙事设计者们面临的主要问题。不过，正如莱恩在评价默里全息平台模式时所指出的，“全息平台是计算机驱动的、小说世界的三维仿真。用户被邀请进入这个世界，扮演某个人物，并通过语言和行为与人工代理交互。不管用户说或做什么，人工代理都会连贯地做出反应，整合用户的输入为叙事模式以维持用户的兴趣。全息平台，总体上说，可能是空中楼阁，但是对交互叙事的研究者和开发者而言，这并没有消除将之作为目标的有效性，即使通常牺牲一个目标去实现另一个目标”①。艾伦（Nancy Allen）也说：“尽管我们还远未能提供一个有意义的复杂的如哈姆雷特之类的戏剧，通过数码媒介如全息平台，我们的作者也还没有成为赛博诗人，但是默里对于计算机化环境的叙事潜力的描绘令人感到兴奋和备受鼓舞。”② 正是交互叙事的魅力，不断地吸引着设计者和开发者孜孜以求默里设想的理想模式在未来能得以实现。

三　交互叙事的价值

随着文学研究领地的逐渐扩大，传统的文艺理论亟待突破，适应数码媒体的理论建设迫在眉睫，而叙事学是研究数码文艺的有效方法之一，也是目前学术界关注较多、成果较为丰富的领域之一。交互叙事理念的出现是对叙事学的推进，它是数码时代讲故事的新策略，是数码时代叙事的新形态，既符合艺术发展的历史要求，在当代又具有

① Marie-Laure Ryan, “Interactive Narrative, Plot Types, and Interpersonal Relations”, in Ulrike Spierling and Nicolas Szilas eds. Interactive Storytelling, Heidelberg: Springer Berlin Heidelberg, pp. 7 – 8.

② Nancy Allen, “Telling Our Stories in New Ways”, *Computers and Composition*, Vol. 18, No. 2, 2001, p. 191.

重要的价值和意义。

其一，交互叙事创造了故事的新形态——块茎故事[①]。块茎故事是非中心化的故事，就是说我们面对的不再是一个封闭的故事，而是一个故事网络。故事网络是由用户和系统交互作用生成的，用户在故事的生成中发挥着重要的作用。这促使我们重新思考作者和读者的关系，正如默里所说："在电子叙事中，作者就像是一位舞蹈指导，他提供节奏、背景以及表演的步骤。交互者利用可能的步骤和韵律指令表，在作者设定的众多可能的步骤中即兴创造一段特别的舞蹈。"[②] 所以，用户是交互叙事的积极建构者，而不再是被动的接受者，作者也不再是叙事的唯一控制者，用户和作者的关系和谐化了。

其二，交互叙事模仿了人类体验的复杂性，提高了人类讲述故事的能力，开启了人们讲述故事的新方法。怀特（Hayden White）在《叙事在再现现实方面的价值》一文中，要求观众考虑事先形成的叙事性观念是否与他们对现实的观察相符合，"这个世界真的以创造好的故事的形式呈现给我们吗？这样的故事真会有一个中心主题，合适的开头，中间和结尾，并允许我们在开头就明白结尾的连贯性？"他认为，叙事性呈现真实事件的价值来自人们的渴望，即渴望真实事件展示连贯性、完整性、充实性、生活图像的封闭性，但这是而且只能是想象性的。[③] 实际情况是现实世界充满各种偶然性，叙事也一样，故事的线性发展是作者的精心设计。默里也认为："生活在20世纪，就要意识到可选择的可能的自我，意识到可选择的可能的世界，意识到真实世界存在着无限的交叉故事。为了掌握这样一个不断分叉的情节线索，我们需要的不仅是一本厚小说或者一个电影序列。为了真正

① N. Katherine Hayles, *Writing Machines*, Cambridge: The MIT Press, 2002, p. 55.

② Janet Horowitz Murray, *Hamlet on the Holodeck: the Future of Narrative in Cyberspace*, New York: The Free Press, 1997, p. 153.

③ Hayden White, "The Value of Narrativity in the Representation of Reality", *Critical Inquiry*, Vol. 7, No. 1, 1980, p. 27.

把握这种交叉的排列，一个人需要一台计算机。”① 交互戏剧、交互影视、超文本小说等数码文艺的设计者，试图通过交互叙事创造的故事反映真实的生活，模仿现实生活的复杂性、多维性。

其三，通过探讨超文本小说、交互戏剧、电子游戏包含的故事类型，可以发现每一种媒介独特的讲故事的方法，能够帮助我们加深对媒介表达特性的认识。默里通过对赛博空间中叙事的研究，大胆预言：“最终所有的叙事技术都成为‘透明的’，我们没有了媒体意识，看不见印刷或电影媒介，只意识到故事本身的力量。随着技术和艺术的不断进步，人类将不断地朝着全感官体验的媒体叙事前进②。全感官体验，包括信息的深度和信息的广度两方面，信息的深度是指传输通道中大量的编码数据，信息的广度指同时触及知觉器官的数量，如图像、声音、嗅觉、触觉都可以通过多媒体的合作来实现。届时，我们将不再受到语言的限制和语义游戏的束缚，而是具有随意召唤世界的能力并迅速地让别人知道我们体验的独特性。”③

其四，莱恩在《作为虚拟现实的叙事》一书中提出：“用流行的数码文化的概念，研究特殊的叙事种类——印刷文学，反之，在数码文化中探究传统叙事模式的命运。”④ 交互叙事的理论建构可以参照传统的叙事理论，并结合数码媒体艺术的特性适时创新。在此基础上形成的叙事理论，不仅重构了传统的叙事理论，而且我们还可以将它当成突破口和参照系，重建文艺理论的大厦，进而有效指导数码文艺的创作、欣赏与批评。

回溯历史，我们会发现叙事经历了从口头到书写、从书写到印

① Janet Horowitz Murray, *Hamlet on the Holodeck: the Future of Narrative in Cyberspace*, New York: The Free Press, 1997, p. 38.

② Ibid., p. 26.

③ Marie-Laure Ryan, “Immersion vs. Interactivity: Virtual Reality and Literary Theory”, *Sub-Stance*, Vol. 28, No. 2, 1999, p. 112.

④ Marie-laure Ryan, *Narrative as Virtual Reality: Immersion and Interactivity in Literature and Electronic Media*, Baltimore and London: The Johns Hopkins University Press, 2001, p. 2.

刷、从印刷到影视、从影视再到多媒体、超媒体的阶段，每一次技术革新、媒体转换都释放了新的叙事能力，发掘了叙事的潜力。时代发展到数码媒体的今天，交互叙事再一次拓展了叙事的功能，正如莱恩所说，“叙事已经有了这么长的历史，它并不畏惧计算机，新媒体的未来作为一种娱乐形式依赖于发展自身的叙事能力”①。交互叙事正是在充分肯定数码媒体特性的基础上建立的新的叙事形态，它将在逐步走向完善的过程中，为人类永不停歇的生命体验创造更加完美的表演空间。

第三节　交互叙事分析：以 Façade 为例

Façade 是电子叙事中以人工智能为基础的艺术研究实验——试图超越传统的分支或超链接叙事来创造一个完全实现的、独幕交互戏剧。马塔斯和斯特恩运用跨学科的知识（包括艺术理论和人工智能技术），花费了五年的时间才设计出来。在这个系统内，设计者已经建立了由计算机控制人物产生的剧场般的、有趣的、实时三维虚拟世界，用户可以在此体验第一人称视角的故事。这一项目在西班牙、英国、加拿大等多国参加过展览，获得过不少大奖，如 2005 年被评为“最具革新性游戏奖”，2006 年获得斯兰丹诗独立游戏节大评委奖。它也引起了不少媒体的关注，如《纽约时报》称之为“视频游戏的未来”，《新闻周刊》说“它试图打破游戏和人工智能的界限，将人物推进到一个新的深度”，《边缘杂志》评论说“数码人物的情感生活向前迈进了一大步”，等等。叙事理论家莱恩也曾说过，Façade 是现存比较好的交互戏剧的例子。不少探讨交互叙事的文章也曾介绍过它。故本书选其为例，探析交互戏剧的叙事策略。

---

① Marie-laure Ryan, “Will New Media Produce New Narratives?”, in Marie-Laure Ryaned. *Narrative across media*, Lincoln: University of Nebraska Press, 2004, p. 357.

一　理论构架

Façade 系统的建构需要解决三个方面的问题：设计一种方法将戏剧的叙事分解为一系列故事和行为片段的等级；开发一种能根据用户的介入，从各种片段中重构实时戏剧表演的人工智能系统；理解如何在这个新的组织框架内写作一个参与式的故事。沿着这一思路，马塔斯和斯特恩试图将默里 1998 年提出的交互故事的美学分类和亚里士多德戏剧结构的类别整合在一起，建立交互戏剧的新亚里士多德的理论。在这一理论中，作用被嵌入人物层，形成两个新的原因链，沉浸和转换的地位不及作用①。

马塔斯和斯特恩对亚里士多德的戏剧理论的描述，见图 1。

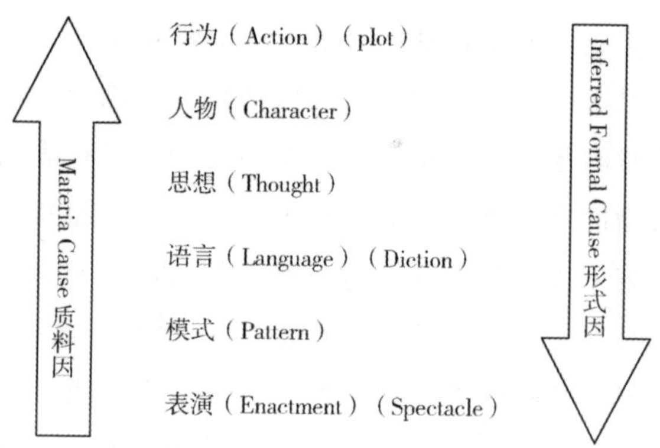

图 1　亚里士多德戏剧理论

图中可见，亚里士多德用行为、人物、思想、语言、模式和表演六个不同的类别，指称每一个剧目的构成成分。这几个不同类别是通过质料因和形式因联系在一起。质料因是指事情被创造出的材料。例

① Michael Mateas, "A Neo-Aristotelian Theory of Interactive Drama", (2000), https://www.aaai.org/Papers/Symposia/Spring/2000/SS-00-02/SS00-02-011.pdf.

如，一幢建筑物的质料因是建造它的建筑原料。形式因是抽象的计划、目标或者关于某事物的理想。例如，建筑物的形式因是其设计蓝图。在戏剧中，形式因是作者对剧情的构思，作者确立了情节试图详细解说某个主题。进而言之，戏剧中的人物是由情节决定的，情节则是人物的形式因。人物的思想状况是由他们的思想决定的。剧中的歌曲等模式，在相当大的程度上，是由人物的语言和他们的行为决定的。呈现给观众的场景是由人物行为模式决定的。戏剧中的质料因是观众对于剧目的看法。在观看戏剧表演过程中，观众不断发现剧中存在的人物行为模式。如基于人物的行为和口头表达，观众推断人物的思想发展过程。在此基础上，观众能加深对人物的理解，弄清他们的特征和习性。由此，观众又可以进一步把握情节结构和主题。在弄清楚情节之后，观众就能推断人物和情节的关系如何，为什么那些人物采取了剧中的行动并说了那些话，他们的言语和行为如何塑造整个剧情活动的模式，这些模式又如何影响观众观看的戏剧场景。判断一场成功的戏剧的标准之一，即是观众能够重述形式因。为了复述形式因，观众必须唤起戏剧的质料因。总起来说，亚里士多德理论的六个体系成分构成了两个相反的原因链，也正是这两个原因链构成了戏剧叙事的框架。从行为到表演，情节由作者的观点决定，这是形式因；在相反的方向，从表演到行动，观众通过呈现的叙事来理解情节，形成质料因。

亚里士多德的理论，在数码环境中有明显的局限，它没有整合交互性，而交互性是数码环境的首要特征。为此，马塔斯提出了新亚里士多德理论，在这一理论中用户与系统的交互被两个附加的相反的原因链整合。用户的目的扮演着形式因的角色，从语言到表演，就像传统戏剧中作者与叙事的关系一样；质料因通过用户受到的局限得以表现，这些局限有来自下层的质料因的束缚也有来自上层情节的束缚。在这一模式中，用户行为置于亚里士多德叙事结构的人物层面，这充分尊重了用户的作用。如图 2 所示。

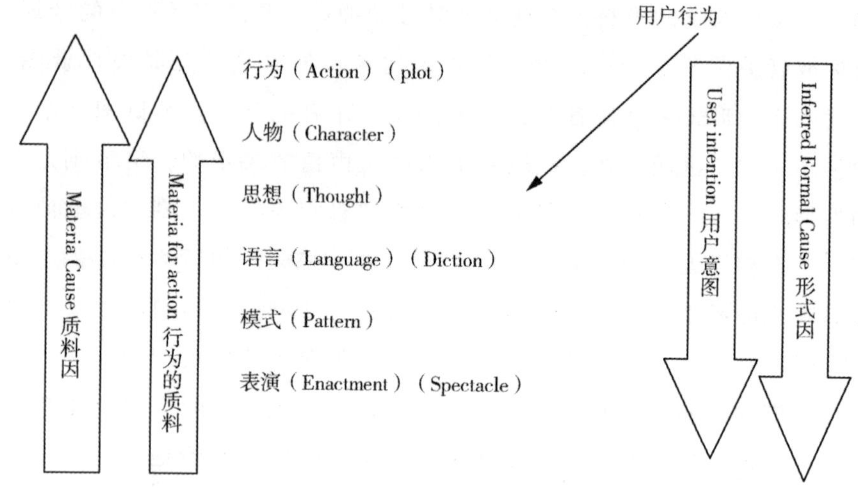

图 2　新亚里士多德戏剧理论

处在图 2 外围的两个箭头代表传统的质料因和形式因。用户的行为被加入这一理论模式，作为戏剧中的一个人物，他能够选择自己的行为方式，由此形成了两个新的原因链，这是默里所说的美学分类之一“作用”。用户的意图成为形式因的新的来源，在参与戏剧过程中，用户的意图是从语言到表演层面的形式因，但是他采取行动的能力并不是完全自由的，要受到来自下层的质料因和上层情节的形式因的束缚。人物层之下出现的元素，提供给用户采取行动的质料因，有效的行动是由质料因支持的。来自于界面设计的“机缘”（affordance）的概念可以在这里使用。在界面设计中，机缘是某一物体或界面提供的有效的行为机会，但是“机缘”比“可以利用的”这一说法隐含的东西更多；对界面发出命令可以说是提供某种行为，界面必须在某种程度上呼唤行为的介入。例如，茶壶上的把柄提供了用手抓住茶壶的机缘，把柄吁请你去抓。相似的情况是，交互戏剧中的质料因提供了行为的机缘。① 质料因中的质

① Michael Mateas，“A Neo-Aristotelian Theory of Interactive Drama”，（2000），https：//www.aaai.org/Papers/Symposia/Spring/2000/SS-00-02/SS00-02-011.pdf.

料不仅限制能采取哪些行为，而且吁请某些行为的发生。交互戏剧的质料机缘的情况大体是这样的。比如，交互戏剧中的人物应该足够丰富，以便用户能推断人物统一的思维模式。如果人物的思想能被用户理解，这一思想就会成为他下一步行动的质料来源。通过推想其他人物的思想，用户能采取行动影响其他的人物，或者改变他们的思想，或者积极地帮助或阻碍他们实现某个计划或目标。人物的对话和用户介入对话的机会是行动的另一种质料来源。对话是人物表达他们思想的有效方法，也是帮助用户推断人物思想的一种模式。相反的，对话也是影响人物行为的重要方法。如果在戏剧体验中，能让用户进行对话，这将成为用户表达其意图的一种有效途径。

在交互活动中，用户除了享有自下而来的材料机缘之外，还要受到上层形式因的束缚。当然，用户不能直接地观察到这些限制，如果用户很明显地感受到束缚的话，他们也就失去了探索的乐趣。但是，就像是在非交互戏剧中一样，用户可以通过重述作者设立的形式因链条来理解那些束缚，形式因是观众在欣赏戏剧的所有行为时，从情节和主题的观念中推理得知的。在交互戏剧中，从情节层面到人物层面的形式因的把握，可以帮助用户理解剧中发生的事情，也就是说，为什么人物在故事中会采取那些行动。就像质料束缚可以被看作是为从表演层到思想层的行动提供说明，形式束缚从情节层提供了戏剧的动机，这一动机是戏剧可能性的传达。通过理解什么行为是戏剧中可能会有的，用户在交互活动中会采取相应的行动。

除了将用户的交互作用整合入亚里士多德的理论，马塔斯还引用了“节拍”（beats）的概念，节拍是经典戏剧写作理论中最小的单位。对此，路查特和阿列特在《叙事理论和突然涌现的叙事理论》中评论说：“以情节为中心的结构使得用户交互类型的整合出现在虚拟现实中是困难的。新亚里士多德理论最近已经在人工智能领域得到发展，重视用户的交互，并提高人物的地位。但是，情节的重要性要求系统用户返回渴望的行为序列，而又不能明显地打破在场感。马塔斯试图通过节拍的概念获得这一目标，它的作用就像是目标路线中的路标，但是这要求明确地制定全面计划的内容，涵盖所有可能的分支点，这似乎十分棘手"[①]。确是如此，Façade 节拍设计，其结构要比传统戏剧写作的经典节拍大得多。它的每一个节拍都是由 10 到 100 个对话行为组成，一个节拍就是一个叙事序列，负责根据用户的交互对系统的对话行为进行排序。在任何时候，都只有一个节拍被激活。对话行为是 Façade 戏剧行为的原子单位，由格瑞斯和崔璞的 1 到 5 行紧密结合的对话组成，通常会延续几秒钟，联合对话行为由 40 到 200 行对话和行为符号组成。每个节拍的联合对话行为是围绕着一个共同的叙事目标组织起来的，如关于某主题的争论，就像格瑞斯痴迷于重新装修，或者重要秘密的解释，等等。[②] 每一个联合对话行为都能改变故事状态的一个或几个点，如人物的自我心理揭示过程，或整个故事的紧张程度。管理节拍呈现顺序的是智能化的戏剧管理者，或者节拍定序器。戏剧管理者负责潜在地添加、移动或者重新制定未来的节拍。整个 Façade 戏剧，作者大约设置了 2500 个对话行为，27 个明晰的节拍序列，用户每一次体验大约持续 20 分钟，每次大约能体会到其中 15 个节拍序列，这就要求用户多次重复参与，才能全面地欣赏戏剧的内容。

总的来看，正如开发者所说："Façade 架构的设计特征是建立高度作用的体验，并伴随着充分的叙事智能以建构个性鲜明的人物、有因果关系的统一的情节。而且，我们选择实现某些剧场戏剧的叙事特点，有力的故事形式与分散的情节相一致，人物的丰富的表情也能够对情节起到补充和弥补作用。其他的特征，如强烈的直接性和在场感也很重要。人物的个性引导用户体验危机感和未定感，即任何事情都

---

① Sandy Louchart and Ruth Aylett, "Narrative Theory and Emergent Interactive Narrative", *International Journal of Continuing Engineering Education and Life Long Learning*, Vol. 14, No. 6, 2004, pp. 508 – 509.

② Michael Mateas and A. Stern, "Structuring Content in the *Façade* Interactive Drama Architecture", (2005), http://www.aaai.org/Papers/AIIDE/2005/AIIDE05-016.pdf.

是可能的”①。

二 故事概览

Façade 是一部独幕家庭戏剧，图 3 和图 4 是其中的两个画面（图片来自网站：http：//www. interactive. net）。

在戏剧中，你（用户），可以在 24 个不同的字母中任意输入一个，系统就会出现一个与首字母相对应的名字，这就是你所扮演的角色。与以往的戏剧不同，名字只是一个符号而已，其性格和任务并没有限制，你可以做自己想做的事。大致的剧情是这样的：你是格瑞斯和崔璞的好友，在某一天晚上你受邀到他们家做客。自从大学毕业后，你们已经好多年未见了。在你到达他们公寓的时候，你在房门外听到室内有争吵声，但是这并没有引起你的怀疑。因为格瑞斯和崔璞在众人眼里，是一对 30 多岁的令人称羡的夫妻，物质富有、家庭和睦。随着你与他们谈话的深入，事情很快就变得糟糕起来，你也卷入了他们婚姻的争执之中。随着争吵的升级，你必须选择要支持哪一边，并且不能随意地改变你的决定。在戏剧的结尾，你的行为可能改变了格瑞斯和崔璞的生活，也可能是你被他们赶出了公寓，他们自会调节他们的关系，或者是他们的婚姻破裂、无法维系。在戏剧中，格瑞斯和崔璞婚姻的正面形象如何招致破坏，有什么危机潜藏其中，

图 3 Façade

图 4 Façade

① Michael Mateas，“A Preliminary Poetics for Interactive Drama and Games”，http：//citeseerx. ist. psu. edu/viewdoc/download？doi = 10. 1. 1. 14. 4936&rep = rep1&type = pdf.

谈话中都揭示出了什么问题，他们的个性如何以及他们婚姻的处置、你和他们之间的关系，等等，这些都依赖你的交互。由于你的行为直接决定了戏剧的结尾，这就刺激着你从头再来，重新发现下一次你的交互将会使事情发生怎样的变化。故事包含的主要观念是为了幸福你必须对自己忠诚。

在 Façade 中简单的叙事序列发生在戏剧管理者或者节拍定序器中。系统设置了 27 个节拍序列：用户到达公寓、崔璞欢迎拜访者、拜访者进入、崔璞唤格瑞斯，格瑞斯欢迎用户，关于重新装修的争执，解释周年纪念日约会，争论意大利假期，关于饮料的争论，父母家打来电话，转入第二轮紧张，格瑞斯到厨房，用户跟随格瑞斯到厨房，格瑞斯从厨房返回，崔璞厨房风暴，用户跟随崔璞到厨房，崔璞从厨房返回，崔璞重新制定建议，脾气爆发的危机，危机后，查找原因，启示录。大体来说，每个节拍由人物之间行为/反应的关系对构成。节拍排列在一起组成场景，场景形成行为，行为产生故事。人工智能情节系统包含所有故事的节拍库，系统动态地组合节拍以便对用户的行为作出反应，并保持完好的情节。对于用户来说，每一次探索故事都应该有戏剧场景般的感觉，故事中设置的明确的节点，不应该是可见的。大多数时间，只有当现在的节拍完成或者被取消，新的节拍才会被激活。正是在节奏序列层面里主要事件之间的因果关系得以处理，也就是说，在这里制定高级的情节决策。在每一个节拍序列语言中，作者用选定好的知识附加于每一个节奏，这些知识由先决条件、重要性、重要性测试、优先权、优先测试、故事价值效果（整个的紧张程度）组成。

这里列举了 27 个用节奏语言写就的节奏组合，在具体交互进程中，由节拍序列器选择执行哪一个节奏序列。那些没有用到的节拍，其先决条件如果让人感觉满意，而且其故事紧张效果也严密地匹配作者指定的故事紧张度的节奏，就会在下一次被选择，当然重要性和优先权也会影响这一决定。为了产生连贯的故事，系统还应用了节拍转换和全局混入的方法，在当前话题中插入新的话题，就是节拍转换，能和其他的节拍平行运作、在节拍目标中介入其他的叙事序列就是全局混入。全局混入集中于小的主题如结婚、离婚、治疗，或者某些物体如家具、酒、婚礼照片、黄铜公牛，或者某个人的观点，或者对于表扬、批评、卖弄风情以及诸如此类的一般的反应。而且，如果用户的过度无序的或者不适当的输入造成系统无法正常进行反馈的时候，可以用全局混入的方法进行补救。

在整部戏剧展开的过程中，有三个节点是叙事必经之点，即：开场，用户乘坐电梯，到达格瑞斯和崔璞公寓门口，等候开门；过程，三人进行对话，用户不断地被卷入这场婚姻的战争中，争论的具体事件和其顺序因用户对话行为之不同而有所不同；结束，三人当中有一人离开。根据作者设置的27个节拍序列和对作品的考察，我们发现在交互过程中逐渐揭示的具体事件包括：[①]

关于重新装修的争执。格瑞斯让用户参观客厅的摆设，她认为客厅装饰过繁，尤其是婚纱照不应该摆放到客厅中，并询问用户是何意见。用户可以根据自己的感觉做出反应，但其回答直接会影响到格瑞斯和崔璞的反应。如果用户认为装饰并不太多的话，格瑞斯会若有所思地反省自己，当用户不置可否的时候，格瑞斯就会一直抱怨，此时崔璞则对她进行安慰。在这个问题上，还有一种设计，就是格瑞斯让用户评价客厅的装饰，并抱怨崔璞总是让她装饰布置，而她本身是一位广告设计师，不想再在家里从事自己的职业。

对于崔璞和他父母计划的一些昂贵的旅行，比如去意大利度假，格瑞斯表示了她的反感，她揭露说崔璞从来就没有问过她本人的意见。

请用户喝酒还是饮料的争执。崔璞希望能让用户喝调酒，但是格瑞斯则想让其喝水或者饮料，因为那瓶酒是专门为结婚十周年纪念日

① 黄龄仪：《数位时代之空间时间叙事结构初探——以 façade 网站为例》，《资讯社会研究》2009 年总第 16 期。

准备的。用户可以根据自己的爱好，加以选择。不同的答案，将影响格瑞斯和崔璞的不同反应。当用户选择调酒时，格瑞斯就会用嘲讽的口气说她早就知道崔璞在大学时是一位酒吧服务生的消息，而这使得崔璞十分尴尬。如果用户选择喝饮料或水时，格瑞斯则会用胜利者之口吻说，她的父母也不喜欢喝崔璞发明的酒，而这进一步引发了崔璞揭露自己家庭背景不如格瑞斯的自卑感，两人的争吵升级化。若用户选择两者皆可时，崔璞为了避免访客尴尬，将递给访客一杯水，而格瑞斯也跟着喝水，此时夫妻之间没有争执。

在三人谈话或者争执中，格瑞斯和崔璞的心情逐渐明朗化。崔璞表示后悔十年前的求婚，以及当时需要金钱的心情。格瑞斯说后悔和崔璞结婚后就改变了她的理想，她原本想要成为一名艺术家，但是为了崔璞却选修了广告。崔璞说话间不小心透露出他和客户有外遇。格瑞斯反省说她一直以来都以崔璞为借口，以至于无法成为一名艺术家。崔璞说格瑞斯没有天赋还想成为艺术家，只是妄想。崔璞说格瑞斯只有在聚会时才会显露出高兴的样子，因此他才不断地在家里办聚会。这些不同的事件有时可能连续出现，有时可能作为全局混入的事件只出现几个而已。

Façade 的成功是节拍序列、全局混入和戏剧管理者、叙事序列器等共同作用的结果，用户与系统的交互，产生的是连贯的事件，这使得用户从第一人称的视角体会到戏剧的真实感、在场感，剧中人物的表情和声音以及场景的布置和搭配都加深了用户在剧中的沉浸感。

三　巧妙叙事

交互戏剧 Façade，仍然包含有传统叙事的结构要素。如：时间是某个夜晚；空间是格瑞斯和崔璞的公寓，公寓内有放置电话的桌子，调酒的吧台，客厅墙壁上悬挂的意大利风景画、婚纱照，等等，这些场景不仅提供了戏剧发生的背景，而且为故事的进展提供了线索和铺垫；人物主要有三个，即用户、格瑞斯和崔璞；各种事件前文已经分析，包括重新装修的争执、喝饮料还是酒的讨论，等等。

叙事是具体时空中的现象，任何叙事作品都必然涉及具体的时间和空间。早期叙事学研究，无论是经典叙事学还是后经典叙事学都侧重于时间叙事的研究，忽略了空间叙事之探索，这一特点自然与语言文字的线性书写和表达方式有关。前文也已经提及，自 1945 年弗兰克发表了《现代文学中的空间形式》一文之后，空间叙事的研究进入学者们的视野。弗兰克在文中明确提出了现代主义文学作品中存在的“空间形式”问题。他认为：艾略特、庞德、普鲁斯特等人的作品用“并置”的手法，创造了文学作品中的空间形式，空间的同时性，取代了时间的顺序性。赫尔曼（David Herman）在《故事逻辑：叙事的问题和可能》一书中，比较全面地将空间叙事的作用简括为六个主要的方面：指示功能的转移（deictic shift），意指作者帮助读者从当时当下的现实环境转移至故事世界的时空中；空间表达可以帮助读者建立背景中的图形（figure versus ground）或与参考物相对的定位目标（located object versus reference object），意指在不同的人物或事件之中，透过背景与参考物的描绘，可以帮助读者厘清彼此之间所有可能的关系；区域（regions）由陆标（landmarks）或参考物占用，路径（paths）是一个旅行者从一个地方到达另一个地方的路线，在叙事领域中，路径的观念非常重要，它隐含着事件发生的轨迹，读者可以了解叙事的动态的空间特性；可帮助读者建立拓扑或投射位置图（topological versus projective locations），拓扑位置是物体的地理学特性，不因物体的改变而变化，投射位置会随着它如何被观察，而在价值和解释方面发生变化，叙事对话中常会有这两种位置的相互作用；移动动词也是建构和更新故事世界的认知地图的手段；where 系统和 what 系统是不同的，what 系统关注的是物体，where 系统与位置相关。[①]

① David Herman, *Story logic: Problems and Possibilities of Narrative*, Lincoln and London: University of Nebraska Press, 2004, pp. 270 - 285.

不过，以上的研究主要是针对印刷媒体为载体的文学的空间叙事形态，而在这些作品（小说、诗歌、戏剧）中，叙事空间的建构是读者依据文本想象的结果。到了电子媒介时代，叙事空间成为直观的图像，得到了前所未有的发展。在数码媒体中，叙事则突破了各种限制，有了非线性叙事、涌现叙事、交互叙事，空间叙事是其重要的组成部分。正如杰金斯（Henry Jekins）所说："在这一讨论中，我想要介绍一个重要的词，'空间性'，并认为与其说游戏设计者是讲故事的人，还不如说他是一位叙事建筑师"，"游戏设计者不仅仅是讲述故事，他们设计世界和塑造空间。"① 与此相应，交互戏剧、交互影视的设计者也应该像游戏设计者一样，首先注重世界和空间的创造，同时还要紧密配合时间叙事，这样才能成就用户在交互环境中的空间沉浸感和时间沉浸感。

就 Façade 空间叙事形态来说，我们可以从两个方面来分析。

一是从戏剧场景的布置来分析。戏剧一开始有电梯口、走廊、公寓大门，这些设置，点明了故事发生的地点，紧接着公寓门打开，用户进入公寓，这时可以看到客厅内的物品和家具，如前文已经提及的电话、吧台、葡萄酒、婚纱照，等等，这些物品在戏剧发展的进程中直接引导故事的发展，是夫妻二人争执和讨论的线索。这也印证了赫尔曼提出的空间叙事功能的几个方面，如指示功能的转移、帮助读者建立背景中的图形或与参考物相对的定位目标、帮助读者绘制认知地图、通过地点系统，建立事件之间的关系。固然赫尔曼的观点主要建立在对于书面媒体中叙事的考察，但是同样适用于 Façade 戏剧的分析。

二是从戏剧的叙事结构来分析。莱恩在《作为虚拟现实的叙事》一书中，将交互叙事的结构划分为九种。a. 完全图示结构，在此结构

---

① Henry Jenkins, "Game Design as Narrative Architecture", In Noah Wardrip-Fruin ed. *First Person: New media as Story, Performance and Game*, Cambridge, Massachusetts: The MIT Press, 2004, p. 129.

中每一个节点都和别的任一节点连接，读者有完全的探索自由，如前文中分析的萨波塔的扑克牌式小说《第一号创作》就属此类。b. 网络状结构，文学超文本是这一类型的标准，读者的探索既不是完全自由的，也不是被局限于某一个单一的过程。c. 树状结构，这一模式的特点是没有回路，也就是说，一旦选择了某一个分支，就不可能再返回原来的决定点，前文分析的作品《观众选角扮演》（Choose Your Own Adventure）即是此类。d. 向量分支结构，文本以时间顺序讲述一个故事，但是允许读者在进程中的分支部分稍作停留，这一结构在为青少年设计的电子文本中比较常用，因为认知简单，如本书第三章第一节提到的网络剧《地点》的结构即是此类，每天网站都会展示几个角色日常生活的日记，读者可以在这些入口之间自由移动，但是文本作为整体必须被每天访问，也就是以时间顺序来访问。e. 迷宫结构，这是探险游戏的特点，用户试图找出一条路径，能够从开始点到达终结点。f. 定向网络或流程图，这一结构消除了循环运动的负面经历以及最终碰到死胡同的结局，它呈现了将合理的戏剧叙事与某种程度交互性结合起来的最好的方法。在流程图中，使用者在水平的方向按照年代顺序前进，同时在垂直轴有一些分支可供用户选择。g. 隐藏故事类型，这是交互式神秘故事和计算机游戏常用的结构，它有两层叙事，在底层是固定的、事件的时间序列，在上层是用户作为侦探对不同路径的空间探索，然后拼凑出隐藏的故事。h. 编辫子情节，传统叙事（至少是一部分），是由一组人物客观体验的物理时间的顺序组成，每个人物有不同的视角，讲述不同的故事。但是，交互叙事突破了这种叙事的限制。编辫子结构中，水平轴代表着时间，垂直轴表示空间，每一个节点代表一个事件，事件与事件之间用代表人物命运的直线连接起来。选择某条水平线就意味着用户进入某个人物的个人世界，并从一个特殊的视角体验故事，水平线之间也有交会点，代表着同时发生的事件。i. 行为空间、史诗漫游和故事世界，用户选择哪条路径是自由的，但是当他到达某一点时，系统就会控制他的活动将他送入预设的探险中，主题公园即属此类。[①]

莱恩对交互叙事结构的探索，可以用来分析 Façade 的叙事模式。黄龄仪在《数位时代之空间时间叙事结构初探——以 Façade 网站为例》一文中，从 Façade 与流程图、与隐藏故事及与编辫子情节三个方面，指出了它们的相合之处。她说：“Façade 所呈现之互动叙事结构是莱恩所分类中三种互动叙事结构之综合，透过空间中不同场景之探索，拼凑出十年婚姻之故事线，然而，在这空间之不同场景中，仍有流程图之结构，有大致三个节点，让访客只能透过时间单向前进，最后，在节点与节点之间，设计者则利用不同人物之观点，呈现辫子之情节，进行空间叙事。”[②]

具体来说，Façade 戏剧中仍有开始、过程和结尾三个主要节点，在用户与戏剧交互的过程中，因着不同的对话输入，不同的事件继而展开，最后的结局也不尽相同，但是整个过程有一个总的目标即揭示主人公婚姻生活中隐藏的危机，这与莱恩所说的流程图结构非常相似；用户可以根据逐步展开的事件，如关于室内装修的问题、喝酒还是饮料的争执等，发现格瑞斯和崔璞两人是如何认识的，以及他们多年生活中的隔阂和歧见，这与莱恩所说的隐藏之故事结构有相似之处；Façade 有三个人物，每个人物有不同的视角和观点，他们的观点也有相交汇之时，意味着不同人物之间所可能产生的时间或空间的交织。如当用户的观点接近崔璞时，格瑞斯则会用她的观点对用户进行反问和质疑，当用户的反应认同格瑞斯时，崔璞对用户提出质问，而用户在交互的过程中，也逐渐明确了戏剧蕴含的主题。

交互戏剧空间叙事为用户营造了空间沉浸感，莱恩说：“为电子技术辩护，所有的与空间沉浸的体验有关的交互文本性的不足，都能

---

① Marie-Laure Ryan, *Narrative as Virtual Reality*: *Immersion and Interactivity in Literature and Electronic Media*, Baltimore and London: The Johns Hopkins University Press, 2001, pp. 246 – 257.

② 黄龄仪：《数位时代之空间时间叙事结构初探——以 Façade 网站为例》，《资讯社会研究》2009 年总第 16 期。

通过超媒体效应得到弥补。在三种类型的沉浸中，空间的多样性明显地更多来自于图像构成的空间性。似乎可以确定地说，未来的交互文本将比现在的文学超文本更多地采用视觉资源……我无法想象一个比设计合理的将图像、音乐、诗歌、简短的散文、地图和历史文件合成为一体的交互作品更有效的方法，来庆祝位置的重要。”① Façade 三维场景的设计、形象的动画人物、语气和语调、表情的变化，这些都为用户创造了空间沉浸的机缘。

Façade 戏剧的成功，除了合理安排空间叙事之外，还巧妙地运用时间叙事，二者紧密结合起来，共同完成一则叙事。赫尔曼在《故事的逻辑》中指出：“传统的时间叙事给予读者明确的线性顺序，然而，模糊的顺序也能带给读者时间感，故他提出了多重时间的概念来代替传统线性的明确的时间顺序关系。多重时间包括：事件与事件之间的先后顺序是随机的，或是事件之间的先后顺序可有一对多，多对多，或者多对无等各种关系。”② 多重时间的概念突破了传统故事中的线性叙事，可以引用到数码媒体艺术的叙事领域中，如超文本叙事、视频游戏叙事、交互戏剧叙事等。就 Façade 戏剧来说，我们可以看到多重时间观念的运用，“在 Façade 之流程图结构中，虽有开场、过程和结尾三个必经之核心事件，但在连接三个核心事件中之周围事件，并不是依照一定之先后顺序而发生，且周围事件也未必皆会发生，而是随机，或因着使用者之输入而产生，因此，Façade 在流程图结构中亦采取了多重时间叙事策略，带给使用者模糊之时间感。”③ 根据前文我们对 Façade 之结构框架的论述可知，多重时间的叙事模式是由戏剧管理者和节奏序列发生器共同作用的结果。

---

① Marie-Laure Ryan, *Narrative as Virtual Reality: Immersion and Interactivity in Literature and Electronic Media*, Baltimore and London: The Johns Hopkins University Press, 2001, pp. 262 – 263.

② David Herman, *Story logic: Problems and Possibilities of Narrative*, Lincoln and London: University of Nebraska Press, 2004, p. 212.

③ 黄龄仪：《数位时代之空间时间叙事结构初探——以 Façade 网站为例》，《资讯社会研究》2009 年总第 16 期。

多重时间的叙事模式，也为读者营造了时间沉浸的氛围。莱恩认为："时间的沉浸是读者对叙事时间结束时知识的渴望。悬念，就是用得最广泛的引起时间沉浸效果的技法之一。一般来说，时间沉浸是读者对叙事过程的介入，随着叙事时间的推进，潜在的事件得以明晰，疑团得以化解。"① Façade 戏剧并没有给用户设置预定的目标，系统也不会强制要求用户采取某些言说方式和行为方式，用户自由地按照个人意愿和对事件的判断，决定输入什么样的对话，系统实时反馈不同的信息。随着谈话的进行，隐藏在格瑞斯和崔璞婚姻背后的危机，渐渐得以显露，由于用户的行为直接影响着戏剧的展演，以及最后的结局，因此，这刺激着用户不断地反复探索，直至发现故事的整体情况。在此过程中，时间不知不觉地流逝，用户沉浸在与戏剧的交互活动中。

在《交互叙事的诗学》一节，笔者论析了交互叙事的要素，包括虚拟环境中的人物、空间性和情绪等。上文分析 Façade 戏剧的空间叙事和时间叙事，也即是该系统的空间性和时间性要素，接下来，我们再来看它的情绪要素。其实，众多领域如角色扮演游戏、交互戏剧或即兴戏剧在叙事中常把情绪当作重要的因素……在虚拟环境中，人物的情绪反应可以作为叙事引擎，用户可以通过代理或者作为朋友刺激虚拟环境中人物的情绪状态，影响他们下一步的行为②。就 Façade 来说，用户作为扮演格瑞斯和崔璞的好友，到他们家拜访，随着谈话的进行，你被迫卷入了他们的婚姻危机中。在结尾，用户的介入改变了他们的生活状态。Façade 有预先写好的对话模块，根据用户的输入，系统会做出相应的反应。用户的主要的任务是在对话框输入词语。起初，格瑞斯和崔璞尽力表现得很有礼貌，并不时地向拜访者提问。每次提问后，系统就会暂停，直到用户做出反应。但是随着故事的发展，

---

① Marie-Laure Ryan, *Narrative as Virtual Reality: Immersion and Interactivity in Literature and Electronic Media*, Baltimore and London: The Johns Hopkins University Press, 2001, p. 141.

② Sandy Louchart and Ruth Aylett, "Narrative Theory and Emergent Interactive Narrative", *International Journal of Continuing Engineering Education and Life Long Learning*, Vol. 14, No. 6, 2004, p. 507.

格瑞斯和崔璞越来越集中于关注彼此，不再关心拜访者。他们俩不断用刻薄的语言争执，此时当用户输入一行字句并按下回车键时，格瑞斯和崔璞已经进行了三四行对话，用户的对话被忽略了。但是，这并没有导致情节的失真，这是因为大家都明白，在双方争论的时候，你可以反驳对方，可以打断对方的谈话，可以忽略他的评论，或者不回答任何问题。[①] 在 Façade 系统中，当格瑞斯和崔璞处在生气的状态时，他们不能对用户的输入作出正常的反应也是合情合理的。整个戏剧过程中，用户加入到他们的争执中，自然会体会到情绪的沉浸。在此，我们看到人物的情绪在系统中的重要性。这也就印证了前文分析的，在交互叙事中，情绪成为一个独立的要素，情绪可以引导故事的进程，增强故事的可信性。

以上，我们从空间、时间、情绪要素以及空间与时间叙事、情绪沉浸等方面，分析了 Façade 的叙事模式。虽然，Façade 在许多方面进行了有力的探索，但是交互戏剧的设计仍不完善，还有很长的路要走，如希拉思所说："考虑到交互戏剧中已有的重要的研究和过去十年中相关领域的发展，我们不能说这一领域的主要问题是缺少管理人物和情节的强大的算法式。相反，未来的方向将是对现有形式的改进和更好地利用。第一，强大的戏剧管理者和可信的代理已经发展得这么远，但是它们的整合还是初级的。我们要求新的整合渠道，它将包括两个实体之间的对话。第二，我们已经认定了提供艺术作品和交互戏剧工具的新方法论的必要。那样的方法论已正在勾画和讨论。"[②]

---

① Marie-Laure Ryan, "Peeling the Onion: Layers of Interactivity in Digital Narrative Texts", May 2005, http://black2.fri.uni-lj.si/humbug/files/doktorat-vaupotic/zotero/storage/CDQXGTTM/onion.html.

② Nicolas Szilas, "The Future of Interactive Drama", http://tecfa.unige.ch/perso/szilas/papers/Szilas_IE05.pdf.

第五章

赛博空间和文学研究的新视野

科技的迅速发展，不仅改变着我们的生活状态，也在不断地重塑我们的社会文化。诚如波斯曼在《技术垄断：文化向技术投降》中所说："我们不必赘述印刷术对中世纪思想的影响，因为爱森斯坦（Elizabeth Eisenstein）在《作为变革动因的印刷机》里已经对此进行了详细的描述。我只想强调一个明显的后果：到 17 世纪初，印刷术已经造就了一种全新的信息环境。凡是能够识文断字的人都懂一点天文学、解剖学和物理学。新形式的文学，比如小说、随笔粉墨登场。"① 同样，由电脑技术和互联网络打造的赛博空间正日益渗透人类日常生活，推动着社会文化的不断演化。而文学艺术及其研究领域作为社会文化的重要组成部分，当然也不可以避免地面临着赛博空间对它的重组与变革。

第一节　文学研究之领域扩展

"在文化现象和媒体整合的科学演进中，文学研究也转向新的分

① ［美］尼尔·波斯曼：《技术垄断：文化向技术投降》，何道宽译，北京大学出版社 2007 年版，第 38 页。

析领域。这些领域现在不仅仅包括各种形式和类型的文学，也包括电影、超文本和探索计算机与视频技术的各种可能的艺术形式。”① 文学研究的领域扩大了，正如兰哈姆所说：“数码的相同性意味着我们不能再单独地进行文学研究，其他艺术形式将成为文学研究之一部分。”② 这一点，我们可以从中国与欧美国家电子文学研究现状之比较中进一步明确。

一　赛博空间的中国文学

人类历史上空间的发现和拓展，演绎着社会的文明与进步。如前文所述，人类的活动不断开启新的空间，而这些空间一旦被发现，就又反过来推进我们自身的行动。空间总是在不断地膨胀、收缩与消失，甚或被其他的空间所转化。赫尔曼·闵可夫斯基对爱因斯坦相对论的经典阐释，导致了物理学家们在谈论空间——时间时，通常把时间视为附加于空间三维之上的第四维。由于这些空间在众多方面互相干扰，因此人类在其日常生活中发现自身处于一种多维的超空间。赛博空间就是当代超空间中的主导空间，它以瞬息同步、多元互动为特征，急遽地改变着我们的文化。③ 文学自然要经受赛博空间的技术洗礼，本书前四章已经分别从文艺创作主体、读者（用户）、文本形态、叙事策略的演变等几个方面阐释了文学存在方式的变革。

在绪论中，笔者通过中国与欧美国家赛博空间的文学研究的比较，认为国内的研究侧重在网络文学领域，较少探讨超文本、超媒体技术等充分挖掘计算机和网络潜能的作品，而这恰恰是欧美国家学者研究之特色。

① Julian Kücklich and LMU Mün chen, “Literary Theory and Computer Games”, http://www.cosignconference.org/downloads/papers/kucklich_ cosign_ 2001.pdf.

② Richard A. Lanham, “The Electronic Word: Literary Study and the Digital Revolution”, New Literary History, Vol. 20, No. 2, 1989, p. 273.

③ 麦永雄：《赛博空间与文艺理论研究的新视野》，《文艺研究》2006 年第 6 期。

国内网络文学研究现状，与网络写手的写作情况有关。他们创造的是广义上的网络文学，即利用电脑写作并通过互联网进行传播的文学作品，只要懂得电脑输入法，又有表达情感愿望的个人，都可以发表自己的作品。这一点，我们可以从国内几个大型的网络文学站点，如红袖添香、起点中文网、晋江原创网、潇湘书院、17K 小说网等，发表的作品加以印证。有种说法，认为 10 余年来的网络原创作品无论按字数还是按篇计已经远远超过 60 年来纸质媒体发表的文学作品的总和。此外，还可以各大文学网站作品排行榜来看，点击率高的作品都是文字为主，并没有综合利用赛博空间多媒体整合之特点。对此，霍克斯在《虚拟中国文学：在线诗歌社区的比较研究》一文中也提出了相似的观点，"贝克尔认为超文本小说是非线性写作，要求创造特殊的软件支持，特殊的经销商来销售，欣赏时要求特殊的阅读策略，在社会学意义上是一种真正的艺术形式。印刷世界没有办法，将这些要求融合在现有的组织形式和代理商之间的合作之中。如前面提及的，在线文学的革新形式还没有在中华人民共和国出现。"① 虽然，他的这一说法有片面性，但是也道出了当今国内网络文学在技术创新上的不足。

国内网络文学的盛况，也形成了网络文学研究热，出版了一系列影响广泛的论著。仅从近两年出版的成果来看，有中南大学欧阳友权教授主编的《网络文学 100 丛书》（2014）、《网络文学编年史》（2015），王祥《网络文学创作原理》（2015），邵燕君《网络文学经典解读》（2016）等，国内学者已从网络文学的历史梳理、题材类型、语言使用、理论建构等方面，对这一领域进行了多方深入的探索。

与国内网络文学研究不同的是，欧美国家的研究侧重在超文本、超媒体文学，它们在一定意义上已经突破了文学的领域，进入艺术之

---

① Michel Hockx, "Virtual Chinese Literature: A Comparative Case Study of Online Poetry Communities", *The China Quarterly*, 2005, p. 676.

大家庭。霍克斯也认为，“我发现西方网络文学的学者专注于革新的形式，尤其是超文本和超媒体。”① 由此可见，西方网络文学研究之重点，正是国内网络文学研究需要加强之处。

为了全面勾勒网络文学之面貌以及网络文学研究之态势，我们综合国内外的情况来考察。由于国内的网络文学创作以及研究，已经有不少的论文和专著详加讨论，这里就主要以欧美国家网络文学为例，探视网络文学的另一道风景。

二　电子文学之类型

本书第三章“文本之重构”，根据哈里斯的特殊媒介分析法和莱恩的文本分类法，可以将赛博空间的文本类型分为：计算机作为作者或合作者时生产的文本，作为传输媒体时的文本，作为表演空间时的文本。不可否认，这三种分类也有交叉和重叠的地方，但这并不妨碍它在论述计算机在文本生产中作用的有效性。这种分类法，很明显是以文本的物质基础为划分标准的。在此前提下，我们还可以根据艺术文本的特点，进行更为详尽的文本类型的分类。

哈里斯认为：电子文学，一般排除印刷文学的数码化，它天生就是数码的，在电脑上创作并在电脑上阅读的数码对象。而电子文学组织（Electronic Literature Organization），则把数码媒体传播的作品和在计算机上创作但是通过印刷媒体出版的作品都称作是电子文学，也就是说利用单独或联网计算机提供的功能和环境，创作的有重要文学性的作品，都是电子文学。我们认为哈里斯的观点，具有一定的代表性，体现了文学在赛博空间的转换和创新。她在《电子文学：它是什么?》一文中提出，因为电子文学通常是在联网的和可编程的媒体的背景中

① Michel Hockx, “Virtual Chinese Literature: A Comparative Case Study of Online Poetry Communities”, *The China Quarterly*, 2005, p. 690.

创作，当代文化的动力室（powerhouses）尤其是电脑游戏、电影、动画、数码艺术、图像设计和电子视觉文化也会影响它。在这个意义上，电子文学是“有希望的怪物”，它由取自传统的各个部分组合而成，这些部分常常并不能很好地融合在一起。本质上来说，它是混杂物，包含一个交易区，在那里不同的词汇、专业知识和期待聚集在一起，人们想要看看不同领域的交叉能产生什么。电子文学考验着文学的边界，挑战着我们重新思考文学能做什么，文学是什么的观念[①]。在该文中，她着重分析了超文本小说、交互小说、图像三维空间到实际三维空间、交互戏剧、生成艺术等类型，这些类型充分体现出网络和计算机的潜能在艺术领域中的发挥。

早期电子文学是超文本小说，具体作品如乔伊斯的《下午：一个故事》、莫尔斯洛普《维克多花园》、杰姆逊（Sherry Jamson）《拼缀女孩》（Patchwork Girl），这些作品都是用超文本制作程序写成。随着万维网的发展，新的写作系统和传播方式出现，电子文学的性质也在改变。早期的超文本作品倾向于有限的图像、动画、颜色和声音构成的文本块，近年来的作品更多利用网络的多模式功能；超链接被认为是早期作品的一个明显的特征，近期的作品利用各种各样的导航设计和界面隐喻，倾向于不再强调链接。2002 年在加州大学洛杉矶分校电子文学座谈会上的讲座中，哈里斯称早期的超文本作品为第一代，晚期的为第二代，分界线大约是 1995 年。杰姆逊《拼缀女孩》代表着第一代作品的顶峰之作。这部作品虽然基本上仍是沿袭《下午》的多向路径形式，但却走出了《下午》经典形式笼罩的阴影，以适当的页面内容的断裂，呼应着路径自由转换的散乱感。《下午》文页之间仍挣扎着要建立起一定程度的叙事关联，《拼缀女孩》各页面之间则完全忽略这一要求，所以表层上的阅读路径

① N. Katherine Hayles，“Electronic Literature：What is it?”，January 2，2007，https：//eliterature. org/pad/elp. html.

变成漫游路线（meandering），叙事形式遂变得破碎，然而表层放松叙事关联的追求，文本的深层想象结构却逐步显露。兰道在讨论该作品时，也点出拼贴技巧的应用，“大多拼贴效果的发生，不在每个文本片之内，而是通过不同的片段的阅读，我们读者拼凑一个角色和一段叙事”①。随着多种多样的电子文学的出现，超文本小说涌现出混杂的形式，如乔伊斯的《十二蓝》（Twelve Blue）（第二章已经分析）、莫尔斯洛普《雷根图书馆》（Reagan Library）等。其中《雷根图书馆》再次尝试了随机跳转技术在文学中的运用。它的超链接对象并不是一一对应的，而是一个页面与多个页面进行链接，在跳转时，由计算机随机从多个被链接的页面中选定一个，由此以来，便形成一个多向路的叙事。读者在第一次阅读和随后每次阅读时，随机的跳转都会形成不同的文本对象，从而产生不同的文本意义。只要读者有兴趣和耐力多次阅读，每一次都会有新的发现和理解。随机跳转的技术与上文拼贴技巧有异曲同工之处，只是艺术史上的拼贴是静态的，而电子技术则将拼贴转换为动态的。这些作品充分利用超文本技术的特点，创造出一种突然涌现的叙事形式，具有一种出人意料的特点。

从广义上来说，超文本小说属于交互小说，因为它也需要用户的介入，文本才能得以展示。狭义上的交互小说与之前提到的作品不同的是有很强的游戏元素。电子文学和计算机游戏之间的界限远非清晰；很多游戏有叙事成分，很多电子文学作品有游戏元素。然而，在这两种形式之间也有一个要强调的不同点。转述埃斯凯利宁（Markku Eskelinen）的话，我们可能会说，在游戏中用户解释为了设置进入模式，而在作品中主要的兴趣是叙事，用户设置进入模式是为了解释。交互文学没有用户的输入就不会继续展开。交互文学通过各种各样的技术，

① George P. Landow, *Hypertext 2.0: the Convergence of Contemporary Critical Theory and Technology*, Baltimore: John Hopkins University Press, 1997, p. 199.

包括图像、动画、视频和传统的文学成分的变动，扩展了文学的表现手段。根据文学文本的交互性的不同，可以将其分为外围交互性文学、中层交互性文学和内层交互性文学。交互层类不同，文本设计和展示的方式亦有所不同。这点，我们在前文第三章参考莱恩交互层类的划分，作了详细解释，在此略述。

莱恩在《赛博空间文本性》一书中认为："电子技术能合成多感觉语言，为用户创造一个和物理世界一样有刺激性和挑战性的空间。"① 她设想的电子文本的理想形态与实际三维空间的艺术形态相近。随着计算机离开桌面，与真实环境融合，电子文学的其他种类也开始出现。我们可以以 CAVE 为例来看。CAVE 作为交互文学的先锋项目，是由库弗领导的布朗大学的创造性写作实验，库弗本人也是国际知名的文学专家。受库弗的邀请，一些作家（包括 John Cayley，Talan Memmott，Noah Wardrip-Fruin，William Gillespie）来到布朗大学为 CAVE 创造作品。他们合作的作品的共同点是具有虚拟现实性。在三维空间中，用户戴上虚拟现实手套，控制一个权杖，这让他们认识到：文学不再是持久存在的印刷书页，而是作为一个包括触觉、动态的、本体感受的和空间感知的全身体体验。布朗程序规划小组最近又研发了一个空间超文本作家系统，允许作者利用 CAVE 来创造和编辑他们的作品，并能够将文本、图像、三维照片和视频以及三维模型链接起来。这一系统不仅能潜在地用来创造而且还能观看 CAVE 作品。尽管目前还不能很快就看到软件的影响，但无疑它将极大地增加观众和电子文学产品的影响。这一示例说明了交互文学由计算机图像空间转换到真实三维空间，文学的形式在不断地创新与变化。

生成艺术也是哈里斯认定的电子文学类型之一。正如她所说：

---

① Marie-Laure Ryan, "Introduction", in Marie-Laure Ryan ed. *Cyberspace Textuality: Computer Technology and Literary Theory*, Bloomington and Indianapolis: Indiana University Press, 1999, p. 12.

"运算法则被用于生成文本，根据一个随机化的构图，或者重新安排预先存在的文本，目前它是电子文学最重要的和稳定的类型。"① 最常见的生成艺术的一个例子是我们使用 Windows Media Player 播放音乐时，界面上呈现出的随着音乐起伏而变幻的场景，由无数的点、线和面生发而成的数种视觉效果，有火焰、烟雾等等。这些变幻莫测的画面，正是出自计算机之手，设计者运用算法，制定点，线、面的运动规则，编写计算机程序代码，由计算机执行代码而得出最后的图像。② 前文中我们列举的作品，如 TALE-SPIN，MINSTREL，MEXICA，BRUTUS，《真正的爱情》出版发行，这些机器作者作品都可谓是生成艺术。再如，美国艺术家拉库克的《闪诗发生器 3.0 版》，利用随机化的马尔科夫算链以生成文本。用户输入名词、动词之后，程序就接着书写，生成所谓的诗歌。这些诗歌的特点是具有可定制的声音和背景动画③。利弗德（Etan Llfeld）的《一种新的电影》，这一项目将技术、艺术和媒体合并起来：用一个图像作为促发点，创造电影的程序将从成千上万个经过测验的任意产生的胶片生成一部电影④。

从生成艺术的生成机制来说，计算机程序代码的设计无疑要求高度的计划性，而由计算机执行代码产生子作品的过程则是随机的，其结果具有不可预计性，这一点恰好与非生成艺术相反。非生成艺术在创作之初通常有个构思阶段，构思成熟时形象已经呼之欲出、情节已经基本分明。相比之下，生成艺术所能构思的只有规则（如算法），但根据规则而生成的结果则是难以预料的。我们可以将生成艺术的创作当成是有计划的随机运作，是确定性与非确定性的统一。

---

① N. Katherine Hayles, "Electronic Literature: What is it?", January 2, 2007, https://eliterature.org/pad/elp.html.

② 黄鸣奋:《数码艺术学》，学林出版社 2004 年版，第 443 页。

③ Levis Lacook, Flash Poetry Generator 3.0, 2002, http://rhizome.org/art/artbase/artwork/flash-poetry-generator-30/.

④ Etan Llfeld, A New Kind of Cinema, 2009, http://rhizome.org/art/artbase/artwork/a-new-kind-of-cinema/.

动态诗歌也是电子文学之一种。我们可举肯德尔（Robert Kendall）的《忠诚》（Faith）为例，加以分析。是一个动态诗歌，是利用计算机的多模式功能创造出的作品，该作品中色彩、动画、音乐和时间顺序与口头文字文本协同合作生成意义。这一作品的展开分为五个阶段，作品前四个阶段分别以橙色、红色、紫红色、黑/灰色编码为标志，每个阶段都覆盖先前的阶段，并合并旧的文本成为新的。每个阶段都会吸取前一阶段的文本，同时加入评论。伴随文本展开的是精心设计的音乐。比如第一阶段橙色的“logic”一词，在第二阶段就被篡改为 I edge/logic/out，新添加的词语显示以红色；在第三个阶段，“edge”转换为“hedge”，显示为紫红色。随着词语位置的变化，并被改动添加进新的文本，通过先前出现过的颜色暗示着它们保留一点点先前的意义。①

此外，交互戏剧也是电子文学的重要类型之一。马塔斯和安德鲁设计的 Façade 可为交互戏剧的代表。前文已述，这里略论。

由是，超文本小说、交互文学、位置叙事、生成艺术、交互戏剧和动态诗歌皆是电子文学之类型，但又绝不是电子文学的全部形式，随着技术的进步以及艺术家的创新，新的形式还将不断地涌现出来。尽管如此，这些艺术形式已经充分说明了赛博空间文艺形式的多样性，很多具有高度艺术价值作品的出现，值得我们并要求我们像对待印刷文学一样，密切关注和严肃审视它们。

三　数码文学会议认可的作品种类

除了从实践中的电子文学类型来阐明文学研究范围之扩大外，我们还可以从国际上有关数码文学的会议得知文学考察范围之变迁。

① Robert Kendall, Faith, 2002, http://collection.eliterature.org/1/works/kendall_faith/title_page.htm.

这里，以2007年10月4日至7日，美国布朗大学召开的《阅读数码文学：美国—德国会议》为例，分析会议上讨论的作品种类。本次会议旨在探讨印刷文学和传统文学之不同。这一点在会议介绍中也有明确的表述：从实况网络聊天中截取的图像组成的帷幕，由计算机程序生成的故事，用户参与形成的叙事，词语的消失或者显现依赖于读者的位置，文本离开原位并要求读者推回它们。我们该如何阅读这些移动的文字？我们如何把握它们的意义？它们会给我们带来什么样的感觉？会议聚集了来自美国和德国的10位专家探讨这些以及其他深层问题。

这次会议上主要探讨九部作品，《S. T. A. L. K. E. R》（2007）是第一人称角色扮演游戏，《闪过一瞥》（Slippingglimpse）是电子诗歌，《倾听驿站》（Listening Post，2000—2001）和《文本雨》（Text Rain，1999）是多媒体交互作品，《Façade》（2005）是交互戏剧，《破门而入》（Bust Down the Doors!，2000）是网络小说，《睡眠艺术》（The Art of Sleep，2006）是网络多媒体文学，《魔鬼》（edinburgh/demon，2007）是媒体间的拼贴艺术，它是符号学机器，能将不同符号系统的内容合成为一个有意义的整体。《情书生成器》（Love Letter Generator，1952），《合成文本》（Syntext，1992—1995）属生成艺术。由于其中的几种文学类型我们之前已有所讨论，这里我们以《倾听驿站》（Listening Post）（图5）和《文本雨》为例，介绍多媒体交互作品。

图5　Listening Post

《倾听驿站》是汉森（Mark Hansen）与鲁宾（Ben Rubin）的作品，该作品在2004年奥地利林茨电子艺术节获得“金尼卡”奖（the Gold Nica）。每秒钟，在互联网上有数量惊人的信息交流，特别是在网络留言板上成千上万的信息交换，而这就是“倾听驿站”的灵感之源。它是从成千上万自由的网络聊天室、公告板以及其他公共论坛的实时对话中选取文本碎片构成的艺术装置。通过一个声音合成器，文本碎片被读出或者被唱出，同时通过两百多个小的电子屏幕组成的悬浮网格被展示出来。“倾听驿站”通过六种运作方式不停地循环，每一个运作有不同的处理视觉、听觉和音乐元素的方法，每一运作也有自身的数据处理逻辑。与传统的屏幕呈现的传播内容不同的是，倾听驿站是对虚拟传播的内容、数量和即时性的视觉上的和声音上的回应。[①] 其声音生成系统建构几乎如同风铃，在这种情况下风不是气象学的而是人类的，移动的粒子不是空气分子而是词语。在某种意义上可以说，“倾听驿站”驾驭由这些词语承载的人类能量，并通过它的所有机制传输人类能量。它极大地调动了观众的参与性，在一种被设定的虚拟化的空间语境中，观众“体验着完全技术的、具有即时性的、沉浸其中和人性化的网络交流之路。”[②] 这个计算机和网络控制的视听环境在于表达全球对话这一现象的规模，具有即时性和动态效果。在昏暗的环境里，231 个电子展品用声音、对话片断、图像和动作把网络交流这一现象形象化地展现到屏幕上。

《文本雨》是游戏性的交互装置，它打破了日常和魔力之间的界限。参与这一装置的用户，利用他们的身体作为常见的工具，去做看似有魔力之事，举起并玩耍降落的字母，这些字母实际上并不真的存在。参与者在一个大的投影屏幕前站立或者移动。他们看到在屏幕上有一个他们自身的黑白色的视频投影，合在一起的还有下落文字的彩色动画。就像雨或雪一样，文字落在参与者的头上或胳膊上。文字能对参与者的移动做出反应，可以被抓住、举起，然后再放下。下落的文字落在比某一阈值更暗的任何地方，并且当什么时候障碍去除，它才会下落。如果一个参与者沿着其伸开的胳膊或者沿着某一黑暗的物

---

① Mark Hansen, Listening Post, http://www.sciencemuseum.org.uk/visitmuseum/plan_your_visit/exhibitions/listening_post.

② 王利敏、吴学夫：《数字化与现代艺术》，中国广播电视出版社 2006 年版，第 148 页。

体积攒了足够多的字母，那么他们有时能抓住整个词，甚至一个惯用语。下落的字母并不是任意的，而是组成关于身体和语言的诗句。在文本雨装置中读惯用语既是体力的也是脑力的工作。[①]

从以上讨论的作品来看，电子诗歌、多媒体交互作品、交互戏剧、网络小说、生成艺术等艺术类型，已经进入国际文学会议的议题，这也正说明了网络时代文学的变迁，日益成为专家和学者的研究对象，为此，我们在进行文学研究时一定要有国际视野，通观全球文艺变迁，把握新时代文学和文学研究的发展方向。

第二节　文学研究方法的革新

哈里斯在《电子文学：它是什么?》一文中论述了，电子文学已经产生了很多具有高度文学价值的作品，值得并要求我们密切关注和分析。密切的批评关注需要新的分析模式和新的教学、解释和执行的方法。最紧迫的，可能是数码化思考的必要，也就是说，注意网络和可编程媒体的特殊性，然而同时又利用印刷文学和批评的丰富的传统。[②] 确实，数码文学的出现，虽然并不是一蹴而就的，仍然要借鉴传统文艺创造的某些方面，但是它更多彰显出与传统文学之不同，这也就要求我们革新文学研究之方法。

一　计算机辅助的文本研究理论

电子媒体的出现以空前强大的力量挑战并驱动文化的形成，如麦克卢汉这样的理论家在 20 世纪 60 年代就宣称，谷腾堡星系已经落后，

① Camille Utterback and Romy Achituv, Text Rain, 1999, http://camilleutterback.com/projects/text-rain/.

② N. Katherine Hayles, "Electronic Literature: What is it?", January 2, 2007, https://eliterature.org/pad/elp.html.

现在是电子传播，而不是印刷媒体，推动文化发展。[①] 就文学领域来说，传统意义上的文学已经给电子媒体特别是以网络媒体为代表的数码媒体让路，文学在存在方式、生成方式和传播方式等方面都发生了重大变化，这也就必然导致文学研究方法的顺势而变。

计算机辅助的文本分析，就是研究方法的一大变革。正如奥尔森（Mark Olsen）所说："20世纪60年来以来，在文学和历史研究中计算机信息处理文本数据的方法已经得到相当程度地扩展。"[②] 这一方法的理论背景，可追溯到结构主义和后结构主义批评理论。奥尔森也认为，那些理论对计算机应用有些吸引力。第一点，它们鼓励探索计算机技术潜能的研究设计，能快速获取信息和进行大批量的数据分析。在这些模式中，独立文本和作者，变得没有符号处理重要。第二点，互文性水平的关注，通过考察语言和符号的互文关系，可以帮助我们理解复杂的文本元素。比如，巴特的符号学原则就可以帮助我们确立计算机文本分析的方法。他认为评估作品不是简单地追踪其影响，文本的语言才是中心。他的语言概念是自由漂浮的符号的能指。因为他不相信符号可以永久地被给予一个固定的意义。但是，符号，或许常常通过社会权利关系网络固定意义。然而，作者不能控制或发明某个时期符号的意义，这一点也是很明显的。[③] 虽然巴特的说法忽视了符号意义的社会建构。但是，他强调文学文本中符号的重要性，减少作者意图在理解文本中的作用，这一观点可以帮助我们确立一种文学计算的理论模式，即计算机能被用于考察和分辨作者写作的文本的符号世界。事实上，计算机适合考察词语、表达式和别的文本部分，它可以被视作一个理想的符号机器，因为它能帮助我们快速地检测大量的符号，

---

① R. Koskimaa, "Cybertext Challenge: Teaching Literature in the Digital World in Arts and Humanities in Higher Education", *Arts and Humanities in Higher Education*, Vol. 6, No. 2, 2007, p. 170.

② Mark Olsen, "Signs, Symbols and Discourses: A New Direction for Computer-Aided Literature Studies", *Computers and the Humanities*, Vol. 27, No. 5 – 6, 1993, p. 309.

③ Ibid., p. 312.

在给定的文本中比较它们的使用情况。

在历史上，寻找文学研究和人文学科计算处理技术之间共同的交叉点的，最好的研究范例之一是史密斯（J. B. Smith）1978 年的重要论文《计算机批评》。在这篇论文中，我们发现计算机信息处理技术在语言和文学研究方面的应用，根据最终的产品可分为两个部分：一个是通过文本操作的常规方法，计算机被用于未来的研究（如辞典、索引等），另一种是计算机被用以进行特定的文学作品的分析，如主题分析、风格研究等。[①] 毫无疑问，史密斯的模式，明确地考察了文学研究团体中开展的不同类型工作之间的关系。在此，文学文本即文本的符号化网络被认为是文学研究和计算机算法之间关系的中心点，这也迎合了结构主义和后结构主义理论为计算机文本分析提供了理论支点的说法。

除了史密斯之外，另一个值得重视的人物是文学/文本学者玛赞（T. W. Machan）。他在《中世纪文学：文本和解释》的引言中，简洁地将文学批评和学术著作分为两种主要类型：低水平批评和高水平批评。其中，低水平批评主要指本书的和著书目录的，高水平批评以解释研究为特征。玛赞解释说，低水平批评通常被认为是更真实或更科学的，它提供了定义现实的数字的、分析的、分类的信息；高水平批评经常被视为给予低水平批评确立的字句以生命和灵魂；它是智力的和美学的活动，依赖于某个人的批评观点、揭示、建构或拆解文本的意义。正如我们期待的，这两者之间的关系是相互影响的。因为，没有传统的低水平批评的文本建构，就没有高水平批评的理论聚焦，同样没有传统的高水平批评对文本的解释，就没有低水平批评能确认事实的背景。简言之，每一个批评有自身的特点，但是彼此之间也必能互相促进。[②]

---

① J. B. Smith，“Computer Criticism”，http：//www. sfu. ca/delany/litterengl. html.

② Raymond G. Siemens，“A New Computer-assisted Literary Criticism?”，*Computers and the Humanities*，Vol. 36，No. 3，2002，pp. 260 – 261.

通过以上的分析，我们可以看到，玛赞的文学研究的一般模式和史密斯文学计算模式实际上可以是互补的关系。一方面，史密斯概括的第一种产品类型，即计算机通常被用来帮助未来的研究，诸如索引、创建索引、校勘和诸如此类的工作，已经被认可是有益的，或至少是不可避免的，这正是玛赞低水平批评的内容，本书研究和参考目录领域中利用计算机已经被接受。另一方面，玛赞的批评模式也帮助我们注意到，从文学批评的观点来看，计算机工具不只是能帮助未来的文学研究，它将在文学研究团体中发挥更大的作用，得到最大程度的接受，在这一点，我们可以看出，史密斯的后一种产品——计算机被用于特定文学作品的主题分析、文体研究等，具有和玛赞高水平研究相近的关系。①

大家有目共睹的是，计算机快速、便捷、高效的检索语言文字的能力。如今，字处理程序和书目资料库，对文学研究者而言已经成为通用工具。如果根据玛赞和史密斯的模式分析来看，这些仍然是计算机辅助的文本分析的低水平批评、“第一种产品”。实际上，伴随着计算机处理能力的增强和相关软件的开发，计算机将会在高水平文学批评、“第二种产品”领域发挥更广阔的作用。这一目标方向的确立，将会不断地冲击传统的文本分析的观念，逐步建立适应数字媒体文本的研究方法和理论。

接下来，我们就以中国古籍的数字化和莎士比亚交互档案为例，阐释数字媒体时代文学研究方法之变革。

二　古籍数字化与古典文学研究之互动

浩如烟海的古籍资源是中华文明的记载，也是祖先留下的宝贵财

① Raymond G. Siemens, “A New Computer-assisted Literary Criticism?”, *Computers and the Humanities*, Vol. 36, No. 3, 2002, p. 261.

富。据杨家骆先生 1946 年统计，仅西汉前至清末的古籍就有 181755 部。传统的古籍整理主要依赖手工进行，不但操作费力、效率不高，而且成果的利用也存在种种困难。电脑和网络的出现与普及，不仅为古籍资源整理提供了工具，而且为其成果的传播提供了有效的媒介。[①] 古籍的数字化，是指利用现代信息技术将古代文献转换为数码形式的文本。目前，已有《四库全书》《四部丛刊》《二十五史》《全唐诗》《全宋诗》《十三经》《先秦魏晋南北朝诗》等一系列传统文献的数据库。这些数据库以其信息量大、检索快捷方便、准确率高等特点，不仅为广大读者阅览古典文献提供了便利，而且也为文学研究者提供了新的研究方法和思考路径。

计算机在文本中的作用，可以分为两大类：检索作用和分析作用，近似于玛赞所说的低水平批评和高水平批评。李铎、王毅在《数据分析时代与古典文学研究的开放性空间》一文中认为，编纂“引得”之类的工作是计算机在“检索时代”所做的取代人的工作，而现在，计算机在古代文献整理研究方面已经进入“分析时代”。检索时代的计算机主要是提供各种检索手段，如全文检索、作者检索、主题词检索等等，计算机是被动的听人的指令，依据计算机里的数据向人提供“应答式”的信息服务。学者可以根据计算机提供的信息人工完成分析，在分析的过程中，需要新的数据或信息，再次向计算机发出指令，这也是一个交互过程，在这个交互过程中，计算机始终是从属性的高速应答工具，虽然它提供的数据会引发研究者的思考，甚至改变研究者的观点，但是它仍旧是被动的响应。而在分析时代，计算机中的数据不再是简单的纯文本格式，也不是为加快检索速度而生成的数据库文件，而是以研究为目的而做的“多属性标记本书或多维度的数据仓库（Databank）”，就是说：在存储时，人们已经根据可能性做了多维的标记处理，这些标记并不是针对某一具体方向的工作而做的。这样

① 陈阳：《中文古籍数字化的成果与存在问题》，《出版科学》2003 年第 4 期。

计算机可以根据其属性归纳总结出简单而又直接的“指令”来，这“指令”是由计算机发出。[①] 以分析时代的计算机的功能来看，古典文学在研究课题、方法、广度和深度等方面都会发生变化。

比如，在进行作品风格的研究时，我们常常使用多维字频统计（整合字频、音频和部首频率统计为一体）分析的方法。首先统计出某位作者在不同的时期、不同的写作情景、不同的作品类型中出现的字频变化，然后再将这些字频与同一时期的其他作家的作品相比较，得出哪些字是该作家常用，而其他同时的作家很少用，进而考察追踪思考这背后的原因。这无疑会生发出很多值得探究的课题。[②]

借助于多维度和全方位的数据库信息展示功能，文学研究者可以拓宽和加深对相关问题的探索。比如以某一作家的生平家世为焦点，可以迅速排列比较同时代和异时代的多个、甚至多组作家的类似背景资料，寻找他们之间关联和变化的脉络。[③] 若以某个重要作家的家世和作品系统为出发点，研究者可以方便地利用多维度的数据仓库，切入与此相关的众多时代事件的信息系统中，横向方面，还可以进一步了解诸如当时社会制度、地理、经济、民俗、宗教等复杂宏阔的历史背景，纵向方面，可以了解这一作家、作品、具体事件在历史上的影响、承传关系等等。如以李铎等人开发的“二十五史分析系统”为例，它包括“人物分析”、“时代分析”、“地名分析”和“事件分析”四个模块，在模块内，提供相关的公共信息。如人物分析，输入“李白”，可以提取出李白《本传》；生成“相互关系表”，即新旧《唐书·李白传》中提到了哪些人，另外哪些人的《传》中提到了李白，交互提到的有哪些等等；生成出家族谱系表。输入任何公元年或朝代年号，则

① 李铎、王毅：《数据分析时代与古典文学研究的开放性空间——兼就信息化工程与古典文学研究之间的互动问题答质疑者》，《中国文化研究》2006年夏之卷。

② 李铎、王毅：《关于古代文献信息化工程与古典文学研究之间互动关系的对话》，《文学遗产》2005年第1期。

③ 李铎、王毅：《数据分析时代与古典文学研究的开放性空间——兼就信息化工程与古典文学研究之间的互动问题答质疑者》，《中国文化研究》2006年夏之卷。

显示所有本传中提取出的该年代的主要事件。此系统支持跨模块的信息提取，如输入某地名，则可以得到该地名的历史名称变迁及在该地出生、为官、终老以及籍贯为该地的人物。[①] 如此，研究者的视域就扩大了，历史、经济、政治、民俗各方面的资料融会贯通，其看问题的视角就有可能发生变化，这样得出的结论无论在广度上还是深度上都有所提升。

计算机辅助的文本分析方法，绝非是要把人的作用、人的智慧，排除在文学研究之外，而是将计算机的强大功能和人的创造性思维结合起来，把古代文学研究提升到一个更高的层次。当然，这并不是说目前的文本计算分析已经尽善尽美，在版本鉴别、字库设计、程序设计语言、跨文类、跨媒体资料整合等方面都还存在着不足，需要文学研究者和程序开发人员共同努力，不断推进计算机在文本研究中的潜能的发挥。

三　莎士比亚交互档案

莎士比亚交互档案，充分体现了跨媒体资源整合的优势。这一项目的缘起，可以追溯到斯坦福大学英文学系的弗雷德兰德（Larry Friedlander）。他当时主讲戏剧和莎士比亚的课程，在课堂上，他时常会感到尴尬。其原因，不是由于学生，也不是来自作品，而是因为谈论不在课堂的东西即表演自身的为难。教学过程中，师生讨论依据的是印刷文本，不管这个文本多么丰富、多具有暗示性，它都不会帮助我们想象戏剧的真正的体验，那种公众的、引起幻觉的、如梦一样瞬间即逝的感觉。这种传统的学习，基本上是文字文本研究。教室一直就是作为讨论印刷文字的地方。在教室和表演空间之间，或者在记笔

① 李铎、王毅：《数据分析时代与古典文学研究的开放性空间——兼就信息化工程与古典文学研究之间的互动问题答质疑者》，《中国文化研究》2006 年夏之卷。

记的学生群体与沉浸在渐次展开的表演世界中的观众之间很少有相似点。教室的场景、氛围无法帮助学生想象表演艺术的神秘：演员在台上的动作、表情、艺术大师出演的激动人心，等等。[①] 为了打破这种教学方法的局限，弗雷德兰德决定向学生展现表演的过程、场景、变化和事件。不是把教室转换为剧院，而是将戏剧作为一个严肃研究对象呈现给学生。为此，从 1987 年开始，他就用 HyperCard 系统建立莎士比亚剧作的多媒体项目。正如他在《莎士比亚项目：多媒体实验》一文中所说："从一开始，我想要在不减少戏剧丰富性，也不迫使这一复杂的艺术形式，服从某些一致的规则、指示和严格的判断，如此这般的环境下，讲授戏剧的整个过程。我想让学生通过直接地、具体地接触伟大的表演，来发展他们自身的评判标准。我希望他们用自我的心灵和对于美的最深刻的体会来学会观看戏剧。"[②]

在莎士比亚项目中，学生们面对两个屏幕。在视屏控制器上他们可以观看电影和静止的图像，在相应的计算机屏幕上，他们能看见文本和图像，还有动画。在进入这一系统时，学生从菜单中进行选择，可以自由地从一个领域到另一个领域。各种不同的领域提供了不同种类和主题类型的活动，也就是说，在某些领域，学生们观看场景、阅读文本、记录笔记，在另一些区域，他们又可以利用结构指南，或者自由地浏览静止的图片集。学生们所有的选择和行为都被自动地保存在电子记录本中。随后，他们可以根据记录写作论文或准备课堂展示。具体来说，各个领域的情况如下。

表演：学生们从两个或多个版本的莎士比亚戏剧中选择要观看的场景，当电影在视频播放器屏幕上展开的时候，同时，计算机显示器提供了相应的注解和研究帮助。例如，在观看一个场景时，学生们能读到演员表演时如何做出行为选择，或者这一表演的历史背景，或查

---

① Larry Friedlander, "The Shakespeare Project: Experiment in Multimedia", in Paul Delany and George P Landow ed. *Hypermedia and Literary Studies*, New York: MIT Press, 1995, p. 257.

② Ibid., p. 260.

阅文本的多个版本，还能转向同一个场景的另一个版本。

研究领域：学生们能利用有关基本的戏剧概念和戏剧人物的多媒体指南。指南给学生介绍了演员、导演、设计者们为了一个产品进行的全方位合作，而且它是交互式的，用户可以根据自身的喜好，探索电影、文本和图像之间的互文性。戏剧概念的解释是图像化的，并辅以生动的例子。

探讨：系统提供了一个实践空间，包含和指南有关的重要示例。如果学生想要弄清楚一个难理解的概念，他们可以在这里花时间解决，并将他们寻找的答案与设计者提供的相比较。

戏剧游戏：动画程序允许学生在计算机模拟系统上编排个人版本的各种戏剧场景。

浏览：这一部分包含具有动态索引系统的关于戏剧的大规模的注解图像。学生们能组织和管理自己的图像系统。

笔记本：学生们能写作多媒体文章，引用电影片段、图像和动画等视觉画面直接嵌入文本。程序包含有特殊的工具允许学生截取和保存电影图像和片段。①

由此可知，项目的每一个领域都是为阐明特定问题而设计的，或者为用户提供概念上的和实践上的帮助。这个项目虽然是为用户学习莎士比亚剧作而设计的，但是它同样可以为戏剧文学研究者服务。研究者可以一边观看戏剧场面，一边在屏幕上调出与该场景对应的文字对白，边欣赏边对比，还可以实时地在系统中添加进自己的注解和评论，这无疑为研究者开展跨媒体研究提供了便捷。比如，以《哈姆雷特》中女修道院场景为例。文本很清楚地描写了哈姆雷特很生奥菲利亚的气。因为他对她说，他不爱她而且指责所有女人的背叛。但是，同时他又表达了他对她的爱，并不断自责。发生了什么事？他爱还是

① Larry Friedlander, “The Shakespeare Project: Experiment in Multimedia”, in Paul Delany and George P Landow ed. *Hypermedia and Literary Studies*, New York: MIT Press, 1995, p. 257.

不爱她？为什么他会如此生气，并自我责备？文本提出了任何表演都必须处理的问题。其中，威廉姆森扮演的哈姆雷特是个很不体面的、贪求奥菲利亚姿色的形象，很多场景发生在床上。这场表演想象哈姆雷特没有生气，而是在戏弄欧菲莉亚，因为他想引诱她，由此解决了脚本的矛盾性。相反，俄罗斯版本，脆弱的欧菲莉亚在黑暗的走廊里看到痛苦的、看似高贵的哈姆雷特走向她，要羞辱和恐吓她。哈姆雷特的非逻辑行为被描绘为不是源自挑逗，而是来源于一个男人的被压制的愤怒，既爱欧菲莉亚又怀疑她的背叛。[①] 这样，研究者通过比较同一场景的不同表演，可以对演员为何作出那样的表演，表演又如何与脚本相互阐发、媒介与意义的生成关系等问题，进行更进一步的探究。

1991 年在《莎士比亚项目》的基础上，设立了“莎士比亚互动档案”（Shakespeare Project Interactive Archive）项目。该项目的具体负责人是以麻省理工学院的唐纳森（Peter S. Donaldson）和默里为核心的领导小组。项目的最后目标是创建一个包含所有媒介中的莎士比亚资料的数据库，数码形式的书页、插图、电影、录音等都将被整合进来。用户点击相应的文本，能够迅速得到与之匹配的跨媒介的资料，还能支持用户自由灵活地添加评论和注解。目前，这一项目的拓展版本是跨媒体参考系统（Cross-Media Annotation System），它支持远程视频对话、异地共享讨论和合作。设计者设计了一个像电子公告牌一样的讨论区，在屏幕上包含两个视频窗口，每个窗口都有编辑控制键，以便视频流能随时嵌入小组讨论中。[②] 不同地域的参与者可以体验一种新的合作模式。现在这一档案中，包含有注解、合作工具、文字文本、视频、图像合计、讨论区域，等等。

---

① Larry Friedlander, “The Shakespeare Project: Experiment in Multimedia”, in Paul Delany and George P Landow ed. *Hypermedia and Literary Studies*, New York: MIT Press, 1995, pp. 257, 262 - 263.

② Peter S. Donaldson, “The Shakespeare Electronic Archive: Tools for Online Learning and Scholarship”, https://net.educause.edu/ir/library/pdf/ffpiu034.pdf.

以上两种项目对文学研究者的启示，不仅有前面提及的跨媒介参考的问题，而且还包括在线电子讨论以及远程合作等，这无疑会给文学研究者带来新的曙光。在对话中，研究者之间切磋琢磨，容易生发出新的观点，更新他们关注的焦点，有利于疑难问题的共商解决。

除此之外，文学研究者还应该充分利用互联网的优势。恰如乔伊斯所说："文学研究在过去的5年里发生了什么变化？其中之一是基础设施已经存在或者即将形成。如果告诫学生对于网络搜索的质量小心谨慎（如输入中西部小说、雪莱、克罗地亚抒情诗、动态戏剧或者马其顿四音步诗到搜索引擎，查看搜索结果），将是愚蠢的。"① 互联网如同巨大的信息海洋，各种网站容纳着不同类型和领域的资料，方便读者检索阅读。以与莎士比亚有关的网站为例：The Complete Works of William Shakespeare（http://tech-two.mit.edu/Shakespeare/works.html），该站点包含莎士比亚的全部作品，作品按照戏剧、历史、悲剧、诗歌分为四类；Mr. William Shakespeare and the Internet（http://shakespeare.palomar.edu/intro.htm），该网站是最全面的莎士比亚资料站点，它提供了关于莎士比亚的各种资料的链接多达75页，包含作品、评论、戏剧、文艺复兴、教育等众多方面。

概而言之，文学研究者在信息科技的时代，应该充分利用计算机、网络以及当下谈论较多的大数据等技术，更新传统的研究方法，拓宽文学研究的视域，提升文学研究的层次和质量。

第三节 文艺理论的与时俱进

随着数字媒体在文学领域中的广泛应用，文学的形态发生了变迁，具有多媒体性和交互性等特点，超文本小说、交互文学、生成艺术、

---

① Michael Joyce, "'We Thought We Could Sit Forever in Fun': New Media and Literary Studies", *New Media Society*, Vol. 6, No. 1, 2004, p. 77.

交互戏剧和动态诗歌等渐次成为文学家族中的新成员。这样，以传统文学类型如诗歌、小说、戏剧为研究对象而建立起来的文艺理论，必须适时创新，才能适应文学发展之时代需要。当然，这并不是说传统的文艺理论已无用武之地，它在分析以语言文字为基础的文学时仍是有效的、可靠的方法，只不过在面对数字媒体文艺时，它要重构以适应形势所需。

一 文艺学边界之拓展

瓦唐（Barrett Watten）在《扩展领域的诗学：文本的、视觉的、数码的》一文中说："什么是诗学？首先，它是艺术作品或文化产品的自我反思模式，但是不仅仅是用描述性的或肯定性的术语。作为实践的反思模式，当其根基扩展到生产和接受的背景中的时候，诗学质疑艺术作品的性质和价值。诗学的领域的扩展，会导致新的艺术类型的出现，在对实践反思时为新的意义创造根据。"① 事实上，文艺理论和文艺作品之间是互为促进的关系，文艺理论是对艺术作品的概括和反思，对其发展有一定的指导作用，推动着新的艺术形式的产生，同时，文艺作品的变化又会导致文艺理论的转换。

从历史的进程来看，文学的边界一直都是不断变更的。独立的文学学科是在 18 世纪之后随着现代大学教育体制的确立而逐步完善起来的，同样，文学的类型也是变动不拘的。诗歌、小说、戏曲、散文、报告文学等，都在不同的时期逐渐成为文学家族的成员。不仅如此，每一种文学类型自身也处在发展变化之中，在不同的时期，占据主导地位的文学类型也是不同的。如在西方，古典主义时期处在主导地位的文学类型是戏剧，19 世纪则是小说。在中国，戏剧、小说为大众认

① Barrett Watten, "Poetics in the Expanded Field: Textual, Visual, Digital…", In Adalaide Morris and Thomas Swiss ed. *New media poetics*, Cambridge: MIT Press, 2006, p. 335.

可，成为主流文学样式，则是到了明清时期。而在今天数字媒体大行天下的时代，文艺领域又涌现出了不少新的成员，这就要求我们重新审视文艺理论的学科构成，重塑文艺理论体系。正如国内学者陶东风所说："其实，文艺学的学科边界也好，其研究对象与方法也好，乃至于'文学'、'艺术'的概念本身，都不是一成不变的，而是移动的变化的，它不是一种'客观'存在于那里等待人去发现的永恒实体，而是各种复杂的社会文化力量的建构物，不是被发现的而是被建构的。社会文化语境的变化必然要改写'文学'的定义以及文艺学的学科边界。"①

由是，文艺理论的学科视野和理论范式，受到与时代休戚相关的文化的影响，那种坚持文学自主自律观点，用今天的眼光来看，本该受到质疑。因为坚持文学自律性的前提是文学具有清晰明确的边界，而当前随着大众文化、消费文化、数码文化的流行，出现的网络文学、博客、超文本小说、影视文学、交互戏剧、手机文学等文艺类型，已经日益渗透到我们的日常生活，使我们很难再固守传统的诗歌、小说、戏剧、散文四大文学门类的划分方法。希利斯·米勒在《文学理论的未来》中曾说过："在相当长的时间里，文学写作和阅读还是会继续下去的。但是它的那些旧有的功能却被电影、电视、通俗音乐、电子游戏、网络等这些能够制造魔光幻影的远程技术媒介所替代。对词语或者其他符号进行的所谓'文学性'的使用正被移植进新的媒介之中。我敢保证，如果莎士比亚今天还活着，他也肯定会创作动感十足的电影或电视剧剧本，正如他若生活在维多利亚时代就会写小说或者在浪漫主义时代就要写诗歌一样。因为莎士比亚是一位职业作家，他需要赚钱，需要影响读者。"② 文学的变迁是时代文化、传播媒介、受众需求等多种因素共同作用的结果。随着越来越多的艺术家运用新技

---

① 陶东风：《移动的边界与文学理论的开放性》，《文学评论》2004 年第 6 期。

② ［美］J. 希利斯·米勒：《文学理论的未来》，刘蓓、刘华文译，《东方丛刊》2006 年第 1 期。

术和新媒介从事文艺活动，艺术的意义、艺术家和读者大众、艺术的体系都将重构。因此，作为对文学艺术的自我反思模式的文艺理论，也应该打破已有的范式，用开放的姿态去审视文艺领域中的新现象，同时还要打破学科之间的界限，综合运用多学科视角探究文艺现象发展变化的深层动因。

例如，近年来兴起的借鉴传播学的知识，来研究文学，重视媒介在文学生产、传播和接受中的作用，分析影响传播效果的各种制约因素，就扩大了文学研究者的视野，深化了对文学机制的理解。如从媒介特性来分析文学，它直接影响着文学的创作和传播，而且对文学的内在方面（体裁、题材、表现手法、叙事等）都有重要甚至决定性影响。我们知道，在口头媒介时代，文学讲求口语化、形象性，在文字初创时代，文学追求简洁性，在印刷媒介时代，文学有了大规模的发展如大型叙事体小说的盛行，电子时代广播、电影、电视及如今的网络更是为文学的繁荣提供了展露风采的舞台。在媒介进化的过程中，文学的传播范围越来越广，文学创作也越来越丰富，这里“逻辑是很清楚的，新技术创造新的文本种类，新的文本种类也要求新方法去阐释和批评它们”[①]。德里达曾在《明信片》（The Post Card）中讲述了他劝服学生注意阅读和写作中语言的物质状态的困难。其中一个事例是当他建议一个研究生以“文学中的电话”作为博士论文的选题时遭到她的反对，她宣称自己依然爱好文学。相反，罗内尔（Avital Ronell）、保尔森（William Paulson）、海姆、博尔特等人接受挑战，开始研究电子文本物质性的重要作用，分别出版了《电话书：技术、精神分裂症、电子演讲》《文化噪音：信息世界的文学文本》《电子语言：字处理的哲学研究》《写作空间：计算机、超文本和印刷的补救》。[②] 德里

① Dene Grigar, “Mutability, Medium, and Character”, *Computers and the Humanities*, Vol. 36, Issue. 3, 2002, pp. 359 – 378.

② George P. Landow, “What's a Crictic to Do?: Critical Theory in the Age of Hypertext”, in George P. Landow ed. *Hyper/Text/Theory*, Baltimore: Johns Hopkins University, 1994, p. 34.

达的前瞻眼光以及这些研究成果的出现，都说明了电子媒介在文学研究中的重要地位已为人瞩目，他们皆可成为我们建构新的文艺理论范式的思想资源。

此外，我们还可以借鉴历史学、哲学、社会学的方法来剖析文艺现象。诚如伊格尔顿所说："现代文学理论的历史乃是我们时代的政治和意识形态的历史的一部分。与人的意义、价值、语言、感情和经验有关的任何一种理论，都必然会涉及种种更深广的信念，涉及那些与个体和社会的本质、权力和性的种种问题。……纯文学理论只是一种学术神话。"①

由上面的分析可知，文化图景的不断生成与变化，影响并决定着学科的发展，文艺理论作为学科之一，是时代文化的复杂的建构物，新的理论和方法的不断生发，均是特定社会语境和文化场域综合作用的结果。文艺理论学科应该保持开放的姿态，敢于采用新的方法和新的研究视角，不断找出并解答文艺现实情境涌现的新问题，而不是预设某种体系和结构，固守一成不变的思想与结论。唯其如此，我们才能激活文学理论与批评的活力空间，将文艺理论提升到一个更高的境界，也才能更好地发挥它指导文艺发展的功能。

二　数码时代的新问题

如今，对于大多数人而言，我们已经习惯于数码计算机和互联网的技术环境，例如手机、电子记事簿、视频游戏、电子邮件、网络聊天室、网络档案、无所不在的银行和商业系统成为日常生活的方式，而我们用以思考的概念多是在印刷时代形成的②。事实上，在我们的

① ［英］特雷·伊格尔顿：《二十世纪西方文学理论》，伍晓明译，北京大学出版社 2007 年版，第 196—197 页。

② Adalaide Morris，"New Media Poetics：As We May Think/How to Write"，in Adalaide Morris and Thomas Swiss ed. *New Media Poetics*，Cambridge：MIT Press，2006，p. 2.

言行和事物的所指之间没有自动的链接，将它们有效地连接起来。对当代很多新媒体艺术家、文艺工作者而言，文艺理论和美学的建构是将它们连接起来的有效途径。这也就道出了文艺理论领域内新范畴、新命题提出的重要性。

由于数字媒体在文艺领域内的广泛应用，文本形态发生了变化，由此出现了赛博文本、超文本、超媒体、交互、虚拟现实等新术语，用以描述这类文本。这些新的范畴在前面章节中已有介绍，在此略述。随着新媒体文本的继续出现，新的范畴还会不断地被提出。

现在，文艺研究者在考察数字媒体作品时，不再将它当作是一个静态的、固定的对象，而更多是将之视为一个表达的过程。对此，1996 年程序员、诗人、理论家凯利（John Cayley）就曾提出，文学实践者正在进行的革新过程，引入了“新文学对象的批评理解和评估中的新元素。我们必须开始对作文的结构进行判断——例如，评价生产出文学对象的结构设计或对写作的步骤进行评估，而不仅仅是针对文学对象本身”[①]。如今，我们发现我们自身正处在这样的位置。我们意识到程序是数字媒体作品创作的中心，但是我们只是刚开始考虑将如何解释那些过程，而不仅仅是它们的产品。这在数码文学领域内、数码艺术的更广阔的领域，甚至数码文化的更一般的考虑中都是正确的[②]。这一点，我们可以从前面章节中分析的 ELIZA、TALE-SPIN、MINSTREL、MEXICA、BRUTUS 等人工智能程序和 Façade 交互戏剧产生作品的过程加以印证。赛博空间文艺作品的存在，离不开程序和用户的交互作用，二者交互的过程，直接决定作品的面貌。

就文艺创作而言，在赛博空间中，艺术家能够以前所未有的方式开拓文学表现形式、摆脱印刷文字的线性禁锢，自由地书写胸中沟壑、展示“思接千载”“视通万里”的想象魅力，超文本的非线性又使艺

① Noah Wardrip-Fruin, *Expressive Processing: On Process-Intensive Literature and Digital Media*, PH. D. Dissertation, Brown University, 2006.

② Ibid.

术家能捕捉瞬息万变的灵感和妙悟。固然，在计算机和网络出现之前，文学家也在不断探索传统文本的非线性呈现如古典回文诗、意识流小说、后现代主义的实验小说等等，这些都在一定程度上打破了印刷媒体的线性束缚，但是在本质上不能和网络空间的自由驰骋相比。赛博空间的出现，才史无前例地解放了艺术家的书写规范。那么，此时传统的文学创作方式，先进行总体构思再写作，以致“吟安一个字，捻断数茎须”的炼字过程还有多少应用的价值？艺术家又该确立怎样的创作规则，具有何种创作心理？艺术家的身份如何界定？如何理解艺术家和读者合作共同创作艺术作品？同样，当读者的阅读从书本转移到电脑屏幕，阅读行为、阅读心理发生了哪些变化？当读者面对的是无固定形态的文本、流动的文本，该如何定义文学研究的对象？这是创作和接受方面，文艺领域内提出的新问题。

当文艺的创作和接受发生变化的时候，文艺批评的标准又该如何应对？正如斯曼伍思科（Roberto Simanowski）在《朝向数码文学的美学》一文中提出的，“随着越来越多的数码文学领域的确立——通过会议、评奖、杂志、市场营销和正在发展的数码文学作者团体的方式，我们就越不能容忍专业评论的缺乏”①。那么，现在什么是评估数码文学的标准？斯曼伍思科认为，这可能是关于数码文学的最使人激动的、也是最困难的问题，没有先例可循。这不是关于可用性，也不是关于设计能力的问题，而是技术手段的美学价值问题。作品的技术手段各不相同，为此，有人可能反对建构关于超文学的一般理论。另一方面，我们也能发现很多数码文学中具有的某些确定的方面，如导航、链接、多媒体性。② 由此，他认为，我们可以从列举的数码文学的特性中找出评估数码文学的标准。比如，考察文本的多媒体性，则看文本、图片、声音之间如何相互作用，由此判定作者使用多媒体的能力如何；

① Roberto Simanowski，“Towards an Aesthetics of Digital Literature”，http：//www.dichtung-digital.de/english/28-Mai-99-engl/.

② Ibid.

关注艺术和技术的独创性在文本中的关系，换句话说，工程师是否打败了诗人；留意链接，看看链接是否会改变文本块的特定意义，等等。据此，他又将数码文学中的低等作品定位为：a. 未加反思的欲望，没有思考的距离。b. 美学方面的过于简单的表示。如果作品过多使用技术，如链接仅仅是一个链接，没有传递任何特定的意义，或者一个复杂的动画效果，没有呈现出除其之外任何的内涵，那么这个作品只是技术的胜利；另外，如一个字词的链接指向一个空白页就是美学或技术方法的过于简单的表示，此时，这个作品就是粗劣作品。

这自然也就涉及了艺术和技术的关系，虽然这并不是数码媒体带来的新问题，但是无疑新技术、新媒体的应用，使这一问题更为突出。对于技术和艺术的关系问题，早在1921年著名的俄罗斯艺术家瓦尔瓦拉就曾论述过，她说："艺术作品的独特性被工业化的大规模营销所解构"[①]。但是，她并没有对此而倍感失落，相反，她倒是认为机械是艺术家的新工具，她庆祝机械的使用，使得艺术朝着更加民主、更少精英化方向发展。这种为大众生产的艺术，就成为她的艺术创造的先锋挑战，她决定寻找艺术中的新意识和新标准。她的这篇阐明大众工业复制和传播破坏了艺术作品独创性的论文，比本雅明《机械复制时代的艺术作品》早了15年，有趣的是瓦尔瓦拉并没有哀悼艺术独创性的消失，而是主张艺术家应该追求新的艺术形式。在当前数码技术盛行的时代，艺术家还是应该运用技术为艺术服务，天分、审美、成就在今天仍和达·芬奇时代一样是重要的。这也为数码艺术家认识到，如拉特纳（Peter Ratner）就说："计算机艺术常常被认为是冷酷的、非个人化的。但是这是一个误解，因为计算机艺术家仍将情感内容融入作品，同时保持着一种超然的视角。艺术家和观众常能从作品中得到情感上的满足，尽管作品存在于理智领域而不是感觉领域。换句话

---

① Irina Aristarkhova, New Media and Aesthetics, *Theory Culture Society*, Vol. 24, 2007, pp. 317－318.

说，真正的艺术制造过程将更多的是机械式的，但是最后的产品能和任何传统艺术形式一样富含情感效果”①。情感本是艺术打动人心的深层力量，因此，从这里我们也可以看出，技术手段的目的是艺术。

除此之外，以计算机和互联网为代表的数码媒体，还重构了文本的构成方式。如何在多媒体、超链接、导航系统环境下，实现文本的意义传达和表现，在交互和沉浸的两相矛盾的情况下，文本又该如何建构叙事的机理，如何建立有效的阅读和批评机制等，这些问题都是当前文艺学必须应对的。

三　理论家何为

兰道在《批评家何为?》中指出，学者、批评家和理论家面对新的电子信息制度时遇到的三个挑战。

首先，如利奥塔提醒我们的，新技术如新方法一样，不应该被认为是在本质上不变地应用于作品。为了理解不同的信息制度背景下，作品如何变化，我们必须阐明信息技术之间的关系，包括我们关于文学、理论、自我、权利和财产的观念。我们也必须用各种信息制度相互对比。尽管如麦克卢汉、爱森斯坦等理论家已经就技术和作品的关系进行了讨论，但是这一任务仍不容易为批评家和理论家关注。如吉特勒就指出：“传统的文学批评，探讨关于书的除了数据处理之外的任何问题。意义是解释学的基本概念，劳动是文学社会学的根本概念，它们都绕开了写作作为一种信息和制度的传播渠道。”② 比如，我们从技术的角度考察超文本，“除了它作为一个技术的工具外，还有一个组织记忆的空间和映射联系的维度。人们常常对超文本系统感到困惑，

① Robert Bersson, *Responding to Art*: *Form*, *Content*, *and Context*, New York: McGraw-Hill, 2004, p. 121.

② George P. Landow, “What's a Crictic to Do?: Critical Theory in the Age of Hypertext”, in George P. Landow, ed. *Hyper/Text/Theory*, Baltimore: Johns Hopkins University, 1994, p. 33.

通过电子媒介它能够把不同类型的对象和使用这一技术创造的产品联系起来。超文本不能被限制于这些方面。就像墨水和纸张，它是用来表达和进行创作的媒介而且也应该被这样看待”①。哈里斯总结了超文本的特性，发展了电子超文本拓扑学，并认为这一拓扑学由八点构成，分别是：电子超文本是动态图像，电子超文本包括模拟仿像和数字编码，电子超文本通过分裂和合成产生，电子超文本有深度并在三维空间运行，电子超文本是不定的和可变化的，电子超文本是航行空间，电子超文本在分布式的认知环境中被写和阅读，电子超文本开始要求电子人阅读实践。② 理论家应该在明确超文本技术不同于传统写作技术的特点之后，才能进一步对赛博空间的超链接使用、意义的转换、文本结构的设计等方面进行比较分析。

其次，在网络环境中，读者选择他们自己的路径，有时文本又是读不尽的，在某些时候，还有些无法重复的文件，是偶然间生成的，这就决定了批评家和理论家无法采用细读的方法，反复阅读、精致分析。对此，可以采用取样的方法，以某个阅读路径下的文本为例，对文本系统进行阐释和评估。在此基础上，对于文本形态构成、意义的建构、叙事方法等方面，还可以参照传统文学经验进行综合解析。

再次，在对文本的叙事进行考察时，将传统的叙事理论与超文本文学叙事特性结合起来进行辩证研究。莱恩将来自电脑世界的启示，即与计算机科学相关的虚拟、递归、变形和窗口等四个概念与传统叙事学结合起来，试图分析电脑文本的叙事。③ 里斯图（Gunnar Liestol）用热奈特的叙事理论考察了超文本文学的故事和话语关系。他认为时间的双重性即所叙时间与被叙时间是所有讲故事的中心，这同样是超

① Aurele Crasson, “Genesis and Hypertext: Exchanging Scores”, *Diogenes*, Vol. 49/4, No. 196, 2002, pp. 73 – 79.

② Dene Grigar, “Mutability, Medium, and Character”, *Computers and the Humanities*, Vol. 36, Issue 3, 2002, pp. 359 – 378.

③ 玛丽－劳勒·莱恩：《电脑时代的叙事学：计算机、隐喻和叙事》，载［美］戴卫·赫尔曼主编《新叙事学》，马海良译，北京大学出版社 2002 年版，第 61—88 页。

文本文学叙事基础。传统叙事学将故事和话语的时间、速度关系即时长分为五种即概述、省略、场景、拉伸、中断，那么在阅读超文本的过程中，浏览和跳转相当于概述和省略，超文本中未被编辑的视频片段当于场景，拉伸相当于超文本中同一主题的链接，中断相当于静止的图片或别的示例。作者认为传统小说一经写成，故事的时长是固定的、稳定的，超文本小说的读者可以自由地控制场景——压缩或解压缩，可以转换场景为概述或省略，如果有需要还可以扩展它。在阅读行为中，故事和话语的关系是开放的也是封闭的，阅读行为同时也是在各种各样的时长中做出选择和决定的行为。① 传统的文学经验和文学理论可以为数码环境中的文艺研究提供借鉴和参考，它们是数码文艺理论的可贵的理论资源。

最后是文本的非再生性问题。批评家发现他们处于和前印刷时代相似的情景，人们不能确定他读的文本和他人所读相同。印刷文本的稳定性特点，可以允许批评家对同一文本进行批评。数码时代批评家该怎么做呢？其中一个任务就是考察先前主要的信息技术的转化，如从手稿到印刷，从手工印刷到高速印刷。另一个紧密相关的任务就是利用数码术语解释印刷文化中未注意的、自然化的、令人困惑的方法。如后结构主义理论与超文本及实践的相通处②。兰道和博尔特等人都曾作过专门论述。

在列举了批评家和理论家在电子信息时代遇到的三个挑战之后，兰道又强调："我必须再问一遍，批评家何为？最后，答案必定是用超文本写作。参与性批评，必须发生在超文本内部，而不是采用印刷的形式。在超文本环境中，评论不可避免地分享了媒介自身所固有的多声部、开放式结尾，多线性结构、包含较多的非文本信息等

① Gunnar Liestol, "Wittgenstein, Genette, and the Reader's Narrative in Hypertext", in George P. Landowed. *Hyper/Text/Theory*, Baltimore: Johns Hopkins University, 1994, pp. 94 – 95.

② George P. Landow, "What's a Crictic to Do?: Critical Theory in the Age of Hypertext", In George P. Landow ed. *Hyper/Text/Theory*, Baltimore: Johns Hopkins University, 1994, pp. 33 – 36.

特点，作者地位、作者所有权、作者和文本的关系等都要重构。在网络超文本环境中，批评家可以用链接将不同学科、不同文体的知识组织在一起。”①

由是，批评家和理论家应该排除对技术的成见，学习利用新的技术以创造出适应时代和文艺发展状况的批评模式和理论范式。当他们能用信息媒介阅读和评价时，比如在文本段落之间创造电子链接，对文本的某个片段进行点评、注解，这时文本体验和处理的方法将会极大地得以改善。代替对印刷文本进行专家式、权威式批评和解读，我们在这里看到的更多是开放式的、参与式、对话式的讨论。在我们阅读和评价的文本背后，在这个虚拟图像之后，通常存在着其他文本组成的文本宇宙。谁都无法确认自己所读的评论和所知的理论的权威性，因为文本宇宙是无法穷尽的、瞬息万变的，网络本身也是一个开放的体系，呼唤艺术家和批评家的合作，允许不同的观点碰撞，以生成新的灵感和体悟。

总的来说，无论是文艺学边界的拓展、数码时代新范畴和命题的提出，还是批评家面临的挑战，都说明了传统文艺学已无法适应新艺术发展的需要，诚如陶东风所言，“传统的文艺学研究范式已经难以令人满意地解释90年代以来的文化/艺术活动新状况，这个事实恐怕很难否定。文艺学应该正视现实，密切关注日常生活中新出现的文化/艺术活动方式，及时地调整、拓宽自己的研究对象与方法。自主自律的文学与文学研究只是一个历史并不太久的社会文化建构而已，我们没有理由认为它一定是文学理论研究的正宗”②。这一论述同样适用于当前数码文艺盛行的状况，当代文艺学应该根据追踪时代文艺的变迁，在研究方法、理论范式的建构上与时俱进。

---

① George P. Landow, “What's a Crictic to Do?: Critical Theory in the Age of Hypertext”, In George P. Landow ed. *Hyper/Text/Theory*, Baltimore: Johns Hopkins University, 1994, pp. 36 – 37.

② 陶东风：《移动的边界与文学理论的开放性》，《文学评论》2004年第6期。

结　语

早在古希腊时期，亚里士多德的《诗学》就在开篇提出了媒介与文艺关系问题，他说："史诗的编制，悲剧、喜剧、狄苏朗勃斯的编写以及绝大部分供阿洛斯和竖琴演奏的音乐，这一切总的说来都是摹仿。它们差别有三点，即摹仿中采用不同的媒介，取用不同的对象，使用不同的、而不是相同的方式"①。纵观历史上历次媒介的更新和变革，不仅伴随着文艺领域中新成员的加入，如小说艺术、广播艺术、录像艺术、多媒体装置、数码绘画、数码音乐等，而且还引发艺术创作意识、文体观念、叙事手法、结构形态等艺术文本内部的适应与调整。在一定的意义上可以说，媒介不仅是文艺跨时空传播的载体，而且还是文艺生存、变迁、发展的重要条件，甚至已然成为文艺本身的内容和本质要素。当今时代，以计算机和网络为代表的数码媒体，正在剧烈地改变着文艺的生产、传播和接受的模式，文学的命运如何，是终结还是重生，它又将具有怎样的面相，这是 20 世纪末以来学术界不断论争的热点话题之一。

一　赛博空间与文学转型

2000 年希利斯·米勒在北京召开的"文学理论的未来：中国与世

① ［古希腊］亚里士多德：《诗学》，陈中梅译，商务印书馆 1996 年版，第 27 页。

界”国际学术研讨会上发言，一开始就引用了雅克·德里达《明信片》中耸人听闻的一段话，“在特定的电信技术王国中（从这个意义上说，政治影响倒在其次），整个的所谓文学的时代（即使不是全部）将不复存在。哲学、精神分析学都在劫难逃，甚至连情书也不能幸免。”这些电信技术包括，“照相机、电报、打印机、电话、留声机、电影放映机、无线电收音机、卡式录音机、电视机，还有现在的激光唱盘、VCD 和 DVD、移动电话、电脑、通信卫星和国际互联网——我们都知道这些装置是什么，而且深刻地领会到了它们的力量和影响怎样在过去的 150 年间，变得越来越大。”继而他论道：“事实上，如果德里达是对的（而且我相信他是对的），那么，新的电信时代正在通过改变文学存在的前提和共生因素（Concomitants）而把它引向终结。”[①] 与之相似，库弗也在《书籍的终结》中发出同样的慨叹：当今现实世界，我说的是这个由声像传播、移动电话、传真机、计算机网络组成的世界，尤其是“先锋黑客”（avant-garde computer hackers）、“赛伯朋克”（cyberpunks）和“超空间怪人”（hyperspace freaks），使我们生活在一个纷扰嘈杂的数字化场域里。在这种背景下，人们常常听到这样一些说法，印刷媒介已到了穷途末路的时刻，命中注定要成为过时的技术，它只能作为明日黄花般的古董，并即将被永远尘封于无人问津的博物馆——即我们今天所说的图书馆里[②]。自此，以印刷书籍为代表的文学的终结问题，一直弥漫在学术界，成为争论不休的论题。

实际上，按照希利斯·米勒的本义来看，“文学终结”只是指现代意义上的文学的终结。这一点在《文学死了吗?》中有清晰的表述：“技术变革以及随之而来的新媒体的发展，正使现代意义上的文学逐

① ［美］J. 希利斯·米勒：《全球化时代文学研究还会继续存在吗?》，《文学评论》2001 年第 1 期。

② Robert Coover, “The End of Books”, *The New York Times*, June 21, 1992, https://www.nytimes.com/books/98/09/27/specials/coover-end.html.

渐死亡。我们都知道这些新媒体是什么：广播、电影、电视、录像以及互联网，很快还要有普遍的无线录像。”[1] 现代意义上的文学，“是在西欧出现的，最早开始于17世纪末……而随着新媒体逐渐取代印刷书籍，这个意义上的文学现在行将终结”[2]。虽然与印刷工业相伴而生的现代意义上的文学行将终结，但是文学却能经受一切历史变革和技术变革，“文学虽然末日将临，确是永恒的、普世的。它能经受一切历史变革和技术变革”[3]。廓清了文学“终结”的迷思，我们现在明确：文学经受新媒体技术的洗礼后，在文本类型、文本形态、创作方式、接受方式、传播方式上都将发生巨大变化，它远未“终结”，只是它的存在方式发生了嬗变。

赛博空间作为新媒体之一种，它有改变文学存在方式之功能。还是借用希利斯·米勒在《文学死了吗?》中的一段话来帮助理解：“电脑屏幕上的文学，被这种新媒体微妙地改变了。它变成了异样的东西。新的搜索和控制形式，每一作品都与网上无数其他形象并置——这些都改变了文学。这些形象都是在同一远近层面上。它们马上拉近了，同时又变得异己、陌生，似乎更遥远了。网上所有的网站，包括文学作品，都共同居住在那个非空间的赛博空间中，我们称之为网络空间（Cyberspace）。”[4]

事实上，我们可以从几个方面来领会赛博空间对文学的重构：其一，文艺载体的比特化。从结绳记事到甲骨刻画、钟鼎铭文、竹简纸帛等，文字的载体都是物质化的，有重量、体积、大小的差别，而比特化的文本则没有物质材料的重量、质量的差别，而且所有的信息都能转化为数字比特的形式，可以无限制地复制、拷贝而丝毫不损其品质；其二，创作方法上出现集体合作的倾向，传统的单个作家集腋成

① ［美］J. 希利斯·米勒：《文学死了吗?》，秦立彦译，广西师范大学出版社2007年版，第16页。

② 同上书，第7—9页。

③ 同上书，第7页。

④ 同上书，第20页。

裘、闭门觅句的方法渐渐失去其正统地位，网络上盛行的是作者和用户之间、作者与作者之间、用户之间的交流与互动；其三，在文本类型上，出现了计算机作为合作时生产的文本，如 TALE-SPIN、MINSTREL，ELIZA，以及通过搜索数据库而生成的符合条件的文本或者按照条件对输入的文本进行归类，计算机作为传输媒体的文本，如树状小说与合作文学、《地点》之类网络肥皂剧，计算机作为表演空间的文本形态，超文本、交互戏剧、赛博文本（强调文本的动态生成）等，文本具有虚拟性、多媒体性、互动性；其四，在叙事方法上，从传统的以线性叙事为主走向超文本叙事、交互叙事；其五，鉴赏和批评的方法也从深思熟虑、反复诵读，转向即时互动、即兴批评。由此可见，在以互联网为代表的当代传媒语境下，文学的存在方式发生了深刻的变革，文学不是“终结”了，而是一部分发生了转型。

文学的转型体现在两个方面。一个方面是：“西方 19 世纪中期以来形成的以‘纯文学’或自主性文学观念为指导原则的精英文学生产支配大众文学生产的统一文学场走向了裂变，统一的文学场裂变之后，形成了精英文学、大众文学、网络文学等文学生产次场，按照各自的生产原则和不同的价值观念各行其是，既斗争又联合，既相互独立又相互渗透的多元并存格局”[①]。这一点无须多言，当今国内风行的网络文学造成的对精英文学的冲击即是明证。另一个方面是：文学的艺术化，这顺应了互联网融合多种媒介于一身，“一网天下”的优势。黄鸣奋先生在《从网络文学到网际艺术：世纪之交的走向》一文中也认为：“艺术化是网络文学发展的另一走向。网络多媒体通信及超文本技术的发展已经显现出将文学融合于艺术的趋势。在由此而形成的超媒体（hypermedia）艺术中，文学仅仅作为组成要素之一而存在。上述趋势其实早在电影艺术、广播艺术、电视艺术发展过程中就已出现，因此人们说‘读图时代’已经到来。今天，因特网正从以万维网为主

① 单小曦：《现代传媒语境中的文学存在方式》，中国社会科学出版社 2008 年版，第 4 页。

导向以网格计算（grid computing）为主导演变，展示了整合人类计算资源、媒体资源、信息资源的光明前景。……网络文学的艺术化既意味着采用词语以外的图像、动画、视频、音乐、音响等多种表现手段，又意味着打破文学与艺术之间传统的分界线，使之以数码技术为基础整合起来。"①

文学的艺术化，恰好又印证了当前广为流行的"图像时代"、"音像时代"或"声像时代"的说法。早在1938年海德格尔就在《世界图像的时代》一文中说："从本质上看来，世界图像并非意指一幅关于世界的图像，而是指世界被把握为图像了。"② 这就是说，借助于先进的技术，世界被图像化了，人们以图像化的方式认识世界。海德格尔将这一图像化的过程看作是"现代之本质"的标志。"也正是由于这种视觉化，把视觉的优势强化到成为一种威胁，使整个世界变成了福柯意义上的'全景敞视式的政体'。全景式的凝视成为一种强有力的视觉实践模式，把主体一一地捕捉到它的网络之中。"③

如今，在数码媒体大行天下的时代，人类的视听本能得到了前所未有的开发，遍布世界各个角落的广告、走进无数家庭的电视、电脑，我们生活在光和影铸造的世界中。传统的印刷文字为主的文学，也搭乘网络快车，将图像、动画、视频、音乐等多种表现手段融合为一，打通了欣赏者的多种感官通道，变得"有声有色"起来。这种新形态的文学，已不能为传统的文学定义所含纳，更准确的说法是其具有文学性。正如希利斯·米勒所说："新形态的文学越来越成为混合体。这个混合体是由一系列的媒介发挥作用的，我说的这些媒介除了语言之外，还包括电视、电影、网络、电脑游戏……诸如此类的东西，它们可以说是与语言不同的另一类媒介。然后，传统的'文学'和其他

---

① 黄鸣奋：《从网络文学到网际艺术：世纪之交的走向》，《江苏社会科学》2005年第1期。

② ［德］海德格尔：《林中路》，孙周兴译，上海译文出版社1997年版，第86页。

③ ［法］克里斯蒂安·麦茨、吉尔·德勒兹著，吴琼编：《凝视的快感》，中国人民大学出版社2005年版，第13页。

的这些样式，它们通过数字化进行互动，形成了一种新形态的'文学'，我这里要用的词，不是'literature'（文学），而是'literarity'（文学性），也就是说，除了传统的文字形成的文学之外，还有使用词语和各种不同符号而形成的一种具有文学性的东西。"①

"文学性"最早是由雅各布森提出，他说："文学研究的对象不是文学，而是文学性，即那个使特定的作品成为文学作品的东西"②。也就是说，文学性来自文本自身，来自作品的语言和结构的处理。其目的是要将文学和非文学区别开来，将文学从非文学的束缚中解脱出来，否定历史文化学派考证历史事件、作家传记的做法，使文学的研究回归到文本内部。而20世纪末解构主义再次提出了"文学性"的问题，其目的是肯定文学向非文学领域和学科的扩张，这与后现代的精神风尚相通，后现代主义的一个特点就是打破一切既定的束缚和界限，无边界、去分化是其理想的境界。于是，传统的、固有的分类在后现代主义看来是没有意义的。类型混杂和融合成为时尚，如伊哈布·哈桑所说，"宗教与科学，神话与科学技术，直觉与理性，通俗文化与高雅文化，女性原型与男性原型，……开始彼此限定和沟通……一种新的意识开始呈现出了轮廓"③。这种界限消融、类型混合的趋势，就文学艺术领域来看，充分体现在文学的艺术化，文学将图片、视频、声音、音响、游戏、动画等多种表现方式整合为一，在赛博空间中，"'高雅'文学与通俗文学的对立，小说与非小说的对立，文学与哲学的对立，文学与其他艺术门类的对立统统消散了"④。由此可见，解构主义提出的"文学性"，打破文学与非文学的界限的说法，恰当地描绘了赛博空间文艺之存在状态。

---

① ［美］J. 希利斯·米勒：《我对文学的未来是有安全感的》，周玉宁、刘蓓译，《文艺报》2004年6月24日第2版。

② ［法］托多罗夫编选：《俄苏形式主义文论选》，中国社会科学出版社1989年版，第24页。

③ ［荷］佛克马、伯顿斯：《走向后现代主义》，王宁等译，北京大学出版社1991年版，第35页。

④ 同上书，第2页。

除了从理论上阐释赛博空间的文学转型之外，我们还可以具体作品为例，来描述文学的多媒体整合之特点。如曾经盛传一时的作品，黑可可《晃动的生活》，在网上首发的时候，就是一部用 FLASH 制作的多媒体文学。黑暗的背景中，能隐约看见淡灰色的如水波一样流动的花纹，好像沧海在变迁；序言以白色的字体出现在依旧黑暗的底色上；能够聆听到古箫制作的背景音乐，缓慢而抒情；每读完一段文字，就会闪现一个画面，类似停顿的电影镜头，里面是假想的人物。声音、文本、图像、色彩、光线、动画、想象力和互动感结合在一起，是诗、画和音乐的多媒体艺术展示。[①] 如果说这还是多媒体文本的初期实验作品，那么在今天的网络文学中，人们随时可见到包含多媒体技术因素的文本，给读者的阅读增添了无穷趣味。在台湾的触电新诗网及页面链接的网站上，可以找到很多类似的作品，比较有名的如《退还的情书》《烟花告别》《追梦人》《翻覆》等。以须文蔚《成住坏空》[②] 为例，这是一首运用 FLASH 技术设计的诗歌。打开作品的链接，整个界面是一个时钟和相应的说明文字。时钟的上下左右四端各写了成住坏空四个字，比较特别的是时钟的刻度是佛家语写成的回文诗，刻度不停地左右旋转，寓意人生的轮回。早期的多媒体实验之作，就已经显示出了赛博空间中文学的艺术化走向。

不仅赛博空间的文学具有多媒体整合的特点，就连印刷出版的小说也打出了“多媒体小说”的招牌，如 2003 年漓江出版社推出的李臻《哈哈，大学》就是这样一部变换花样、与众不同的小说。这本小说整合 15 万文字、8 个 DV 短剧、19 个 FLASH、若干图片、原创音乐、电脑小游戏等，以轻松的笔调生动刻画妙趣横生的大学生活。该书不同于传统的“图书加光盘”的形式，光盘不再仅仅作为图书的补充和说明，而是与文字紧密结合，文字文本构建出故事框架，展示情

---

① 涂苏琴：《网络文学的兴起与传播》，《当代传播》2005 年第 1 期。

② 须文蔚：《成住坏空》，2003 年 6 月 19 日，http：//faculty. ndhu. edu. tw/ ~ e-poem/poem/transmigration/index. htm，2016 年 3 月 24 日。

节发展的脉络，光盘承担文字无法生动表现的内容，如背景呈现、人物形象、细节刻画等则由 DV 短剧、FLASH 动画着力承担，读者不但能“读”，还能“听”、能“玩”、能“看”，这无疑是新的小说出版策略，也体现出作者和合作者的创意，同时亦带给读者一种鲜活的阅读体验，“文字可以提供无限的想象空间，感官艺术则更为直接。我们尝试作一个结合，在保留文字想象力的同时，通过多媒体进入更丰富的亦真亦幻的世界”①。2006 年李果的《在海拔一万三千米的高空》，也是一部具有同样特色的小说，该书由 5 万字的小说文字、119 页的漫画和一张原创音乐的 CD 组成，也被称作“多媒体小说”。

由此我们可以看到，不管是线上还是线下，单纯的以语言文字为主的文学，有一部分正在转向多媒体文学，它不是终结了，而是在新的艺术空间里有了与新媒介相得益彰的呈现方法，文学走向艺术化是当前的一种趋势。

二　艺海“逍遥游”之可能

《逍遥游》是《庄子》一书中的代表作品，列于《内篇》之首。关于“逍遥游”的解释很多，但是基本意思都是闲放不拘、怡然自得、自由自在。“逍遥”一词并非庄子首创，《诗经·郑风》已有“二矛重乔，河上乎逍遥。”此外，《楚辞》《离骚》《礼记》等都提到过“逍遥”一词，这些所谓“逍遥”都有安然自得之意，但《庄子》中的“逍遥”更侧重于超越时间和空间，摆脱客观现实的限制和束缚，达到一种主观精神之无所依傍、怡然自得的境界。“游”与“逍遥”意义相当，意指人的一种高度自由的欢乐状态。这里，我们借用“逍遥游”一词，喻指艺术家在网络媒体的时代，能摆脱先前媒介贫乏、

① 林蔚：《〈哈哈，大学〉：多媒体小说给青春留段声色回忆》，2003 年 7 月 8 日，http://news.xinhuanet.com/school/2003－07/08/content_959193.htm，2016 年 3 月 26 日。

技术手段有限状况下，“言不尽意”的困惑，游刃于各种新媒介、新技术，并将多种艺术表现手段融为一体，淋漓酣畅地传达思理之妙，展示周遭环境的万般变化。

用今天的眼光来看，“言不尽意”之说的提出，若从媒介的角度来分析自有一定的合理性。我们可以从三个方面来分析。其一，“言”的抽象、“意”的动态。“意”和主体体验有关，体验关乎个体的生命沉思，是在人认识客观世界的过程中产生的细微的内心感受、心理变化和情感反应，它往往处在混沌的、朦胧的状态，倏忽即变，人的意识难以捕捉，所以不易诉诸语言，是“不可言说”的；而语言文字是思维和意识的产物，是规范化、形式化的东西，它作为规范化的工具只能传达主体体验中的“可说”之说，经过语言文字的抽象，个体活生生的情感体验就变得苍白，失去了鲜活的动态感。恰如刘勰所说“意翻空而易奇，言徵实而难巧也”（刘勰《文心雕龙·神思》），刘禹锡也慨叹“常恨言语浅，不如人意深”（刘禹锡《视刀环歌》）。其二，“言”的线性、“意”的非线性。无论是口头语言还是书面语言都是线性排列的，有时间、空间上的顺序，唯其如此，它才能为人解码并被理解；而体验的“意”却是非线性的，没有规律可循，正所谓“寂然凝虑，思接千载；悄焉动容，视通万里”（刘勰《文心雕龙·神思》）、“精骛八极，心游万仞”（陆机《文赋》）。其三，与媒介语言的贫乏有关。古代表达个人情思的工具主要是语言文字，当然不排除戏剧、绘画等，但与今天网络时代相比其媒介手段无疑是少之又少的。如是，在当时历史条件下，艺术家产生“言不尽意”之感叹是有合理性的。反观当前多媒介并存的时代，艺术家们可以摆弄装置艺术，可以移步赛博空间，能够借助 DV、移动电话，记录瞬间精彩，抒发独特情怀，批判人间万象。这些新的艺术形式，突破单纯文字的抽象，一定程度上摆脱“言不尽意”的无奈，用丰富的媒介语言（视频、虚拟现实、声光、图片、文字等）诠释着当代人的生存体验。

首先，艺术家可以在虚拟空间形象地展示大千世界的图景，达到语言文字无可比拟的效果。试以米勒特（Steve Millet）和德伯格（Colin Goldberg）《想象的智慧》（The Dreaming Brain）为例[①]。这是一部关于天空中行星状况的交互式电影。打开作品展现在用户面前的是一个黑色的帷幕，整个屏幕就像是黑色的夜空，天空中点缀着远近不同的九大行星，这些星体是用立体三维模型塑造的。用户在观看作品的过程中，可以点击天空中的星体，了解天空中每一行星的运转及天体状况。有关星体的具体特征，如地理位置、适合居住与否等都配置有具体的照片和说明。自古以来人们就有探索遥远星空的梦想，随着望远镜等天文工具的发明，人们可以观看到一些天体的运行，但是它在宏观把握天体之间的关系上仍然有局限。而语言文字的界说，对理解这一问题也显得空泛。该作品用立体动态的方式展现空中天体的运行，无疑更加生动和直观。贝特（Tom Betts）的万维网追踪者（Web tracer）[②] 也是一个很好的例证，它为用户展示赛博空间的结构。大凡网络用户只是利用互联网的超级链接，从一个网站跳转到另一个网站，却很少思考网站之间的关系，它们之间的结构如何。这一作品能对指定的网站的超链接结构进行可视化处理，用三维模型加以展现。作者将网站视为由许多“原子”组成的巨大而复杂的“分子化合物”。其中，网页是原子，链接是原子之间彼此维系的影响力。通过万维网追踪者，用户可以从多种角度观察这一“分子化合物”，了解站点如何建造、站点与站点之间的关系。它让用户观看到虚拟空间中的结构生成，既有审美价值（因为它将万维网可视化），又有实用价值（因为它让用户更加深入地了解网站结构、设计原则和建构意图）。

其次，艺术家可以传达独特的个人体验，引发人们哲学层面的思考。如桑德海姆（Alan Sondheim）和斯特拉塞尔（Reiner Strasser）的

① Steve Millet and Colin Goldberg, “The dreaming brain”, 1999, http://rhizome.org/art/artbase/artwork/dreaming-brain/.

② Tom Betts, “Web tracer”, 1999, http://rhizome.org/art/artbase/artwork/dreaming-brain/.

《道》（Tao）[①]。“道”是宇宙的最高法则，老子说“道生一，一生二，二生三，三生万物。”《道》是一首虚拟诗歌，包含 38 秒钟的网络视频，它用视觉的方式探讨了道的意义。作者选择了能体现“道”之广漠性和原初性的词汇，如星星、地球、不可见。随着两个并行的视频画面的展开，在图像的下方出现了这样一首诗，“earth blown out to stars，stars blown down to earth by fast cars，gaghdad and address of the invisible”。视频是以一辆疾驰的汽车上的一位旅行者看到的景象为视角，包括水、山脉、乌云密布的天空，这些都与生命和创造有关，值得注意的是它还展现了地球之外的更广阔的宇宙空间，无数的星体以及席卷大地的黑暗，同时亦有粗犷的、并不美妙的声音伴随始终，在视频结束后，用户可以再次播放，但在重新播放之前，视频之下的词语逐一被删除，然后才能重新开始。这似乎暗示着宇宙间的事物循环往复、周而复始之意。除此之外，作者还在作品说明中提示我们思考：疾驰的汽车上的旗帜，是风在使它在动，还是旗帜的飘荡使风在动？这就从道之意义的探讨派生出其他问题。由此可见，这个作品采用了声文图相结合的手段，传达出丰富的内涵。读者不仅仅是看了、读了这首简短的诗歌，而且还参与并沉浸在视听感受的体验和对“道”的沉思中。汉密尔顿（Kevin Hamilton）的《破坏》（Breaking，2004）[②]，这一作品形式极为简约，它原来只是一个自动播放的 DVD。虽然它的形式简单，没有图像、视频、文字等，整个作品只有一个红色的喇叭构成，但是它的蕴含却能给人无尽的回味。作品经过编程处理之后，会随机间隔一段时间发出 10 秒钟的尖叫。目前作品的自定义时间是 30 分钟内发出一次尖叫。但是用户可以在 1 分钟至 1 小时的范围内调整上述间隔。这一作品有多方面的暗喻，其中之一应该是探示人们心中的压抑情绪，而当这些感伤、郁闷的情绪形成的心结累积到一定程

① Alan Sondheim and Reiner Strasser，Tao，http：//collection. eliterature. org/1/works/strasser_sondheim_ _ tao. html.

② Kevin Hamilton. Breaking，2005，http：//rhizome. org/art/artbase/artist/kevin-hamilton/.

度某一天就会突然爆发。这让我们联系到处在当代社会环境中的我们，随着生活节奏的加快，人们普遍感到工作压力、生活压力越来越大，其精神就像是紧绷着的一根弦，随时随地都有绷断的可能。艺术家用它的作品提醒我们每个人内心都有一定的承受能力，超过了这个范围，我们就要面临着灾难，因此在平时的生活中应该注重内心的平衡，保持心理的健康。

再次，艺术家可以尝试形式和内容合一的美学实验，达到象与意的完美融汇。如苏绍连《心在变》（1999 年）[①]，可视为典范。作者介绍说，亲爱的读者，目前您看到的是一首诗的整体形式，但是它隐含了六段诗，你若要循序渐进的读到这六段诗，请在诗中找到一个旋转的“心”字，然后按下鼠标左键，即可读到本首诗的第一段，若要读第二段至第六段，亦依此方式，类推下去。该诗运用了循环设计的手法，也就是说，读者一旦进入诗中的阅读路径，在读完了六首诗之后，终又会回到原点，这是个没有出路的循环设计形式。诗歌的内容是写现代人由于工作繁忙、压力与日俱增，成了所谓的空心人，没有了感情，体验不到丝毫的快乐，为此他们也在反思、在寻找摆脱困境之路。诗的形式与内容彼此互相阐发，循环之结构已经暗示出路是找不到的。该诗在形式上还有一个特色是，诗行不断地左右移动，象征人心的骚动和不安，以金色的心为连接六首诗的中心，金心象征着理想的生活状态，与现实生活中“今天我没有心，我上班不用带着一颗心”形成鲜明的对比，凸显出理想与现实的矛盾，六首诗的连续出现，象征着现代人不断地追寻、探索以逃脱生活之囹圄，但是最终还是不知不觉间返回到原点。

最后，艺术家利用计算机、网络、装置等设备创造的虚拟现实，更是让用户体验到了什么是真正的身临其境，也就是说体验者以完整

---

① 苏绍连：《心在变》，http：//benz. nchu. edu. tw/ ~ garden/milo/heart/heart1. htm，2016 年 7 月 10 日。

的生物个体融入虚拟环境。虚拟现实创造出一种超真实的环境，导致一种前所未有的情境，“这已经不是模仿或重复的问题，甚至也不是戏仿的问题，而是用真实的符号代替真实本身的问题，就是说，用双重操作延宕所有的真实过程”[①]。我们在前文已经以《可读的城市》为例，进行了具体分析，这里不再赘述。

从上面的分析我们可以看出，网络时代艺术家们综合各种传播媒介和手段，表达个性观点和哲思，由于媒介语言的丰富，这类艺术作品在再现自然、传达个人内心体验、超真实的塑造等方面具有单纯语言文字媒介不可比拟的优势，“意”的传达要比媒介贫乏时代顺畅得多。当然，我们并不是要忽视语言文字媒介的作用，而是要把它和新媒介语言结合起来，“只有通过视觉语言和文字语言材料才有可能表现自我和表达。自我及其感知总是具有修辞色彩的”[②]。因此，从这一点来说新媒体、新技术和艺术观念的结合，让艺术家颇有艺海畅游的自由感和超越感。这些都与新媒体艺术传播（本书主要考察的是网络艺术传播）的品格分不开。

其一，它综合利用多种媒介的视听综合语言符码。无论是口头传播还是印刷媒介的时代，人们理解形象的过程都要经过编码、解码再到编码的过程，这是一种“语言”把握世界的方式，而在新媒体时代，视觉形象成为基本媒介语言，而形象（影像）本身具有直观性，再辅之以声音，在这样的氛围中人们之间的交流变得便捷。

其二，整合人类文明成果。新媒体艺术传播，除了充分利用视频、影像、声音、网络等多种媒介，还整合了人类创造的各种文明形式，如文字、音乐、舞蹈、电影、戏剧等，并挖掘新媒体的潜能，传达人类的经验。如陈玲在《新媒体艺术史纲》中所说：“人类利用自身发明的技术，在扩展视觉、听觉、触觉等感官领域方面进行了一次革命

① ［法］鲍德里亚：《仿真与拟象》，马海良译，汪民安、陈永国、马海良主编《后现代性的哲学话语》，浙江人民出版社2000年版，第330页。

② ［新西兰］肖恩·库比特：《数字美学》，商务印书馆2007年版，第70页。

性的挑战，与此同时，也经历了一次通过唤起人类各种原始动力并与其震动共呼吸的整合的旅程。”①

其三，非线性的组合方式。非线性叙述方式并不是新媒体传播特有的，在许多传统的艺术样式中也存在，如小说（倒叙的手法）、电影（非线性剪辑）。新媒体艺术传播继承并充分发展了这种叙述方式，使“非线性”（Nonlinear）的特点成为它区别于传统媒体（报纸、电视、广播等）的显著特点。麦克卢汉指出：“书面媒介影响视觉，使人的感知成线状结构；视听媒介影响触觉，使人的感知成三维结构”。② 新媒体的影像数据库带来的是非线性、交互式体验方式，在这样的环境中，“新媒体作品并不是一次定形的，而是存在着不同的、潜在地有无限的版本形式”。③ 这种影像数据库的内在结构，是不同于传统叙述方式的认识世界的方式，“现代媒体是数据库和叙述之间进行竞争的新领域”④。

在新的媒体不断涌现的今天，本节仅以网络传播为例，阐释了艺术家在赛博空间为我们营造的缤纷世界，遨游其中、陶冶心灵已然成为我们生活的一部分。

三　文学的未来

以互联网为代表的新媒体的出现，改变了文学的存在方式，通过上文的分析我们知道这已是不争的事实，那么在未来的时间里，文学将走向何方，我们该如何评判它的发展和变化？实际上，我们不妨借鉴古代“通变”观，来阐释和说明文学在历史长河以及在不久的将来

---

① 陈玲：《新媒体艺术史纲》，清华大学出版社 2007 年版，第 4 页。

② ［加拿大］马歇尔·麦克卢汉：《理解媒介——论人的延伸》，何道宽译，商务印书馆 2000 年版，第 96 页。

③ Lev Manovich, *The Language of New Media*, Cambridge, Massachusetts.: MIT Press, 2001, p. 36.

④ Ibid., p. 234.

所要面临的种种变革。

中国自古以来就有“通”“变”的观念。《易·系辞上》有云：“化而裁之谓之变，推而行之谓之通。”它还曾说：“变通莫大乎四时。”又《系辞下》云：“通其变，使民不倦，神而化之，使民宜之。易穷则变，变则通，通则久。”对于“通”“变”之意，《系辞上》解释为，“一阖一闭谓之变，往来不穷谓之通”。[①] 由此可知，“通”、“变”是《周易》的一个重要思想，它们都是指事物发展到了一定阶段，就须变化；变化方能周流无滞，也就是说事物唯有变化通达才能得以发展。后刘勰将这种通变的观点运用于文学，如他在《文心雕龙》之《物色》篇中说：“古来辞人，异代接武，莫不参伍以相变，因革以为功”[②]。《议对》中有：“采故实于前代，观通变于当今”[③]；《通变》则曰：“文辞气力，通变则久，此无方之数也。名理有常，体必资于故实；通变无方，数必酌于新声：故能骋无穷之路，饮不竭之源。然绠短者衔渴，足疲者辍涂，非文理之数尽，乃通变之术疏耳”，“文律运周，日新其业。变则其久，通则不乏”，“参伍因革，通变之数也”[④]。其中的“通”“变”之意与《系辞》之说大体相同，皆指事物的变化、创新。后清代叶燮有云：“盖自有天地以来，古今世运气数，递变迁以相禅。古云：‘天道十年而一变。’理也，也势也，无事无物不然，宁独诗之一道，胶固而不变乎？”[⑤] 王国维说：“四言敝而有《楚辞》，《楚辞》敝而有五言，五言敝而有七言，古诗敝而有律绝，律绝敝而有词。盖文体通行既久，染指遂多，自成习套，豪杰之士，亦难于其中自出新意，故返而作他体以自解脱。一切文体所以始盛中衰者，皆由于此。故谓文学后不知前，余未敢信。但就一体论，

① 马恒君注释：《周易》，华夏出版社 2001 年版，第 55、53、58、53 页。

② （梁）刘勰：《文心雕龙》，陆侃如、牟世金译注，齐鲁书社 1995 年版，第 552 页。

③ 同上书，第 332 页。

④ 同上书，第 384、389 页。

⑤ （清）叶燮：《原诗》（内篇上），中华书局 1963 年版，第 566 页。

则此说固无以易也。"[1] 此说可作为叶燮之说的解释。以上说法虽然有别，但都强调以变求通、因变而通，事物如若一成不变，就停滞了，没有发展了。至于文学，应该在继承基础上加以革新，如刘勰所言，"望今制奇，参古定法"[2]。唯其如此，文学才能生生不息。正如王运熙、杨明《魏晋南北朝文学批评史》中对"通变"的解释："通变原意是指事物有所变化而流通不滞，刘勰运用到文学上，是指文章应当变化创新，向前发展。但在变化创新时，必须考虑继承过去的传统，有所因而有所革，把继承与革新结合起来。"[3]

运用"通变"观，不仅可以解释中外文学史上文学的求新求变的实践，而且还可以帮助我们理解未来文学的趋向，文学始终是在不断地运动变化的，"文变染乎世情，兴废系乎时序"。新的媒体的出现，大众文化的流行，消费需求的变化等，这些文学生长氛围的改变，必将会带来文学之内容、文体、存在方式、传播方式、接受方式等一系列的适时而变。网络文学的兴盛、文学的艺术化、多媒体化，是当今时代文学之"通变"。以至于随着社会文化的变迁，新技术、新媒体不断涌现，文学仍将会在"通"和"变"的交织中不断推进。

就赛博空间的文学而言，文学走向艺术化和多媒体化，出现了多种新的文学类型，如超文本文学、交互小说、交互戏剧、机器作者作品等，这些文学类型不仅有印刷文本的实验小说、诗歌为前导，而且其艺术手法、情节安排、人物塑造、心理刻画等方面还要借鉴之前文学的一切成就，不仅如此，读者接受心理也会受到印刷文化的影响，正如哈里斯在《电子文学：它是什么?》一文中指出的："因为电子文学在经历了五百年印刷文学之后才达到现在的情形。读者带着印刷作品中形成的期待对待数码作品，包括字母形式的广泛的、深奥的知识和印刷文学模式。电子文学必须加强这些期盼，即使它改变或转换了

① （清）王国维：《人间词话》，四川人民出版社 1982 年版，第 70 页。
② （梁）刘勰：《文心雕龙》，陆侃如、牟世金译注，齐鲁书社 1995 年版，第 391 页。
③ 王运熙、杨明：《魏晋南北朝文学批评史》，上海古籍出版社 1989 年版，第 459 页。

它们。”[1] 这也正说明了文学的发展变化要“参伍因革”，继承、借鉴历代文学之成果，在此基础上追求创新，才是文学之正道。若要创造赛博空间文学的精品之作，就要会“通”以求“变”。因此，从这一点来说，中外文学之经典在数码媒体时代并不是无用武之地，它们一方面可以为新媒体文学提供借鉴，另一方面它们本身作为文明的结晶，有着不可替代的价值，正如意大利小说家、符号学家安伯托·艾柯所言，“我们不可重写的书是存在的，因为其功能是教给我们必然性，只有在它们得到足够敬意的情况下，才会给我们以智慧。为了到达一个更高的知识境界和道德自由，它们可约束的课程不可或缺”[2]。

新媒体的涌现，会造成文学领域内巨大的变革，但并不会造成先前时代文学如印刷文学的消失。如法国作家里吉斯·黛布雷就曾提出，“关于媒体，可以用三个时期对人类社会进行说明：即书写（writing）时代、印刷（print）时代和视听（audio-visual）时代。与这三个时代相对应的，则是偶像（the idol）、艺术（the art）和视觉（the visual）。根据这一理论，第一个时代是语言统治（logo sphere）时代、第二个是书写统治（graphosphere）时代、第三个是视图统治（video sphere）时代”，但是，“一种文化（或媒体）没有必要取代另一种文化（或媒体），然而，它所能够做的也只不过是对另一种文化加以补充”[3]。确实如此，印刷文学的出现和盛行，并没有导致口头文学的消失，因此就当前和今后的一段时间内，我们也可以说数码文学的流行，不至于造成整个印刷文学的消失。

关于印刷文学在电子时代面临的冲击，我们还可以参考安伯托·艾柯做客埃及亚历山大图书馆时发表的《书的未来》的长篇演讲，推

---

① N. Katherine Hayles, “Electronic Literature: What is it?”, January 2, 2007, https: //eliterature. org/pad/elp. html.

② ［意］安伯托·艾柯：《书的未来》，康慨译，2004年2月23日，http: //news. xinhuanet. com/book/2004 - 02/23/content_ 1326958. htm，2015年11月19日。

③ ［斯洛文尼亚］阿莱斯·艾尔雅维茨：《图像时代》，胡菊兰、张云鹏译，吉林人民出版社2005年版，第7—8页。

想文学之前景。艾柯在该篇演讲中将书分为供阅读的书和供查阅的书，电子超文本将会导致供查阅的书如百科全书、手册的消亡，但是供阅读的书仍会继续存在。据此，我们可以说那些印刷版的百科全书，如《拉丁神父全集》《四库全书》之类，将会逐渐淡出书架，因为它们完全可以电子化，不仅可以快速检索，而且还能节省资源和空间。电子化的书能证明在信息查阅方面有用，但是它们不会取代那种我们习惯于在床头阅读的书。他说："事实上，尽管新技术设备层出不穷，但旧东西并未因此全然消亡。汽车跑得比自行车快，但并没有让自行车销声匿迹，新的技术进步也没让自行车焕然一新。新技术必然导致旧物废弃的想法往往过于单纯。照相术发明后，虽然画家们感到没有必要再像匠人那样复制现实了，但这并不意味着达盖尔（Daguerre，译注：银版照相术的发明人）的发明仅仅催生了抽象画法。在那种没有照相范例便存在不下去的现代绘画中，仍然有一整套传统：想想看，例如超写实主义（hyper-realism）。此刻，画家的眼睛通过摄影的眼睛看到现实。这意味着在文化史上，从来没有一物简单地杀死另一物这样的事例。当然，新发明总是让旧的发生深刻的变化。"[①] 文学亦是如此，新媒体、新技术使文学的存在方式发生了变革，但是就现有情况来看，它还不至于使印刷文学消亡。

印刷文学不仅有助于我们沉思以接受深层信息，而且还可以不受外在设备如电源的制约，随时随地供人阅读，"电脑通讯跑在你前面，书却会与你一同上路，而且步伐一致。如果你落难荒岛，没法给电脑接上电源，那么书仍然是最有价值的工具。就算你的电脑有太阳能电池，可你想躺在吊床上用它，也没那么容易。书仍然是落难时或日常生活中最好的伴侣"[②]。在新媒体层出不穷、势力范围日益扩大的今天，尽管网络文学、手机文学等数码文学类型方兴未艾，但是传统的

① ［意］安伯托·艾柯：《书的未来》，康慨译，2004 年 2 月 23 日，http：//news. xinhuanet. com/book/2004 －02/23/content_ 1326958. htm，2015 年 11 月 19 日。

② 同上。

以语言文字为主的印刷文学仍然会有市场，它也有存在的必然性。这还与文学所运用的语言文字的特点有关。

语言文字营造的意象、情感是“内视”形象，这个“内视”形象是文学创作的特点之一。我国古代文论对此也有所论述，如刘勰在《文心雕龙》之《神思》篇中说：“独照之匠，窥意象而运斤”，唐代王昌龄也云，“搜求于象，心入于境，神会于物，因心而得”。意象之说，其意指作家创作出来的形象，在创作前、创作中和创作后，都是内心视象，而不是如现在的电影或电视剧创作那样，要根据演员这个直接形体形象去创作，或开始于内心视象，而最终要落实于直接的实体性的形象。① 举例来说，“羌笛何须怨杨柳，春风不度玉门关”（王之涣《凉州词》），“洛阳亲友如相问，一片冰心在玉壶”（王昌龄《芙蓉楼送辛渐》），“竹杖芒鞋轻胜马，谁怕？一蓑烟雨任平生”（苏轼《定风波》），这些句子都包含着作者深切的感情，用视觉图像的方式很难展示出其独特的韵味，因此，我们说印刷文学在现阶段因语言文字自身的魅力，依然有它留存的价值和意义。

通而观之，电信时代、网络时代、数码媒体时代，文学受到了巨大的冲击，在创作方法、文本类型、文艺载体、叙事方法、鉴赏和批评方法等方面都发生了重大变革，赛博空间的文学是对传统文学的重构，但是印刷文学在相当长的一段时间内，仍将会继续存在，尽管它的统治时代正在渐渐结束。这不仅符合“通变”观，而且也是我们综合考察文学发展变化之脉络基础上得出的结论。

① 童庆炳：《文学独特审美场域与文学入口——与文学终结论者对话》，《文艺争鸣》2005年第3期。

参考文献

一　中文部分

[1]［斯洛文尼亚］阿莱斯·艾尔雅维茨：《图像时代》，胡菊兰、张云鹏译，吉林人民出版社2005年版。

[2]［意］安伯托·艾柯：《开放的作品》，新星出版社2005年版。

[3]［俄］巴赫金：《巴赫金文论选》，佟景韩译，中国社会科学出版社1996年版。

[4]［法］巴尔扎克：《高老头》，傅雷译，人民文学出版社1989年版。

[5]［美］保罗·利文森：《软边缘：信息革命的历史与未来》，熊澄宇等译，清华大学出版2000年版。

[6]［日］北冈诚司：《巴赫金对话与狂欢》，河北教育出版社2002年版。

[7]［阿根廷］博尔赫斯：《小径分叉的花园》，王永年译，浙江文艺出版社1999年版。

[8]［比］布洛克曼：《结构主义》，李幼蒸译，商务印书馆1987年版。

[9]曹荣湘：《后人类文化》，生活·读书·新知三联书店2004年版。

[10] 曹道衡评注：《古文观止》，吉林文史出版社 2002 年版。
[11] 陈吉猛：《文学的“什么”与“如何”》，吉林大学出版社 2008 年版。
[12] 陈永国：《游牧思想》，吉林人民出版社 2003 年版。
[13] 陈玲：《新媒体艺术史纲》，清华大学出版社 2007 年版。
[14] [美] 戴卫·赫尔曼主编：《新叙事学》，马海良译，北京大学出版社 2002 年版。
[15] [美] 道格拉斯·凯尔纳、斯蒂文·贝斯特：《后现代理论：批判性的质疑》，张志斌译，中央编译出版社 2004 年版。
[16] [法] 蒂菲纳·萨莫瓦约：《互文性研究》，邵炜译，天津人民出版社 2003 年版。
[17] 刁兆峰、余东方：《论现代企业中的界面管理》，《科技进步与对策》2001 年第 5 期。
[18] [美] 弗洛姆：《对自由的恐惧》，国际文化出版公司 1988 年版。
[19] [荷] 佛克马、伯顿斯：《走向后现代主义》，王宁等译，北京大学出版社 1991 年版。
[20] 冈子：《世界上第一个电子人》，《科学之友》2007 年第 8 期。
[21] [德] 海德格尔：《存在与时间》，陈嘉映等译，生活·读书·新知三联书店 1987 年版。
[22] [德] 海德格尔：《林中路》，孙周兴译，上海译文出版社 1997 年版。
[23] [德] 汉斯－格奥尔格·加达默尔：《真理与方法》（上卷），洪汉鼎译，上海译文出版社 1999 年版。
[24] [美] 华莱士：《互联网心理学》，谢影、荀建新译，中国轻工业出版社 2001 年版。
[25] 黄鸣奋：《超文本诗学》，厦门大学出版社 2001 年版。
[26] 黄鸣奋：《数码戏剧学》，厦门大学出版社 2003 年版。
[27] 黄鸣奋：《数码艺术学》，学林出版社 2004 年版。

[28] 黄鸣奋:《网络媒体与艺术发展》，厦门大学出版社 2004 年版。

[29] 黄鸣奋:《从网络文学到网际艺术：世纪之交的走向》，《江苏社会科学》2005 年第 1 期。

[30] 黄鸣奋:《互联网艺术》，北京文化艺术出版社 2006 年版。

[31] 黄鸣奋:《新媒体与西方数码艺术理论》，学林出版社 2009 年版。

[32] 黄鸣奋:《机器作者与创造性》，《读书》2009 年第 2 期。

[33] 黄龄仪:《数位时代之空间时间叙事结构初探——以 Façade 网站为例》，《资讯社会研究》2009 年第 16 期。

[34] [美] J. 希利斯·米勒：《我对文学的未来是有安全感的》，周玉宁、刘蓓译，《文艺报》2004 年 6 月 24 日第 2 版。

[35] [美] J. 希利斯·米勒:《文学理论的未来》，刘蓓、刘华文译，《东方丛刊》2006 年第 1 期。

[36] [美] J. 希利斯·米勒:《文学死了吗?》，秦立彦译，广西师范大学出版社 2007 年版。

[37] 江伙生:《第一号创作》，湖南人民出版社 1988 年版。

[38] 姜英:《网络文学的价值》，博士学位论文，四川大学，2003 年。

[39] [法] 克莉斯蒂娃、德里达:《符号学与文字学》，载包亚明主编《一种疯狂守护着思想：德里达访谈录》，何佩群译，上海人民出版社 1997 年版。

[40] [法] 克里斯蒂安·麦茨、吉尔·德勒兹著，吴琼编:《凝视的快感》，中国人民大学出版社 2005 年版。

[41] [美] 勒内·韦勒克、奥斯汀·沃伦：《文学理论》，刘象愚等译，江苏教育出版社 2005 年版。

[42] [美] 雷·库兹韦尔:《灵魂机器的时代——当计算机超过人类智能时》，沈志彦等译，上海译文出版社 2002 年版。

[43] 李铎、王毅:《关于古代文献信息化工程与古典文学研究之间互动关系的对话》，《文学遗产》2005 年第 1 期。

[44] 李铎、王毅:《数据分析时代与古典文学研究的开放性空间——

兼就信息化工程与古典文学研究之间的互动问题答质疑者》，《中国文化研究》2006 年夏之卷。
[45]（梁）刘勰：《文心雕龙》，陆侃如、牟世金译注，齐鲁书社 1995 年版。
[46]（清）梁启超：《自由书·惟心》，《梁启超哲学思想论文集》，北京大学出版社 1984 年版。
[47] 刘月新：《对话——文学的存在方式》，《三峡大学学报》（人文社会科学版）2002 年第 3 期。
[48]［法］罗兰·巴特：《S/Z》，屠友祥译，上海人民出版社 2006 年版。
[49]［美］马克·波斯特：《信息方式》，范静哗译，商务印书馆 2000 年版。
[50]［美］马克·波斯特：《第二媒介时代》，南京大学出版社 2005 年版。
[51]［美］马克·斯劳卡：《大冲突——赛博空间和高科技对现实的威胁》，黄锫坚译，江西教育出版社 1999 年版。
[52] 马恒君注释：《周易》，华夏出版社 2001 年版。
[53]［加拿大］马歇尔·麦克卢汉：《理解媒介——论人的延伸》，何道宽译，商务印书馆 2000 年版。
[54]［英］迈克·费瑟斯通：《消费文化与后现代主义》，刘精明译，译林出版社 2000 年版。
[55]［美］迈克尔·海姆：《从界面到网络空间：虚拟实在的形而上学》，刘钢、金吾伦译，上海科技教育出版社 2001 年版。
[56] 梅琼林：《论网络写作的“超位性”及其对写作主体的审美重塑》，《东方丛刊》2009 年第 1 期。
[57]［法］米歇尔·布托尔：《作为探索的小说》，载柳鸣九编选《新小说派研究》，中国社会科学出版社 1986 年版。
[58]［美］尼古拉·尼葛洛庞帝：《数字化生存》，海南出版社 1996

年版。
[59] [德] 尼采:《悲剧的诞生》,杨恒达译,译林出版社2007年版。
[60] [美] 尼尔·波斯曼:《技术垄断:文化向技术投降》,何道宽译,北京大学出版社2007年版。
[61] 欧阳友权等:《网络文学论纲》,人民文学出版社2003年版。
[62] 欧阳友权:《网络文学本体论》,中国文联出版社2004年版。
[63] 欧阳友权:《数字化语境中的文艺学》,中国社会科学出版社2005年版。
[64] 欧阳友权:《网络写作的主体间性》,《文艺理论研究》2006年第4期。
[65] 欧阳友权:《网络文学的学理形态》,中央文献出版社2008年版。
[66] 欧阳友权主编:《网络文学发展史:汉语网络文学调查纪实》,中国广播电视出版社2008年版。
[67] 欧阳友权编著:《网络文学评论100》,中央编译出版社2014年版。
[68] [俄] 普罗普:《故事形态学》,贾放译,中华书局2006年版。
[69] 钱中文主编:《巴赫金全集》第1卷,晓河等译,河北教育出版社1998年版。
[70] [法] R. 舍普等:《技术帝国》,刘莉译,生活·读书·新知三联书店1999年版。
[71] [法] 让·鲍德里亚:《消费社会》,刘成富、全志钢译,南京大学出版社2000年版。
[72] [法] 鲍德里亚:《仿真与拟象》,马海良译,汪民安、陈永国、马海良主编《后现代性的哲学话语》,浙江人民出版社2000年版。
[73] 单小曦:《现代传媒语境中的文学存在方式》,中国社会科学出版社2008年版。
[74] 陶东风:《移动的边界与文学理论的开放性》,《文学评论》2004年第6期。
[75] [英] 特雷·伊格尔顿:《二十世纪西方文学理论》,伍晓明译,

北京大学出版社 2007 年版。
[76] 童庆炳:《文学独特审美场域与文学入口——与文学终结论者对话》,《文艺争鸣》2005 年第 3 期。
[77] 涂苏琴:《网络文学的兴起与传播》,《当代传播》2005 年第 1 期。
[78] [法] 托多罗夫编选:《俄苏形式主义文论选》,中国社会科学出版社 1989 年版。
[79] 王运熙、杨明:《魏晋南北朝文学批评史》,上海古籍出版社 1989 年版。
[80] (清) 王国维:《人间词话》,四川人民出版社 1982 年版。
[81] 王彬、涂鸿:《〈第一号创作〉结构分析》,《天府新论》2001 年第 3 期。
[82] [美] 威廉·J. 米切尔:《比特之城:空间·场所·信息高速公路》,范海燕、胡泳译,生活·读书·新知三联书店 1999 年版。
[83] [加拿大] 威廉·吉布森:《神经浪游者》,雷丽敏译,上海科技教育出版社 1999 年版。
[84] [美] 沃尔特·翁:《口语文化与书面文化:语词的技术化》,何道宽译,北京大学出版社 2008 年版。
[85] [德] 沃尔夫冈·韦尔施:《重构美学》,上海译文出版社 2002 年版。
[86] [德] 沃尔夫冈·伊瑟尔:《阅读活动——审美反应理论》,金元浦、周宁译,中国社会科学出版社 1991 年版。
[87] 吴元迈:《文学作品的存在方式》,海南出版社 1993 年版。
[88] 巫汉祥:《寻找另类空间:网络与生存》,厦门大学出版社 2000 年版。
[89] [新西兰] 肖恩·库比特:《数字美学》,商务印书馆 2007 年版。
[90] 熊澄宇编:《新媒介与创新思维》,清华大学出版社 2001 年版。
[91] [古希腊] 亚里士多德:《诗学》,陈中梅译,商务印书馆 1996 年版。

[92] [法] 雅克·阿达利:《智慧之路——论迷宫》，邱海婴译，商务印书馆 1999 年版。
[93] 叶维廉:《中国诗学》，人民文学出版社 2006 年版。
[94] (清) 叶燮:《原诗》(内篇上)，中华书局 1963 年版。
[95] [波] 英加登:《对文学的艺术作品的认识》，陈燕谷译，中国文联出版公司 1988 年版。
[96] [荷] 约斯·德·穆尔:《赛博空间的奥德赛》，广西师范大学出版社 2007 年版。
[97] 周小仪:《唯美主义与消费文化》，北京大学出版社 2002 年版。
[98] 朱立元:《解答文学本体论的新思路》，《文学评论家》1988 年第 5 期。
[99] 朱立元、李均主编:《二十世纪西方文论选》(下卷)，高等教育出版社 2002 年版。
[100] 朱立元:《美的感悟》，华东师范大学出版社 2001 年版。
[101] 朱玉兰、肖伟胜:《无可抗拒第二世界的魅惑》，《重庆三峡学院学报》2007 年第 6 期。

二 英文部分

[1] Alexander Chislenko, "ARE YOU A CYBORG? Legacy Systems and Functional Cyborgizatio", November 23, 1995, http: //w2. eff. org/Net_ culture/Cyborg_ anthropology/are_ you_ a_ cyborg. article.
[2] Beth Herst, "Is There a Fourth Wall in Cyberspace? Reviewed work (s): Hamlet on the Holodeck: The Future of Narrative in Cyberspace by Janet Murray", *A Journal of Performance and Art*, Vol. 20, No. 3, 1998.
[3] Björn Thuresson, "Space and Character Representation In Interactive Narratives", http: //cid. nada. kth. se/pdf/cid_ 54. pdf.

[4] B. Laurel ed. , *The Art of Human-computer Interface Design*, MA: Addison-Wesley, 1990.

[5] Bronwen Thomas, "Stuck in a Loop? Dialogue in Hypertext Fiction", *NARRATIVE*, Vol. 15, No. 3, 2007.

[6] Carolyn Handler Miller, *Digital Storytelling: A Creator's Guide to Interactive Entertainment*, Amsterdam; Boston: Focal Press, 2004.

[7] Charles Moran, "Review: English and Emerging Technologies", *College English*, Vol. 60, No. 2, 1998.

[8] Craig Baehr and John Logie, "The Need for New Ways of Thinking", *Technical Communication Quarterly*, Vol. 14, No. 1, 2005.

[9] Daniel Punday, "The Narrative Construction of Cyberspace: Reading Neuromancer, Reading Cyberspace", *College English*, Vol. 63, No. 2, 2000.

[10] Daniel Chandler, *The Act of Writing*, Aberystwyth: University of Wales, 1995.

[11] David Herman, *Story Logic: Problems and Possibilities of Narrative*, Lincoln and London: University of Nebraska Press, 2004.

[12] Dene Grigar, "Mutability, Medium, and Character", *Computers and the Humanities*, Vol. 36, No. 3, 2002.

[13] E. J. Aaresth, Cybertext: *Perspective on Ergodic Literature*, Baltimore and London: John Hopkins University, 1997.

[14] Eric S. Rabkin, "Spatial Form and Plot", *Critical Inquiry*, Vol. 4, No. 2, 1977.

[15] Gabriel Zoran, "Towards a Theory of Space in Narrative", *Poetics Today*, Vol. 5, No. 2, 1984.

[16] George P. Landow ed. *Hyper/Text/Theory*, Baltimore: Johns Hopkins UP, 1994.

[17] George P. Landow, *Hypertext 2.0: the Convergence of Contemporary*

Critical Theory and Technology, Baltimore: John Hopkins University Press, 1997.

[18] Gilles Deleuze and Félix Guattari, *A Thousand Plateaus: Capitalism and Schizophrenia*, Brian Massumi. translation and foreword, Minneapolis: University of Minnesota Press, 1987.

[19] Hayden White, "The Value of Narrativity in the Representation of Reality", *Critical Inquiry*, Vol. 7, No. 1, 1980.

[20] Irina Aristarkhova, New Media and Aesthetics, *Theory Culture Society*, Vol. 24, 2007.

[21] James R. Meehan, "T A L E-S P I N, An Interactive Program That Writes Stories", in Proceedings of the Fifth International Joint Conference on Artificial Intelligence. 1977, http://dli. iiit. ac. in/ijcai/IJCAI-77-VOL1/PDF/013. pdf.

[22] Janet Horowitz Murray, *Hamlet on the Holodeck: the Future of Narrative in Cyberspace*, New York: The Free Press, 1997.

[23] Jason Whittaker, *The Cyberspace Handbook*, London and New York: Routledge, 2004.

[24] Jean François Lyotard, *Postmodern Condition: A Report on Knowledge*, Geoff Bennington and Brian Massumi trans. Minneapolis: University of Minnesota Press, 1984.

[25] Joseph Frank, "Spatial Form in Modern Literature: An Essay in Two Parts", *The Sewanee Review*, Vol. 53, No. 2, 1945.

[26] John Perry Barlow, "A Declaration of the Independence of Cyberspace", February 8, 1996, https://www. eff. org/cyberspace-independence.

[27] Julian Kücklich and LMU Mün chen. "Literary Theory and Computer Games", http://www. cosignconference. org/downloads/papers/kucklich_ cosign_ 2001. pdf.

[28] J. Weiss. et al. eds. Springer Netherlands. 2006.

[29] J. Yellowlees Douglas and Andrew Hargadon, "The Pleasure Principle: Immersion, Engagement", paper delivered to Eleventh ACM Conference on Hypertext and Hypermedia, sponsored by the Association for Computing Machinery, San Antonio, TX, USA, May 30-June 03, 2000.

[30] J. Yellowlees Douglas, *The End of Books—Or Books without End?* Ann Arbor: The University of Michigan Press, 2000.

[31] Kristin Veel, "The Irreducibility of Space: Labyrinths, Cities, Cyberspace", *Diacritics*, Vol. 33, No. 3, 2003.

[32] Lev Manovich, *The Language of New Media*, Cambridge, Massachusetts: MIT Press, 2001.

[33] Lapham Chris, "Hypertext Illuminated: An Interview with Michael Joyce", June 1997, http://www.december.com/cmc/mag/1997/jun/joyce.html.

[34] Michael Joyce, *Of Two Minds: Hypertext Pedagogy and Poetics*, Ann Arbor: University of Michigan Press, 1995.

[35] Margaret Kelso, Peter Weyhrauch and Joseph Bathes, "Dramatic Presence", http://citeseerx.ist.psu.edu/viewdoc/download? doi = 10.1.1.105.2349&rep = rep1&type = pdf.

[36] Margaret A. Boden, *The Creative Mind*, London and New York: Routledge, 2004.

[37] Michael Joyce, " 'We Thought We Could Sit Forever in Fun': New Media and Literary Studies", *New Media Society*, Vol. 6, No. 1, 2004.

[38] Michel Hockx, "Virtual Chinese Literature: A Comparative Case Study of Online Poetry Communities", *The China Quarterly*, 2005.

[39] Michael Benedict ed. Cyberspace: First Steps Cambridge, Mass: The MIT Press, 1991.

[40] Nancy Allen, "Telling Our Stories in New Ways", *Computers and Composition*, *Vol.* 18, No. 2, 2001.

[41] N. Katherine Hayles, *Writing Machines*, Cambridge: The MIT Press, 2002.

[42] N. Katherine Hayles, "Translating Media: Why We Should Rethink Textuality", *The Yale Journal of Criticism*, Vol. 16, No. 2, 2003.

[43] N. Katherine Hayles, "Print Is Flat, Code Is Deep: The Importance of Media-Specific Analysis", *Poetics Today*, Vol. 25, No. 1, 2004.

[44] N. Katherine Hayles, "Electronic Literature: What is it?", January 2, 2007, https: //eliterature. org/pad/elp. html.

[45] N. Katherine Hayles, *Electronic Lliterature*: *New Horizons for theLliterary*, Notre Dame, Ind. : University of Notre Dame Press, 2008.

[46] Noah Wardrip-Fruin ed. New Media Reader, Cambridge, Mass. : MIT Press, 2003.

[47] Noah Wardrip-Fruin ed. *First Person*: *New media as Story*, *Performance and Game*, Cambridge, Massachusetts: The MIT Press, 2004.

[48] Paul Delany and George P Landow ed. *Hypermedia and Literary Studies*, New York: MIT Press, 1995.

[49] Peter S. Donaldson, "The Shakespeare Electronic Archive: Tools for Online Learning and Scholarship", https: //net. educause. edu/ir/library/pdf/ffpiu034. pdf.

[50] Rafael Pérez y Pérez, MEXICA: A Computer Model of Creativity in Writing, The University of Sussex, Ph. D. Dissertation, 1999.

[51] Rafael Pérez y Pérez and Mike Sharples, "Three Computer-Based Models of Storytelling: BRUTUS, MINSTREL and MEXICA", http: //home. cc. gatech. edu/ccl/uploads/63/MEXICAKBS. pdf.

[52] Richard E. Higgason, "The Mystery of 'Lust'", paper delivered to 15th Conference on Hypertext and Hypermedia, sponsored by the As-

sociation for Computing Machinery, Santa Cruz, CA, USA, August 09 – 13, 2004.

[53] Raine Koskimaa, "Cybertext Challenge: Teaching Literature in the Digital World in Arts and Humanities in Higher Education", *Arts and Humanities in Higher Education*, Vol. 6, No. 2, 2007.

[54] Raine Koskimaa, *Digital Literature: From Text to Hypertext and Beyond*, May 2000, http: //users. jyu. fi/ ~ koskimaa/thesis/thesis. shtml.

[55] Raymond G. Siemens, "A New Computer-assisted Literary Criticism?", *Computers and the Humanities*, Vol. 36, No. 3, 2002.

[56] Rene Wellek, A History of Modern Criticism (1900—1950), New Haver and London: Yale University Press, 1992.

[57] Richard A. Lanham, "The Electronic Word: Literary Study and the Digital Revolution", New Literary History, Vol. 20, No. 2, 1989.

[58] R. Malkewitz and I. Iurgel ed. *Technologies for Interactive Digital Storytelling and Entertainment*, Heidelberg: Springer Berlin, 2006.

[59] Robert L. Selig, "The Endless Reading of Fiction: Stuart Moulthrop's Hypertext Novel 'Victory Garden'", *Contemporary Literature*, Vol. 41, No. 4, 2000.

[60] Roberto Simanowski, "Towards an Aesthetics of Digital Literature", http: //www. dichtung-digital. de/english/28-Mai-99-engl/.

[61] Roland Barthes, "FromWork toText", Stephen Heath trans, 1977, http: //www 9. georgetown. edu/faculty/irvinem/theory/Barthes-From Workto Text. html.

[62] Ruth Aylett and Sandy Louchart, "Towards a narrative theory of virtual reality", *Virtual Reality*, Vol. 7, No. 1, 2003.

[63] Ruth Ronen, "Space in Fiction", *Poetics Today*, Vol. 7, No. 31986.

[64] Sandy Louchart and Ruth Aylett, "Narrative theory and emergent interactive narrative", *International Journal of Continuing Engineering Education and Life Long Learning*, Vol. 14, No. 6, 2004.

[65] Sherry Turkle, *Life on the Screen*: *Identity in the Age of Internet*, New York: Simon & Schuster, 1995.

[66] Simon Shum, "Real and Virtual Spaces: Mapping from Spatial Cognition to Hypertext", *Hypermedia*, Vol. 2, No. 2, 1990.

[67] S. Rimmon-Kenan, "How the Model Neglects the Medium: Linguistics, Language, and the Crisis of Narratology", *Journal of Narrative Technique*, Vol. 19, No. 1, 1989.

[68] Thomas E. Kennedy, *Roobert Coover*: *A Study of the Short Fiction*, New York: Twayne Publisher, 1992.

[69] Ulrike Spierling and Nicolas Szilas eds. Interactive Storytelling, Heidelberg: Springer Berlin Heidelberg.

[70] Victor Nell, *Lost in a Book*: *The Psychology of Reading for Pleasure*, London: Yale University Press, 1988.

[71] W. J. T. Mitchell, "Spatial Form in Literature: Toward a General Theory", *Critical Inquiry*, Vol. 6, No. 3, 1980.

[72] Wolfgang Iser, *The Implied Reader*: *Patterns of Communication in Prose Fiction from Bunyan to Beckett*, Baltimore, MD: Johns Hopkins University Press, 1978.

译名对照表

说明：为了方便阅读，本书对涉及的西文姓名采取了下述标注法：只译姓，不译名，它们在正文中第一次出现时注明原文，在其后出现时不再另注，但姓氏相同时除外（为了避免混淆）。下面是译名汇总，以便检索。

后　　记

2004年9月，我到厦门大学读书，师从黄鸣奋先生，先生广博的学识、活跃的思维、独到的见解、高超的外语水平，豁然开启了我的学术视野。传播学、网络文艺、古典文艺与当今时代的结合，等等，这些对我来说都是那么新鲜有趣。自此，就在恩师的指导下，开始我的网络与文艺探索之路。我在厦门大学攻读硕士和博士学位的6年时间里，恩师毫不厌倦地解答疑问，不辞劳苦地修改习作。时至今日，每每想起，心中不胜感激，也正是在恩师的督促和教导下，学生才能有点滴进步。拙著也算是对这段时间读书学习的一个回顾与总结，从立意构思到行文断句，都深受恩师的教导，得益于恩师的斧正。在此，谨向恩师致以崇高的敬意和由衷的感激！老师严谨求实的治学精神、淡泊名利的人生态度、宽以待人的处世风范，都是值得我珍藏的精神财富，在今后的人生中也会激励我不断前行。

在厦门大学求学期间，我得到众多师友的无私帮助。衷心感谢朱水涌老师、杨春时老师、俞兆平老师、冯寿农老师、易中天老师、黄星民老师、贺昌盛老师、李晓林老师、赵春宁老师等，各位老师的课程使我受益匪浅！感谢在这所美丽的校园结识的各位同窗、好友，我们之间的友谊是我珍藏的美好回忆，尽管大家都远赴他方，踏上另一个征程，但我相信“海内存知己，天涯若比邻”！感谢博士学位论文答辩时，欧阳友权老师、杨健民老师、朱水涌老师、杨春时老师、冯寿农老师对于文稿修改所提的宝贵意见！

感谢本书中提及的参考文献的各位作者，这些有益成果支持、引导本书的写就。由于本人学力有限，文中不足之处，期待方家不吝赐教。

本书获得闽南师范大学学术专著出版基金的资助，在此特表感谢！感谢中国社会科学出版社郭晓鸿博士和武兴芳编辑的热心帮助！感谢所有促成此书得以出版的人！

张　屹

2016 年 8 月 1 日